Gestos letales

Gestos letales

Sebastian Fitzek

Con el asesoramiento experto de Dirk Eilert,
uno de los mayores especialistas en comunicación
no verbal del ámbito germano

Traducción de Claudia Toda Castán

Papel certificado por el Forest Stewardship Council®

Título original: *Mimik*

Primera edición: septiembre de 2024
Primera reimpresión: enero de 2025

Printed in Spain – Impreso en España

ISBN: 978-84-666-7689-2
Depósito legal: B-11284-2024

Compuesto en Llibresimes

Impreso en Liberdúplex
Sant Llorenç d'Hortons (Barcelona)

BS76892

Para Regina Ziegler

Nunca nos conocemos del todo y súbitamente nos hemos convertido en otros, mejores o peores.

THEODOR FONTANE

PRÓLOGO

—Tengo frío, mamá.

—Se te pasará enseguida.

La niña, de seis años, tiritaba. Debería haberse puesto unos leotardos, pero en casa hacía mucho calor. ¿Cómo iba a imaginarse antes de salir que, pocos minutos después, sentiría tanto frío? Sobre todo tras pasar tanto tiempo inmóvil.

—¿Podemos volver a casa?

—¿No te gusta la excursión?

—Las piedras me hacen daño.

—Se te pasará enseguida —repitió la madre, aunque la niña lo dudaba. Al día siguiente estaría llena de moratones—. Quédate ahí tumbada.

—¿Cuánto rato?

—Hasta que yo te diga.

A su madre le temblaba la voz, como si ella también tiritara pero no quisiera admitirlo. Aunque en realidad llevaba todo el día hablando en tono extraño. A lo mejor había vuelto al hospital y le habían dado malas noticias. La primera vez, cuando estuvo fuera cuatro semanas y se le cayó el pelo, también se le quedó la voz rara. Como si estuviera triste y enfadada al mismo tiempo. ¿Quizá también ella notaba aquellas vibraciones, que se transmitían al pecho y a las cuerdas vocales?

—Mamá —la llamó, cuando estuvo segura de que el traqueteo que sentía en la cabeza no eran imaginaciones suyas.

—Dime.

—Oigo un ruido muy raro.

—No te preocupes.

¿Pero cómo que no? Llevaba media hora sin suceder nada. Tenía una extraña sensación en los brazos y las piernas, de lo fríos y entumecidos que estaban. Esperó un momento y después insistió:

—El ruido es cada vez más fuerte.

—No tengas miedo. Quédate quieta.

Su madre le cogió la mano, pero no como siempre. Más bien como se toma un objeto. Con afán de posesión.

La niña se giró en la oscuridad hacia ella, que la miraba a su vez. La luz de la luna le iluminaba los ojos y le pareció verse reflejada en ellos. No habría sabido decir qué le dio más miedo: lo que vio en su cara o lo que le susurró:

—No te olvides nunca de una cosa.

—¿De qué cosa, mamá?

—De que saliste de mí. Eres mi propia carne y mi propia sangre.

El frío de la noche se fundió de manera perturbadora con el hielo que brillaba en sus ojos. La niña deseaba apartar la vista, pero no podía, como si aquellas pupilas fueran imanes que atraían con fuerza su mirada.

¿Y el amor?, quiso preguntar. *¿Dónde está el amor con el que siempre me mirabas?* Ahora los ojos de su madre parecían un lago congelado.

Las vibraciones la distrajeron. Le sacudían todo el cuerpo. Entonces su madre le ordenó:

—¡Cierra los ojos! Ábrelos solo cuando yo te lo diga, pase lo que pase.

Obedeció, aterrorizada. Porque había vislumbrado algo en los ojos de su madre, algo de lo que desearía apartarse toda su vida.

Permanecieron tumbadas en silencio una junto a la otra mientras el ruido se hacía más fuerte y las vibraciones, más insoportables.

De repente, su madre exclamó en tono autoritario:

—No te olvides nunca: ¡tú y yo somos una! ¡Somos iguales, la misma persona!

A pesar de estar tan cerca, hablaba a gritos obligada por el sonido y las vibraciones. La situación resultaba tan amenazante que la niña desobedeció y abrió los ojos. Encontró un cielo mucho más claro que unos minutos antes, cuando se habían tumbado allí.

—Mamá. —Se giró hacia ella, aunque, por el deslumbramiento, no pudo distinguir sus rasgos.

Quería gritar, salir corriendo y llorar, todo a la vez.

Pero ya era tarde.

Estaba demasiado agarrotada para levantarse.

El frío de las vías le había paralizado brazos y piernas. Y las luces del tren de mercancías que atravesaba raudo la oscuridad estaban ya demasiado cerca.

1

27 AÑOS DESPUÉS

HANNAH HERBST

Silencio.

Demasiado silencio.

Normalmente a esa hora Hannah oía las risas y los gritos infantiles ya desde la calle, al menos cuando tenía la suerte de encontrar un hueco cerca de la guardería Los Duendecillos. A veces tenía que dar varias vueltas a la manzana hasta que alguien se iba, aunque la mayoría de quienes vivían en el barrio poseían villas con garaje. En hora punta, cuando los jugadores de fútbol se dirigían a las instalaciones deportivas de las inmediaciones y los alumnos de la cercana escuela Waldorf esperaban a sus padres, en el lujoso distrito Westend de Berlín las dobles filas atascaban el tráfico igual que las furgonetas de reparto en la avenida Kottbusser Damm. Sin embargo, aquel día Hannah había avisado de que recogería antes a Paul, por lo que hasta pudo elegir dónde aparcar delante del edificio cuadrado de la guardería evangélica.

Tampoco era normal que la puerta del jardín no estuviera bien cerrada. Inquieta, Hannah se tocó el cuello. Algo pasaba, y ese algo parecía rodearle la garganta con dedos helados.

Jamás había accedido al recinto sin introducir un código

PIN. Al entrar y salir, todo el mundo cumplía con el procedimiento de esperar a que el zumbido terminara y a que la puerta quedara bien encajada, para que ningún niño pudiera salir corriendo a la calle.

¿Estarán de excursión?

Pero en ese caso Myrte, la directora, se lo habría comentado cuando aquella mañana Hannah le había contado los planes para el gran día. Toda la familia viajaría a Dresde para asistir a la inauguración de una exposición de las nuevas fotografías de Richard. También recogerían con antelación del colegio a Kyra, la hija del primer matrimonio de Richard.

Silencio, también cuando abrió la puerta del porche acristalado.

Echó una ojeada al tablón de anuncios y vio uno sobre Wolf Schlagmann, el nuevo estudiante en prácticas, que quería que los alumnos lo llamaran Wolle. Junto a su foto colgaba un aviso de que se retomaba la educación musical temprana. La natación no era hasta el día siguiente. Para ese día no había ninguna actividad especial.

Abrió la siguiente puerta, tras la que se encontraba el zaguán con el guardarropa. Allí, de forma más o menos cuidadosa, colgaban las chaquetas de una docena de niños, con las mudas limpias colocadas en cajones y los zapatos metidos debajo.

En ese lugar se acabó el silencio. Pero la cuerda invisible le apretó el cuello aún más. Porque los sonidos que percibía no los había oído jamás en la guardería. Tampoco se correspondían con un sitio en el que los niños suelen estar contentos. Claro que había ataques de rabia, pataletas y lágrimas, por ejemplo si un niño se caía y se lastimaba la rodilla. Pero ¿qué podía causar aquel murmullo incesante que, al escuchar con detenimiento, se componía de tres cosas: susurros, gimoteos y sollozos?

Hannah atravesó el zaguán, abrió una última puerta y descubrió al enloquecido secuestrador al mismo tiempo que oía sus palabras:

—¡Que me digáis quién ha sido! —gritaba—. ¡Si no me lo decís, os mato a los dos!

2

El joven, delgado y de unos veinticinco años, estaba plantado en mitad de la sala polivalente, situada entre las aulas y la cocina. A esa hora, el espacio se usaba de comedor. Flotaba en el aire el olor a patatas al romero y a garbanzos. Los platos servidos estaban dispuestos en las mesitas. Pero los niños, que debían de estar comiendo, se apelotonaban agachados junto al piano, donde Myrte y Anja, de rodillas, los rodeaban con los brazos intentando protegerlos.

De ahí provenían los susurros.

«No miréis, apartad la vista, mirad al suelo», les pedían en voz baja. Ellas apenas se atrevían a levantar los ojos.

El secuestrador se hallaba en el sitio donde en diciembre se ponía el árbol de Navidad. Tenía en su poder a un niño y una niña, cada uno sujeto por el cuello con un brazo.

Más tarde Hannah le describiría a su marido como «hipo mental» el impacto que sintió en el cerebro al presenciar aquel peligro mortal. La sensación de que millones de neuronas sufrían de pronto calambres irregulares que interrumpían constantemente sus pensamientos.

La alumna que el joven retenía era..., *ah, sí...*, Samira, una niña morena de brillantes ojos verdes que siempre lucía un lazo en el pelo. Aquel día lo llevaba rojo, a juego con su vestido de Mickey Mouse. Era ella quien sollozaba y gemía de forma tan desgarradora.

El niño que estaba su lado permanecía mudo, a pesar de que tenía el cañón del arma apoyado en la sien. Al contrario que con Samira, Hannah no necesitó esforzarse para recordar su nombre. Porque era Paul. Su hijo de cinco años.

3

—¡Dios mío! —susurró apenas, porque las invisibles manos que le atenazaban el cuello casi le impedían respirar. Nadie se fijó en ella. Ni las cuidadoras, ni Paul, ni el secuestrador armado.

—¿Quién ha ido contando esas mentiras? —gritaba el hombre.

Hannah sentía como si una catarata de pensamientos quisiera desbordarse literalmente de su cabeza.

Lo conozco. Acabo de verlo.

La cara de Wolf-podéis-llamarme-Wolle estaba desencajada, apenas se correspondía con la sonriente foto del cartel que acababa de ver en el tablón.

Pocas horas después, los medios de internet informaron sobre aquello que los periódicos tradicionales solo pudieron publicar al día siguiente: el «asesino de la guardería» se había colado con un arma en el centro educativo y había actuado como un loco homicida.

Más adelante, un redactor no se privó de publicar el siguiente titular: «¿Quién teme al Wolle feroz?».

Un niño o una niña (nunca se supo quién fue) había acusado

a Wolf/Wolle de haberle realizado tocamientos mientras jugaban en los columpios. Aquello había sucedido varios días atrás. La dirección de la guardería suspendió al profesor hasta que se aclararan los hechos, pero, por desgracia, no solo olvidó retirar su cartel del tablón, sino que también le dejaron un mensaje en el contestador. El mensaje lo oyó su mujer embarazada. Como el matrimonio pasaba por una crisis, aquello supuso una razón más para echar de casa al futuro padre. Al mismo tiempo, el rumor se propagó entre los amigos de Wolle hasta llegar al instituto donde había estudiado Pedagogía Social. Abandonado y difamado, comprendió que su vida personal y profesional había terminado. Nunca se aclararía si de verdad había tocado a algún niño de manera inapropiada. Además, quedaba fuera de toda duda que una persona con tendencia a los ataques de agresividad no podía seguir laboralmente vinculado con la infancia. Al parecer, presentaba una vena violenta y enfermiza, la ira lo cegaba y le hacía perder el control. Samira y Paul no eran unas víctimas que hubiera seleccionado. Tan solo tuvieron la mala suerte de ser los primeros en cruzarse en su camino.

Paul.

El niño miraba en su dirección, pero sin verla. Como anestesiado. Ella le hizo unas señas, movió un poco la cabeza. Todo muy discretamente, pues por nada del mundo quería llamar la atención del secuestrador.

Vale. Ahora sí me ve.

Hannah pasó a un modo de comunicación no verbal. Su mejor amiga Telda le comentó una vez que aquella manera de comunicarse con otras personas sin usar la voz parecía telepatía. Sin embargo, era necesario que esas personas poseyeran una sensibilidad especial. Como Paul, con quien llevaba practicando ese lenguaje desde que empezó a interesarse por su profesión.

Yo te protegeré, le transmitió, cerrando con fuerza los párpados dos veces y volviéndolos a abrir transcurrido un segundo.

«Mamá, ¿tú en qué trabajas?», le había preguntado su hijo por primera vez hacía como un año, y ella le contestó: «Leo en la cara de la gente».

Él hizo un gesto de curiosidad con su pecosa naricilla y, con una sonrisa pícara, preguntó: «¿Y qué lees en la mía?».

«Alegría, curiosidad... ¡y que tienes el cuarto hecho una leonera!».

En aquel momento Paul acababa de cumplir cuatro años, pero ya entonces quiso que se lo explicara con más detalle. Y así lo hizo. Le contó que, como experta en microexpresiones faciales, se fijaba en los más mínimos cambios de los músculos de la cara. En los movimientos de labios y barbilla, de ojos y nariz, de cejas y frente. Microexpresiones que no se pueden controlar por mucho que se intente, y que desaparecen más deprisa que un pestañeo.

«¿Y así puedes saber si alguien miente?».

«O si tiene miedo, o si siente asco, alegría o tristeza».

O desesperación, mezclada con la intención de atacar. Como Wolle en aquel momento. Comprendía que el joven creía que no tenía nada que perder. Esos eran los más peligrosos.

«¿Experta en microexplicaciones? —se burló Paul—. ¿Y eso para qué sirve?».

El niño soltó unas risitas cuando ella le hizo cosquillas en el ombligo y lo llamó «graciosillo». Le encantaba hacerlo reír porque sus carcajadas le parecían adorables, todavía sonaban a risa de bebé, con sus gorjeos y sus grititos.

«Pues mira, trabajo por ejemplo para la policía, o en los juicios. A veces no saben determinar si una persona es mala de verdad. Entonces me llaman y estoy presente cuando hablan con ella. Presto atención para ver si la expresión de su cara se corresponde con sus palabras o sus actos».

En el caso de Wolle, no cabía ninguna duda. Todas las señales encajaban.

Las cejas levantadas y arqueadas: desesperación. La mirada penetrante: ira. Estaba a punto de estallar. A punto de segar dos vidas. La pregunta era: ¿cuál primero?

¿La de Paul o la de Samira?

Debía hacer algo. ¡Enseguida!

—¡Eh! —gritó, y entonces sí repararon en ella. El secuestrador la miró solo un momento, los ojos de Paul permanecieron fijos más tiempo.

Bien, eso está bien.

Acuérdate de lo que te he enseñado, articuló sin emitir sonidos, apoyándose el dedo índice en la sien. *¡Acuérdate!*

Paul soltó un suspiro, pero asintió con la cabeza. Había leído en sus ojos lo que quería transmitirle.

Richard lo consideraba prematuro, pero ella opinaba que nunca era demasiado pronto para fomentar la empatía de los niños. Es la base del estudio de las microexpresiones faciales: se aprende a identificar los sentimientos de otras personas, sin que estas digan nada. Así, igual que Richard había enseñado a Paul a montar en bicicleta o a hacer fotografías, Hannah lo había familiarizado con los principios básicos del lenguaje corporal.

¿Qué hemos practicado?, articuló sin sonido.

Paul asintió de nuevo. Había comprendido. Lo había leído en sus ojos. Hannah dio gracias a Dios por haber empezado tan pronto a aguzar sus sentidos.

Ella se señaló primero los ojos, y luego a Wolle.

Eso es. ¡Míralo! ¡No apartes la mirada! ¡Busca el contacto visual!

Lección 1: sinceridad. Sostener la mirada.

En su opinión, la verdad era lo que más lejos te llevaba en esta vida. Y la verdad se refleja no en las palabras de la gente, sino en sus expresiones faciales.

«Nada transmite mayor sinceridad que sostener la mirada y mostrar abiertamente nuestros sentimientos», le había enseñado a Paul.

Una charla con un amigo, más adelante una conversación con una profesora y luego, llegado el momento, una primera cita. Esas eran las circunstancias que Hannah tenía en mente durante las lecciones. No una situación de peligro mortal en la guardería.

Sí, muy bien. Eso es.

El corazón le resonó en el pecho como un puño golpeando una puerta cuando vio a Paul tirarle al joven de la manga.

—¿Eh?

Wolle bajó la mirada hasta él. Le puso el cañón entre los ojos. Aun así, Paul no cometió ningún error. Consiguió lo que Samira era incapaz de hacer. La niña tenía los ojos arrasados en lágrimas y los sollozos le sacudían todo el cuerpo. Alguien inexperto, y tan cegado como Wolle, podía interpretarlo no solo como un signo de terror y angustia, sino también de culpabilidad. Por el contrario, los gestos de Paul lo hacían parecer tan inocente como un corderito. Acongojado y asustado, pero sincero. Y, como consiguió mantener la mirada hipnótica y rabiosa de aquel hombre al límite y desesperado, este tomó una decisión. No consciente. De manera intuitiva, dio credibilidad al niño cuando le dijo:

—No he sido yo, Wolle.

¿Acepté deliberadamente la muerte de Samira?, se preguntaba Hannah años después, al recordar lo sucedido. ¿Había realizado una selección activa? ¿Había ayudado a su hijo a parecer

menos culpable sirviéndose de sus conocimientos de lenguaje no verbal para que el cañón se apartara de él y el disparo no acabara en su cabeza, sino en la de Samira?

Porque en aquel momento toda la ira de Wolle se dirigió contra la niña. Soltó a Paul, que no se alejó aunque Hannah primero le hizo gestos y luego incluso le gritó para que fuera con ella. Pero el niño se quedó quieto. Ya no miraba fijamente a los ojos del secuestrador, sino a la pistola, cuyo cañón se apoyaba en la sien de Samira.

Hannah no oyó el clic del gatillo. Tampoco el disparo. Sin embargo, de pronto la sangre empezó a correr por el suelo de vinilo.

Lo sucedido se aclaró más adelante. También de dónde había salido la navaja, que Paul jamás debió sustraer del escritorio de Richard y, mucho menos, llevar a la guardería.

«Marek y yo queríamos tallar unos trozos de madera», declaró más tarde en el informe policial.

En vez de para eso, había aprovechado el momento en que Wolle se desentendió de él para clavarle la navaja en el muslo. Y así, en el último momento, había salvado a Samira, que fue trasladada a casa sana y salva mientras los médicos del hospital Virchow luchaban por la vida del joven.

El suelo de vinilo de la guardería era muy fácil de limpiar. Al día siguiente ya nada recordaba al desequilibrado que casi había matado a dos niños.

La sangre solo manaba en la memoria de Hannah.

Las horribles imágenes fueron poco a poco perdiendo intensidad. Aunque tuvieron que pasar siete años para que dejaran de perseguirla en sueños.

Y eso solo sucedió porque aquellas escenas fueron reemplazadas por una pesadilla aún peor, que se desató en casa de la familia Herbst en la noche del 12 al 13 de octubre.

4

SIETE AÑOS DESPUÉS

CASA DE LA FAMILIA: HANNAH, RICHARD, PAUL Y KYRA HERBST

NOCHE DEL 12 AL 13 DE OCTUBRE

Un asesino múltiple declaró una vez que matar es fácil. Lo difícil es convivir después con el crimen.

Ya veremos si es cierto.

La primera puñalada, directa al corazón, le costó un esfuerzo sobrehumano. Aunque todo acabó enseguida y Kyra no se enteró de nada. La adolescente de quince años tan solo exhaló un último suspiro.

Luego le tocó el turno al padre. Armó más escándalo. El silencio que reinó tras su último jadeo resultó más atronador que la agonía.

Por la oscuridad del dormitorio se expandió el olor a hierro. Se le pegaba a los pelillos de la nariz. La luz de la luna, que se colaba por las ventanas de la primera planta, envolvía la escena en un resplandor plateado, como de mercurio. También dibujaba sombras de ramas danzantes en la alfombra clara, que absorbió la sangre que goteaba del cuchillo mientras se dirigía al pasillo.

Qué divertida la puerta del dormitorio infantil. Tenía un adhesivo verde en el que ponía con rotulador Edding negro:

¡Desde que cumplí doce hay que llamar antes de entrar!
Firmado: Paul

Allá voy. Ya es tarde y matar resulta agotador.

Un intenso bostezo ocultó el leve chirrido que soltó la puerta al abrirse lentamente para dar paso al oscuro dormitorio.

En el que se encontraba el último objetivo de aquella noche.

5

13 DE OCTUBRE

HOY

«Las muertes por incendio en realidad son muertes por el humo».

Se despertó con esa frase en la cabeza e instintivamente empezó a olfatear el aire. Como si quisiera asegurarse de que el edificio no estaba en llamas y de que el humo no invadía la habitación.

Pero no notó nada. No sintió olor a fuego ni había humo intentando colarse por debajo de la puerta de entrada, que estaba a su derecha, más allá de la descolorida alfombra que una vez fue de pelo largo y color crema, y que en aquel momento parecía un sucio felpudo: grisácea y totalmente aplastada por infinidad de pisadas.

«En un incendio la mayoría de las víctimas no mueren a causa de las llamas. Se asfixian con el humo tóxico».

Al menos tenía una visión clara: la del plafón blanco lechoso que parecía una ensaladera, mal atornillado al techo lleno de parches de yeso. La colcha en la que estaba tumbada tenía muchas manchas y era casi del mismo color que las cortinas cerradas que colgaban a su lado. Eran de un tejido marrón muy grueso que no dejaba pasar la luz, por lo que no sabía si era de noche o si aquellas cortinas cumplían especialmente bien su función. *¿Y si...?* —Este era solo uno de los pensamientos que la perturbaban—. *¿Y si no hay ventanas detrás?*

Quizá las cortinas eran falsas, como las orquídeas de plástico que había en un jarrón sobre la cómoda. Sin embargo, la televisión era real. Emitía un extraño rumor monótono y por eso funcionaba más como único punto de luz que como fuente de información. La pantalla resultaba demasiado pequeña para la distancia que había hasta la cama. Para poder ver las imágenes tendría que levantar la cabeza, y sentía que le faltaban fuerzas. Sería mejor que se sentara en la cama; le iría bien para la tensión arterial, que tenía descontrolada. Pero no lo consiguió. Por la sencilla razón de que las bridas con las que estaba atada no le dejaban margen de maniobra.

El cabecero, gris y sucio, era de cuero sintético y contaba con una barra de acero horizontal. Quizá fuera por motivos estéticos, o quizá para evitar que los objetos depositados en la parte alta cayeran al colchón. Independientemente de para qué estuviera diseñada, alguien había usado aquella barra para inmovilizarla y había apretado tanto las bridas que ni siquiera podía deslizar una mano hacia la otra. Se encontraba en una posición como la de Cristo en la cruz, con la cabeza apoyada en el colchón y las muñecas elevadas medio metro por encima del torso.

«Una simple papelera incendiada puede originar miles de metros cúbicos de humo».

Al parecer, estaban emitiendo un reportaje sobre incendios en el hogar. Se habló de detectores de humo, del tiempo medio de llegada de los bomberos y del fenómeno por el cual muchas personas, al ver el fuego, se quedan tan fascinadas por las llamas que pierden un tiempo precioso admirando como hipnotizadas su furia destructora, en lugar de pedir ayuda.

¡Ayuda!, gritó entonces. Pero solo en sus pensamientos.

No tenía las piernas atadas. Pataleando, logró bajar la colcha hasta los pies de la cama. Como si eso sirviera para algo.

Pero ¿qué tenía sentido en aquella situación?

Se había despertado sin saber dónde, atada a una cama desconocida y en una habitación desconocida, amueblada de forma tan anónima e insustancial que solo podía tratarse de un hotel barato. Tenía una visión despejada de la triste decoración. Una lámpara de pie con pantalla de tela, paneles de madera oscura en las paredes y una acuarela, que representaba un camino en medio del bosque, colgada torcida junto a la puerta del baño. Lo veía todo, pero se sentía tan desorientada como si la envolviera una niebla tóxica que —y este era otro pensamiento terrible— la acompañaría a todas partes aunque lograra liberarse de sus ataduras. Porque la humareda tóxica no estaba en la habitación, eso lo comprendió al instante, al cerrar los ojos y sentir que se perdía dentro de sí misma. La niebla del olvido (como la llamó desde ese momento) se encontraba en su interior y había inundado su razón.

¡Está ahogando mi conciencia!

Su garganta reseca emitió un gemido ronco, lleno de terror. Aquel quejido expresaba la terrible comprensión de hallarse totalmente desamparada e indefensa. No solo a nivel físico, sino también a nivel mental.

Cerró los ojos e intentó recordar, pero solo encontraba la niebla del olvido. Se sentía como una conductora que, entre la densa neblina, avanza cada vez más despacio porque solo distingue las cosas de manera imprecisa. Los faros traseros de los vehículos de delante, los contornos de unas sombras a los lados que podrían ser cualquier objeto: árboles, quitamiedos, coches que quedan atrás... Logra vislumbrar algo, pero, por más que fuerce la vista, resulta imposible distinguir más allá de una intuición. Eso mismo le pasaba a ella con sus pensamientos. Sabía que, perdidos entre la humareda impenetrable, se encontraban sus recuerdos: qué o quién era y cómo había llegado hasta allí, hasta encontrarse en aquella situación, descalza, vestida únicamente con un camisón de algodón y encerrada en una habitación de hotel. Con unos dolores que partían de algún punto de su cuerpo, que no lograba localizar, y que irradiaban en todas direcciones.

Y cuanto más se esforzaba por liberar sus recuerdos de la impenetrable capa de niebla, más parecía alejarse lo que la definía como persona: su nombre, edad, profesión, estado civil, lugar de procedencia...

No sé quién o qué soy, no sé dónde estoy, pensó, y, de no haber sido por aquella voz que le hablaba de manera tan agradable y tranquilizadora desde la televisión, seguramente habría soltado el último amarre con la realidad y se habría perdido definitivamente en el mar del olvido.

«... interrumpimos la programación para ofrecerles en directo la rueda de prensa de la policía de Berlín».

En el silencio que siguió a las palabras de la presentadora, oyó un chirrido, como el de un grifo que se cierra. En ese mismo momento cesó el rumor monótono que, a todas luces, no provenía de la televisión.

Miró a la izquierda, hacia la puerta tras la que debía de estar el cuarto de baño. Luego intentó girar el cuerpo en la misma dirección, pero tuvo que renunciar mientras se le escapaba un grito.

Aquel ligero movimiento había desencadenado una oleada de dolores ardientes y febriles, que avanzaban como llamaradas hacia el vientre desde la región inguinal.

Maldita sea, ese es el foco del incendio.

En el lado izquierdo, entre la cadera y las costillas.

¿Sería ese el origen de las llamas, desde donde partía hacia su cerebro la humareda que le nublaba la conciencia?

La niebla del olvido.

Se revisó el cuerpo. Y vio el bulto bajo el camisón.

¿Qué demonios...?

Notaba como si tuviera una herida abierta. Por el abultamiento del camisón, parecía que se la habían tapado con un apósito. Sin embargo, tanto dolor indicaba que no le habían suministrado suficientes analgésicos. Volver a tumbarse de espaldas le produjo un tormento indescriptible.

«Damas y caballeros, muchas gracias por su numerosa presencia. Lo primero: el objetivo de esta rueda de prensa no es alarmar a la población. Sin embargo, es nuestro deber poner sobre aviso a la opinión pública sobre la persona de Lutz Blankenthal, también conocido como el Cirujano».

Levantó la cabeza y distinguió en la pantalla a un hombre flaco y de mejillas hundidas. Debajo, un cartel ponía: «Philipp Stoya, comisario jefe de la Policía Criminal».

Vale, sé leer. Y estoy en el cuerpo de una mujer adulta herida, atada a la cama de un hotel, pensó, resumiendo los fragmentos de información que había logrado reunir.

«Ayer por la tarde, Blankenthal protagonizó una huida espectacular del hospital penitenciario de Buch, en el distrito berlinés de Pankow. Este hombre de cincuenta y siete años es un criminal altamente manipulador y, por lo tanto, muy peligroso. Nadie, y este es nuestro llamamiento expreso, debe interponerse en su camino. Si se lo encuentran, no se hagan los héroes. No se expongan al peligro y avisen inmediatamente a la policía. Esta es una fotografía suya de fecha reciente».

Trató de incorporarse tirando con los brazos; no logró sentarse del todo, pero al menos quedó apoyada en el cabecero. El suplicio que le causó aquel cambio de posición fue insoportable. Parecía que unas garras se le clavaran en la herida y le arrancaran la carne del cuerpo, como si rasgaran el papel de un envoltorio.

A pesar de todo, no perdió la conciencia. Veía mejor la foto del hombre fugado, que (exceptuando una franja a la derecha con las cotizaciones en bolsa) ocupaba toda la pantalla.

Solo se mostraba la cara del criminal, pero, si se hubiera podido abrir el campo, no le habría extrañado que la imagen completa representara a aquel hombre en un velero, con las fuertes manos en el timón y la prominente barbilla (un poco demasiado grande) dirigida hacia la brisa fresca que le apartaba de la frente arrugada los cabellos grises, algo rizados en la nuca. Si ella hubiera tenido que describirlo con tres adjetivos a partir de aquella foto, estos habrían sido: serio, saludable y seguro de sí mismo. Por su parte, el investigador jefe de la brigada de homicidios de Berlín enumeró tres palabras bien distintas, aunque también empezaran por «s»:

«Lutz Blankenthal es un sanguinario, un sociópata y un sádico».

Las cámaras abrieron el plano para mostrar una mesa colocada sobre un escenario, montado en una especie de polideportivo. Delante había al menos una veintena de periodistas.

«Sin haberse presentado siquiera al examen de acceso a la universidad, y mucho menos haber estudiado medicina, se las ha apañado para ocupar varias plazas de médico en distintos hospitales. Entre estos puestos se encuentra el de cirujano jefe en una clínica privada de la ciudad de Potsdam. Ha engañado a decenas de expertos, pero sobre todo a sus pacientes, que le confiaron su vida y varios de ellos la perdieron. No cometan el mismo error, no se dejen engañar por su carisma ni por lo serio de su apariencia. Tras esa fachada de simpatía se esconde un psicópata con un alto grado de sadismo. Este hombre siente excitación al contemplar cuerpos humanos abiertos en canal. No es un simple estafador que falsifica un título de doctor para reírse de sus superiores. Blankenthal raja de arriba abajo a sus víctimas para divertirse, a veces sin anestesia, solo por el placer que le produce la visión de sus entrañas».

Ella soltó otro grito. Esta vez no por el dolor, aunque mientras el policía pronunciaba las últimas palabras había notado con más intensidad los pinchazos de la herida. En ese instante fue el terror lo que la hizo estremecerse. Porque la puerta que había a su izquierda se abrió con un chasquido y una vaharada de vapor cálido con olor a gel de ducha inundó la habitación.

Y, con ella, una sombra. Solo se distinguían sus contornos en la luz azulada de la televisión, donde el comisario Stoya continuaba informando:

«Ayer, Blankenthal fue trasladado al hospital penitenciario por una sospecha de infarto, aunque suponemos que fingió los síntomas y en realidad está perfectamente sano. Allí consiguió reducir a sus vigilantes y a la doctora que lo atendía. Forzó un armario con uniformes médicos y, una vez más, se vistió de cirujano. Luego me referiré específicamente a los detalles de su huida, que sin duda dan testimonio de su inteligencia mortal, en el sentido más literal de la palabra».

En ese momento, ella comprendió a quién pertenecía aquella sombra que, junto con el vapor de la ducha, había llegado hasta la cama. Un hombre recién aseado, tan solo con una toalla en la cintura, al que sería muy fácil imaginar en un velero si llevara ropa de navegación en vez de estar medio desnudo.

«Por desgracia debo informarles de que, en su huida, el Cirujano también secuestró a una...».

En mitad de la frase, el hombre bajó el sonido.

—¿Quién es usted? —preguntó ella, aunque acababa de oír su nombre varias veces.

Su voz sonaba mitad ronca y mitad susurrante. Notó que se le hinchaban las aletas de la nariz y se le tensaban los músculos de todo el cuerpo. Empezó a temblar.

Señales de miedo características, pensó instintivamente. Una respuesta evolutiva, como el sudor en las palmas de las manos, que ayudaban al hombre de la Edad de Piedra a aferrarse mejor a las rocas o los árboles si necesitaba huir. Mejor agarre. *Por eso hoy en día nos humedecemos la yema de los dedos para pasar las páginas*, oyó que explicaba su voz interior.

El hombre contestó, con voz alta y clara:

—Me llamo Lutz Blankenthal. Me alegro de que se haya despertado. Así podremos empezar ahora mismo, señora Herbst.

6

Apagó la televisión. Después se agachó a los pies de la cama. Hannah oyó el ruido de una cremallera.

Dios mío, ¿qué va a hacer? ¿Piensa rajarme aquí mismo? ¿Sin anestesia, como a sus otras víctimas?

Cerró los ojos. Soltó un gemido. Volvió a abrirlos, pero la pesadilla no había desaparecido. El Cirujano seguía ante ella. No sostenía un bisturí, sino una bolsa de deporte de color negro.

—Voy un momento a cambiarme —anunció.

¿A cambiarse? ¿Para qué?

¿Acabaría de efectuar en el baño un perverso ritual de desinfección? ¿Iba a ponerse la bata de cirujano?

—¿Qué..., qué quiere de mí?

¿Soy yo la doctora a quien redujo? ¿La señora Herbst?

—¿Dónde estoy?

—En un hotel.

Eso ya lo sé. Pero ¿por qué? ¿Cómo he llegado aquí?

Sin embargo, como en aquel momento sobrevivir le importaba más que comprender las razones de aquella locura, gritó todo lo alto que su voz rota le permitía:

—¡Suélteme! ¡Suélteme ahora mismo! —Tironeó en vano de sus ataduras.

Blankenthal negó enérgicamente con la cabeza.

—No. No puedo.

Con la bolsa en la mano, se dio la vuelta y se dirigió al baño.

Oh, Dios mío, está loco de verdad. Y me encuentro a su merced, sin siquiera saber quién soy.

De repente sintió que le fallaban las fuerzas, como si el intento de incorporarse hubiera agotado sus últimas reservas. Solo Dios sabía qué había soportado en las últimas horas.

—No me haga nada, por favor —suplicó.

Blankenthal se detuvo. Durante un brevísimo instante, su lenguaje corporal se congeló por completo. Un momento que ella percibió como a cámara lenta. Por una fracción de segundo, el hombre se quedó petrificado. *El efecto parálisis, una reacción inconsciente de orientación*, oyó decir de nuevo a su voz interior. Y se sorprendió de que le vinieran a la mente esos detalles.

—¿Que no le haga nada yo a usted?

El hombre salió de su parálisis y regresó a la cama. Se inclinó sobre ella. De pronto lo tenía tan cerca que notaba el olor a madera y a tabaco de su colonia, que se habría puesto en el baño.

—Creo que está usted muy equivocada —dijo, clavándole la mirada en los ojos.

Ella se vio reflejada en sus pupilas, rodeadas de un iris azul oscuro. Por desgracia, la imagen era tan pequeña que no lograba reconocerse. Porque tampoco de eso guardaba recuerdos. *Por Dios santo, ni siquiera sé qué aspecto tengo.*

—Por favor, quíteme las bridas —rogó, sin importarle lo amedrentada o lastimera que resultaba..., *porque así es justo como estoy: muerta de miedo y sin esperanza de compasión*—. ¡Por favor, quiero volver a casa!

Aunque no sé dónde está.

—No puede ser. No puedo soltarla —repitió Blankenthal, con aquella voz extrañamente clara.

—¿Por qué no?

Si hasta ese momento había conseguido mantenerse al límite del abismo, al borde del precipicio de la desesperación, la respuesta que obtuvo le propinó el empujón definitivo.

—Porque —contestó el hombre, y su voz se volvió seria y profunda— usted me da mucho miedo.

7

—¿Que yo le doy miedo?

Si aquello fuera una comedia, la historia de un asesino en serie que teme a su víctima quizá permitiría pasar una tarde entretenida en el cine. Pero Hannah no estaba en una película. Y la herida, el dolor, las bridas y su total pérdida de memoria no hacían presagiar que existiera una explicación divertida para lo que estaba sucediendo.

—¿Está jugando conmigo? —preguntó ella. Como el gato que se divierte con el ratón, empujándolo como una pelotita por todo el salón antes de devorarlo.

—¿Perdone? —Blankenthal enarcó las cejas, espesas y canosas. Abrió mucho los ojos. *Señal de auténtica sorpresa.*

—¿Es una broma macabra? —insistió ella.

Él negó con la cabeza y contestó:

—No la entiendo.

Bueno, ya está bien. Se incorporó, arqueando la espalda en la medida en que se lo permitían las bridas. Por un momento dejó de notar dolor, solo sentía la ira.

—¡Soy YO la que no entiende! ¡YO estoy a SU merced!

En manos de un sociópata sádico y sanguinario.

—¡Es USTED quien ha matado a varias personas!

Abriéndolas en canal.

—Es USTED quien me ha secuestrado y seguramente también me ha herido. USTED me tiene prisionera. ¿Y todavía dice que le doy miedo?

Agotada, dejó caer la cabeza en el colchón. Poco a poco se le entumecían los brazos. Al parecer, el corazón encontraba dificultades para bombear la sangre hasta allí. Y, además, las bridas le cortaban la circulación en las muñecas.

—¡Aquí el desequilibrado es usted! —insistió, sin hacer caso de la vocecilla que le recomendaba no provocar a aquel trastornado.

A pesar de que lo había ofendido, Blankenthal no se mostró enfadado. Más bien resignado. Asintió con tristeza y dejó en el suelo la bolsa que, con suerte, contendría ropa limpia que se había procurado después de la huida. Aunque quizá estaba llena de bisturíes, sierras para huesos y grapas quirúrgicas.

—Siento que haya oído toda esa palabrería sobre mí —dijo, señalando la televisión.

Ella se percató entonces de que estaba en muy buena forma física. No tenía michelines ni le sobraba un gramo de grasa; al contrario, se le marcaban perfectamente los abdominales y los pectorales.

—Quería saber qué decían de nosotros en las noticias y se me olvidó apagar la tele antes de meterme en la ducha, señora Herbst.

Herbst.

Otra vez ese apellido.

Le sonaba familiar, pero no estaba segura. Quizá lo conocía por ser bastante común. O quizá fuera de verdad su apellido.

Herbst.

Como tantas otras cosas, tampoco eso lo recordaba.

—No sé lo que habrán dicho, pero seguro que es la misma mentira que todos cuentan sobre mí —añadió el hombre.

Ella lanzó un suspiro.

Es increíble que estemos manteniendo esta conversación.

—Entonces ¿no se ha fugado de un hospital penitenciario?

—Sí. Pero mi encarcelamiento fue una injusticia. No soy un depravado. Jamás he matado a un inocente de manera intencionada. —Su mirada se hizo más penetrante—. Muy al contrario que usted, señora Hannah Herbst.

8

Aquella fue la primera de otras muchas veces en las que deseó que la niebla del olvido no solo ahogara su pasado, sino también su presente.

—¿Al contrario que yo?

Blankenthal asintió.

—¿Yo soy una asesina?

—Si no lo fuera, ¿por qué iba a estar en un hospital penitenciario?

—Porque soy la doctora a la que usted atacó e hirió en su huida.

—¿Perdón? —Soltó una carcajada incrédula—. Mira, vamos a tutearnos. ¿Te estás quedando conmigo? Tú no eres médica. Y las lesiones por las que te operaron te las hiciste tú misma.

—No dices más que mentiras.

—¿Por qué iba a mentir?

—Y yo qué sé, doctor —respondió con un gañido y reprimiendo un ataque de tos. Cada palabra le abrasaba la garganta reseca—. Te han declarado oficialmente trastornado, acabo de oírlo en las noticias. Todo el país lo sabe.

Él resopló. Se le marcaba una vena en la sien.

—No te creas lo que los medios dicen de mí.

—¿Entonces qué? ¿No eres un falso cirujano que se excita contemplando entrañas?

—Por el amor de Dios, claro que no. Soy un fraude, lo confieso. Jamás he pisado la universidad y, aun así, manejo las técnicas quirúrgicas y tengo un conocimiento médico mejor que la mayoría de los facultativos con una tesis doctoral.

—¡Pero eres un asesino!

Él asintió con pesar.

—Dos de mis víctimas no merecían otra cosa. Eran unos desalmados de la peor calaña. Supuestos pilares de la sociedad, ciudadanos respetados. Pero antes de las operaciones tuve ocasión de hablar con sus esposas y de ver las heridas que les habían infligido a ellas y a sus hijos. Así que en realidad hice un favor a la sociedad al no prestar toda mi atención durante sus intervenciones. —Su poderosa nuez subió y bajó al tragar—. Pero no lo hice siguiendo una inclinación enfermiza ni nada por el estilo... —Tragó de nuevo—. Eso es una mentira que la policía ha filtrado intencionadamente a la prensa amarilla. El joven fiscal que lleva el caso pretende lucirse a mi costa en su primera gran actuación. Ha convertido a las víctimas en héroes y a mí en un monstruo, para sacar partido de un juicio espectacular.

—¿Y esperas que me lo crea? —De haber tenido las manos libres, le habría hecho el gesto de que estaba loco.

—¿Cómo iba a engañarte precisamente a ti, Hannah Herbst?

—¿Qué quieres decir?

—Que tú eres la experta. Por mucho que me esforzara, no podría mentirte.

Sintió un desagradable sofoco, como si Blankenthal le hubiera echado encima la bocanada de un horno.

—No entiendo nada. ¿En qué se supone que soy experta?

Él enarcó una ceja y le lanzó una mirada desconfiada. Se

acercó más a la cama, encendió la luz de la mesilla de noche y se inclinó sobre ella.

—¿De verdad no te acuerdas de nada?

—¡No!

—Hummm... Bueno, podría ser...

—¿El qué?

Él se agachó y reapareció al momento con un portapapeles de clip que había sacado de la bolsa.

—¿Qué es lo último que recuerdas? —preguntó exigente.

Las vías. Una luz que se acerca. Traqueteo. Una cara... ¿Mamá?

—No... No lo sé.

Se internó en la niebla del olvido, moviendo las pupilas bajo los párpados cerrados como si escaneara un espacio imaginario, el espacio de su memoria. Pero su mirada interior solo encontraba imágenes aisladas e inconexas. Recuerdos que debían de ser muy antiguos: las piedras entre las vías, la estatua de un caballo cuya cabeza era la pantalla de una lámpara, sangre en un suelo de vinilo, el ombligo de un niño al que hacía cosquillas, risitas infantiles...

—Es todo muy confuso.

Blankenthal asintió como si no se sorprendiera. Después pasó la primera página del portapapeles y leyó en voz alta lo que ponía en la siguiente:

—«Anamnesis de Hannah Herbst, cuarenta años. Dirección: calle Egestorffstraße 119, 12307, Berlín. Sin antecedentes de enfermedad, sin medicación crónica. Según ella misma refiere, sufre una reacción alérgica a la anestesia, detectada durante el nacimiento de su hijo (por cesárea) y corroborada durante una operación de apendicitis hace tres años». ¿Te dice algo todo esto?

No.

—¿Qué son esos papeles?

—Estaban a los pies de tu cama.

—¿De qué cama?

El hombre retrocedió un paso y se quedó mirándola un momento, antes de contestar:

—Te lo repito: el día que me escapé del hospital te habían operado porque te autolesionaste con un objeto punzante y te perforaste el bazo. —Levantó los brazos como excusándose—. Créeme, si hubiera sabido quién eras me habría buscado a otra persona.

—¿Y QUIÉN SOY, JODER?

El Cirujano volvió a aproximarse y le sacudió un poco la mano izquierda para comprobar que las bridas aguantaban.

—Fuiste mi camuflaje. Conozco muy bien el efecto que produce un buen uniforme. Llevaba bata de cirujano, gorro y mascarilla cuando te saqué del área de reanimación donde te recuperabas tras la operación. Abrí todas las puertas con la tarjeta de una neurorradióloga a la que, por desgracia, tuve que dejar sin sentido en la sala de resonancias. Después, solo necesité llevarte hasta la ambulancia que estaba lista para devolverte a la cárcel de mujeres de Moabit.

—Todo eso es mentira.

Él se encogió de hombros.

—Piensa lo que quieras. Es la verdad. Al menos mi historia es verosímil. No como la tuya, señora Hannah Herbst.

¿Qué historia? ¿A qué demonios se refiere?

—Al sacarte del hospital, les aseguré a los chicos de la ambulancia que era el médico responsable y que tenía que acompañarte porque habías sufrido una reacción a la anestesia. Eran unos novatos, no fue difícil convencerlos. Cuando nos habíamos alejado varios kilómetros, dejé sin sentido al copiloto con el desfibrilador y obligué al conductor a detener el vehículo. Luego lo mandé también al mundo de los sueños.

—Si eso es verdad, ¿por qué no me dejaste allí?

¿Cómo se las arregló para transportarme, inconsciente, desde aquel punto A hasta este punto B?

¿Y dónde está el punto B?

¿En Berlín? ¿En Brandemburgo? ¿En Bélgica?

—Buena pregunta. En un primer momento planeaba huir solo —explicó—. Pero, al arrancar, los chicos de la ambulancia estuvieron hablando de ti. Y así descubrí lo que habías hecho, Hannah Herbst.

—¿De qué hablas?

Blankenthal suspiró y cogió un móvil que estaba junto al televisor. Desbloqueó la pantalla y se acercó a la cama.

—Como me tomas por un mentiroso, será mejor que lo veas con tus propios ojos.

9

«Interrogatorio de Hannah Herbst, prisión provisional de Moabit, B.HH.789Z/19. Hoy es 13 de octubre de dos mil...»

No llegó a entender el año mencionado por la voz masculina de la grabación porque sus pensamientos giraban en un torbellino.

¿Me han interrogado? ¿Por qué?

«Dirige el interrogatorio el comisario jefe Fadil Matar».

En la pantalla del móvil que Blankenthal sostenía a unos veinte centímetros de su cara no llegaba a distinguir si el policía estaba detrás o a un lado de la cámara. Se mantenía oculto. En las películas policiacas (de eso, por alguna razón, sí se acordaba) siempre salían imágenes con mucho grano y poco saturadas cuya mala calidad recordaba a los circuitos de vigilancia de las gasolineras. Seguramente porque, en las películas antiguas, se añadía un efecto de super-8 para aumentar la tensión. Sin embargo, la grabación del móvil era excelente. Solo le faltaba una iluminación un poco más profesional. Oscuras sombras caían sobre el rostro de la mujer que apoyaba los codos en una elegante mesa de formica gris. Detrás de la mesa había una pared de ladrillos pintados de blanco.

¿Esa soy yo? ¿Ese es mi aspecto?

Deseaba apartar la vista. Mirar a aquella mujer la perturbaba, aunque no porque su aspecto fuera desagradable, pues era todo lo contrario. Tenía una cara que, en condiciones normales, resultaría atractiva. No por su especial belleza, sino porque expresaba amabilidad. Tenía los ojos de un azul intenso, cosa que encontró poco usual en combinación con el cabello castaño. Lo llevaba suelto sobre los hombros de una americana gris antracita, muy profesional, puesta encima de una blusa blanca.

Aunque se veía la melena grasienta y despeinada, el cuidado regular era evidente. El corte, seguro que nada barato, estaba tan bien ejecutado que unas mechas discretamente aclaradas le rodeaban el rostro como el valioso marco de un cuadro. (Por alguna razón, le vino a la mente la palabra *balayage* y sintió aún más desesperación al constatar que recordaba términos de peluquería totalmente superfluos, pero no tenía ni idea de cómo se llamaban sus hijos, si es que los tenía).

«Empecemos por sus datos. ¿Cómo se llama?», preguntó el comisario Matar.

La mujer carraspeó brevemente y contestó:

«Soy Hannah Herbst. Tengo cuarenta años y vivo en Berlín».

Aquella frase la sacudió con violencia y le revolvió las tripas. Hasta ese momento, no terminaba de creerse nada. Se preguntaba si esa mujer frágil, de cuello esbelto y fino, de verdad podía ser ella. Y eso a pesar de que algunos gestos le resultaban muy familiares, como la costumbre de ladear un poco la cabeza al reflexionar o de tocarse con nerviosismo el dedo anular de la mano izquierda. Pero ya no había duda posible.

Blankenthal dice la verdad.

Su voz en el vídeo le sonaba extraña, aunque sabía que a la mayoría de la gente le cuesta reconocerse en las grabaciones.

Pero no podía negar que aquella voz suave y firme era la suya, no había vuelta de hoja.

Y aun así...

Cerró los ojos.

¡No! Esa mujer no soy yo. Su voz se parece a la mía y su aspecto me resulta familiar, pero no soy yo, intentó convencerse. Repitió aquel pensamiento varias veces, como un mantra, y consiguió tomar distancia mental con la persona que aparecía en la pantalla. Eso le permitió abrir los ojos, a pesar de sentirse aterrada por lo que esa persona pudiera confesar. Sin embargo, antes de que la mujer añadiera algo más, le leyeron sus derechos. A la pregunta de si lo había comprendido todo, contestó con irritación:

«Pues claro. He trabajado con la policía mil veces».

¿Qué quiero decir con eso? ¿Acaso soy policía?

Levantó la vista hasta Blankenthal, que se había sentado en el borde del colchón. Por suerte, la toalla que llevaba alrededor de la cintura se mantenía en su sitio mientras él le sujetaba el móvil a la altura de la cara. Subió y bajó las cejas un par de veces para darle a entender que debía concentrarse en el vídeo. Entonces, el comisario dijo:

«Estamos grabando esta declaración por expreso deseo suyo, señora Herbst».

«Así es. Sin abogados».

«¿Por qué renuncia a la asistencia jurídica?».

«Porque no tengo tiempo para jueguecitos legales».

«¿Puede explicarse mejor?».

«Padezco una extraña reacción a determinados fármacos».

«¿En qué consiste esa reacción?».

«Los anestésicos me producen una amnesia retrógrada global transitoria, que dura un mínimo de veinticuatro y un máximo de cuarenta y ocho horas. La memoria procedimental permanece intacta».

«¿Y eso en cristiano qué significa?», preguntó bruscamente el comisario.

«Las pérdidas de memoria provocadas por la anestesia no son inusuales, de hecho resultan incluso deseables. Nadie quiere acordarse de una operación. Pero, en mi caso, los anestésicos no solo borran los recuerdos que rodean la intervención, sino también todos los acontecimientos de mi pasado. Únicamente se mantienen las habilidades aprendidas. Por eso, tras una operación sí que puedo hablar, leer, escribir, montar en bicicleta o conducir un coche».

En este momento solo soy capaz de una cosa, pensó Hannah, mientras se oía a sí misma ofrecer una explicación de su estado traumático. *Solo soy capaz de gritar.*

Pero ni siquiera eso podía hacer, tan sobrepasada se sentía por lo que estaba oyendo.

«En resumen: debido a una disfunción hormonal, pierdo la memoria después de las intervenciones quirúrgicas. Con el tiempo, la memoria a largo plazo se reactiva, pero los momentos previos a la anestesia quedan en el olvido para siempre».

«Eso quiere decir que, cuando se despierte de la operación que tiene programada en el hospital penitenciario de Buch, ya nunca recordará los hechos acaecidos en las horas anteriores a su detención. ¿Es así?».

«Exacto. Y tampoco recordaré este interrogatorio. Por eso he solicitado que mi declaración se grabe en vídeo».

«¿Para poder explicarse a sí misma lo que ha hecho hoy?».

La Hannah que estaba en la habitación de hotel se miró instintivamente el bulto del camisón.

«Debe contestar sí o no».

«Sí», se oyó asentir.

«Bien. Ahora reláteme los hechos con el mayor detalle posible».

No, no lo hagas. Por favor...

«Mire, tengo unos dolores espantosos. Las pastillitas que me han dado a lo mejor sirven para la regla, pero ahora mismo siento como si me dieran descargas eléctricas en las tripas. Así que me perdonará si me limito a contarle lo esencial».

«Adelante».

«Soy experta en microexpresiones faciales. Mi trabajo consiste en analizar, entre otros aspectos, los gestos minúsculos e involuntarios de la cara para descubrir emociones ocultas. Como, por ejemplo, esa contracción incontrolable de su ceja izquierda causada por el músculo frontal, gobernado principalmente por el sistema límbico. Ese pequeño movimiento me revela su escepticismo».

Y por eso...

«No soy la única, pero desde luego soy la mejor en mi campo, y a menudo asesoro a la policía en situaciones como esta. Normalmente estoy al otro lado de la mesa, observando con lupa a los sospechosos».

... y por eso tengo esta capacidad de percepción, pensó Hannah mientras el vídeo continuaba. *Por eso conocía el efecto parálisis.*

«En los últimos tiempos me he implicado mucho, junto con la Policía Criminal Regional, en el caso del Pescador».

«¿Puede explicar qué caso es ese?».

«Todo el mundo lo conoce. Se trata de un asesino que solo selecciona víctimas jóvenes. Ha secuestrado a cuatro hasta el momento. Por razones que aún desconocemos, liberó a dos. Las otras dos aparecieron muertas en instalaciones ferroviarias abandonadas. La causa del fallecimiento fue una intoxicación por monóxido de carbono. Según la autopsia, inhalaron los gases de una barbacoa mientras dormían».

Hizo una pausa.

«La Operación Especial Pescador, en la que asesoro, lleva ese nombre porque el criminal o bien devuelve al mundo a sus víctimas, o bien las mata, como los pescadores. Por eso a veces también se usa un nombre en inglés, Catch & Release Killer, algo así como el asesino que atrapa y libera».

«¿Y qué relación guarda todo esto con los actos que usted ha cometido hoy?», inquirió Matar.

Ella hizo una pausa.

«Llevamos casi año y medio investigando, moviéndonos a ciegas entre un montón de basura. Me han llamado para observar los interrogatorios de más de cuarenta sospechosos. Para analizar su lenguaje corporal, ya fuera en vídeo o en vivo y en directo».

«Sin éxito».

«La policía no tiene ni una pista».

«¿Y eso le causa frustración?».

«No lo soporto. Mire, ahí fuera cientos de miles de niños sufren malos tratos cada año. A muchos los asesinan, los secuestran, los queman vivos, les dan palizas hasta matarlos. Y a muchos más los violan... Y, además, está ese rincón infantil...».

«¿Qué rincón infantil?».

Por un momento, la mirada de la mujer se posó en el oculto interrogador.

«Hace poco estuve en el Instituto de Medicina Forense de la Universidad de Berlín, fui a recoger a una amiga para comer con ella. Se llama Telda Sahms, trabaja como asistente de disección».

«¿Y qué pasó?».

«Telda me pidió que la acompañara al despacho del director del Instituto, el profesor Tsokos, para presentármelo. Avanzamos por el pasillo, pasando por delante de las distintas salas de autopsia, y en un recodo del corredor descubrí el rincón infantil. Parecía la sala de espera de un pediatra: sillitas, una pizarra, cajas de libros, una alfombra con calles dibujadas para jugar con cochecitos... Si tiene hijos, ya se lo imagina».

¿Y yo los tengo?, se preguntó la Hannah del hotel.

La Hannah de la grabación se esforzaba por no desmoronarse.

Barbilla temblorosa. Señal de llanto inminente.

«Recuerdo que bromeé con Telda y le dije: "¿Vais en serio? ¿Aparcáis aquí fuera a vuestros retoños mientras diseccionáis cadáveres en las salas de autopsia?"».

La imagen vibró un poco, aunque el sonido se mantuvo muy nítido.

«Pero se me atragantó la risa, porque ella contestó: "Este rincón no es para nuestros niños"».

La Hannah del hotel contuvo la respiración y trató de recordar qué había contado ella misma en ese momento.

«La gente cree que los médicos forenses solo trabajan con cadáveres. Pero tienen muchísimos pacientes vivos. Su labor es determinar si las lesiones que presentan son consecuencia de un accidente o de un delito. En el Instituto de Berlín existe una sección especial, dedicada exclusivamente a las agresiones contra menores. La Unidad de Protección contra la Violencia».

«La conozco, está en el barrio de Moabit».

«Así es. Son muchos, muchísimos, los niños que acuden allí cada día. Hay infinidad de casos en los que las circunstancias son confusas. No se sabe si las quemaduras de un bebé se deben a un descuido o a que le han apagado cigarrillos en la espalda. No se sabe si el pómulo roto de un pequeñín es consecuencia de una caída o de un puñetazo. ¿Se da cuenta? Son tantas las pobres criaturas, que ha sido necesario montar un rincón de juegos porque cuando llegan siempre les toca esperar. El consultorio suele estar ocupado por otro pobrecillo al que le están examinando los deditos aplastados, el vientre malnutrido o un ojo amoratado».

Una lágrima le rodó por la mejilla. También la Hannah del hotel estaba a punto de echarse a llorar. No sabía si por las vívidas descripciones de su doble o porque toda la situación la tenía al borde del colapso.

«Esa zona de espera despertó algo en usted», constató el comisario.

«Pues sí, lo cambió todo. Después de verla no pude seguir como si nada. Ya se sabe: es imposible volver a ocultar la verdad una vez que se descubre».

«¿Y qué verdad descubrió usted?».

«Que todo es una mierda. El mundo es un lugar horrible, no apto para la vida. El mal triunfará siempre. Imagínese que usted es el árbitro de un partido de fútbol y que un equipo debe atenerse al reglamento, pero el rival puede saltar al campo armado con hachas y cuchillos. ¿Quién piensa que ganará?».

El policía no respondió a la pregunta retórica.

«Nos engañamos al creer que salvar a un niño sirve para algo. No es así. Nunca ganaremos la guerra, estamos todos condenados. Desde que nacemos, libramos una batalla perdida de antemano».

Hizo una pausa y el comisario formuló la pregunta decisiva:

«¿Qué es lo que ha hecho, señora Herbst?».

«¿Esta noche?».

La Hannah de la grabación miró directamente a la cámara.

«Me fui a casa después del enésimo interrogatorio sin resultados».

«¿Se sentía abatida?».

La mujer suspiró.

«Todo lo contrario. Tenía un plan. Porque de pronto lo vi todo clarísimo, como nunca antes. Sentí la desesperanza. La sigo sintiendo ahora, a pesar de lo que he conseguido».

«¿Qué quiere decir con "lo que he conseguido"?».

«Que ahora son libres».

Hannah sintió que se estremecía en la cama, aunque no se movió ni un milímetro.

«Mi familia es libre», se oyó decir, y cerró de nuevo los ojos. Deseó poder taparse los oídos.

«Primero maté a Kyra, la adolescente de quince años».

No, por favor, no.

«La hija del primer matrimonio de Richard. Ni se enteró. Después fui a nuestro dormitorio. Degollé a mi marido con el mismo cuchillo con el que había matado a Kyra. Su agonía fue bastante ruidosa, tanto que temí que Paul se despertara».

«¿Paul es su hijo?».

Todo esto es mentira, pensó Hannah.

Estoy mintiendo. Tengo que estar mintiendo. No puede ser...

«Sí, nuestro hijo en común, de doce años. También a él quería ahorrarle una vida en este mundo miserable. Para que nunca sea una víctima. Y para que ni sus hijos ni sus nietos tengan que esperar nunca en un rincón infantil de Medicina Forense».

¿Por qué he hecho eso?, se preguntó Hannah. *¿Por qué confesar voluntariamente unos crímenes que no he cometido? ¿O es que...?*

Aquel pensamiento era peor que el miedo a lo que Blankenthal pudiera hacerle.

¿... o es que es la verdad? ¿Soy una asesina a sangre fría?

El comisario Matar la empujó a continuar con la declaración:

«¿Qué fue lo que le hizo a Paul?».

10

—¡Basta! ¡Páralo, no quiero ver más!

Gritó con tanta fuerza que la saliva salpicó la pantalla del móvil.

—Deberías verlo hasta el final.

—¡No!

No lo soportaré.

Apretando los párpados, le pareció distinguir tres lucecitas entre la niebla del olvido.

Kyra, Paul, Richard.

Las tres velas titilantes demostraban que esos nombres habían tenido importancia en el pasado. Pero su razón se negaba a creer la declaración del vídeo, sus propias palabras. De modo que las llamitas se apagaron, generando un humo que emborronaba aún más los recuerdos.

¿Kyra, Paul, Richard?

En ese momento solo podía desear que el motivo para no recordarlos fuera muy sencillo: que esas personas no hubieran existido nunca. Que toda aquella historia fuera un delirio de la mente enferma de Blankenthal. Pero era cierto, ella aparecía en el vídeo. Era su voz. Y su cara.

Y, sin embargo, algo no encajaba. Aunque no sabía decir el qué.

¿Los ojos?

Necesitaría analizar las imágenes, una por una.

¿Es un vídeo falso?

En caso afirmativo, era casi perfecto.

Pero ¿acaso hoy día no es ya todo posible? Lo que había visto bien podía ser el resultado de una falsificación perfecta, generada por ordenador. *Deepfake*, de pronto se acordó de aquel término. En cambio, no recordaba ser una asesina monstruosa.

Es imposible.

Pero ¿y si pese a todo era cierto?

Intentó pasar por alto todo lo que demostraba que en el vídeo había dicho la verdad. Para empezar, por qué un criminal buscado por la policía se había interesado tanto por ella. ¿Por qué la habría anestesiado, secuestrado, atado y, además, habría manipulado su declaración?

No tiene ningún sentido.

Como tampoco lo tenía confesarse culpable de un delito que no se ha cometido.

—Quizá no sepa quién soy, pero sé lo que no soy —aseguró, más para sí misma que para Blankenthal.

No soy una asesina.

Si tenía que elegir entre ser una madre que mata a su familia o una mujer sin hijos secuestrada por un desequilibrado, optaba por la segunda opción, aunque eso supusiera sufrir horriblemente durante horas a manos de aquel hombre.

—No me creo nada de lo que dices —afirmó en consecuencia.

Él se acercó de nuevo. Se inclinó hacia ella. Tanto, que Hannah pudo distinguir un pelillo que le sobresalía de la nariz.

—Tú misma lo has oído. Y lo has visto con tus propios ojos.

Eres experta en lenguaje corporal. Mírame bien, no puedo engañarte. Si te mintiera, lo notarías enseguida.

A pesar del intenso dolor, en ese momento Hannah no pudo reprimir un movimiento. Levantó la cabeza para negar con todas sus fuerzas. Entonces se dio cuenta de que llevaba el pelo recogido en una trenza, que se bamboleó acá y allá.

¡No, no, no!

Era paradójico. Estaba tan convencida de haber realizado las declaraciones del vídeo como de estar diciendo toda la verdad cuando gritó:

—¡NO he matado a mi familia! ¡Puedo sentirlo!

Bajando la cabeza, se señaló la herida con un gesto del mentón.

—¡Soy una víctima!

—¿Eso crees?

Blankenthal le clavó una fría mirada. Y reanudó el vídeo.

11

«¿Qué fue lo que le hizo a Paul?», preguntó el policía una vez más.

Hannah se oyó contestar, con voz serena y casi indiferente:

«Entré en su habitación. Me incliné sobre él con el cuchillo preparado. Dormía al lado de la guitarra roja, que le regalamos cuando cumplió doce años y que suele tocar en la cama. Aunque fui muy sigilosa, se despertó. Es demasiado sensible para este mundo. Es tan perceptivo... Además, hace tiempo le enseñé los principios básicos del lenguaje corporal. Cómo leer las señales que no podemos controlar de manera consciente. Quizá por eso, al abrir los ojos, lo vio en los míos».

«Vio su deseo de matarlo, como a los demás».

«La decisión, sí».

«¿Se resistió?».

«Me arrancó el cuchillo de las manos con un golpe de la guitarra, que se rompió. Entonces cogí una de las cuerdas».

«Para estrangularlo».

«Sí...».

«¿Pero?».

Eso era.

La palabra salvadora. Cuatro letras, dos sílabas, una esperanza. PERO...

«Pero no lo conseguí».

Gracias a Dios. Las lágrimas le corrieron por las mejillas. Aunque no recordara a Paul, sintió un alivio sin límites al saber que no le había hecho daño. *Al menos a él no.*

«¿Porque no se vio capaz?», insistió el comisario Fadil.

«Porque me distrajeron».

«¿Quiénes?».

«Una vecina. Llamó al timbre porque me había dejado las luces del coche encendidas».

«¿Y Paul consiguió escaparse?».

«Lo encerré en la habitación y bajé para librarme de la vecina. Pero vio que tenía las manos llenas de sangre y quiso llamar a emergencias».

«¿Y?».

«No podía permitirlo. Le cerré la puerta en las narices y corrí al piso de arriba. Pero Paul...».

«¿Qué le pasaba?».

«Que no estaba. Se había escapado por la ventana, saltó al tejadillo y desde allí al jardín trasero. Se perdió en la noche».

Instintivamente, Hannah se preguntó si haría frío. ¿En qué estación estaban? ¿Y si era invierno? ¿Y si el pobre chico andaba por ahí en pijama con un frío helador, o en mitad de una ventisca?

¿Seré al final responsable de su muerte?

En el vídeo, el policía insistió para saber qué más había pasado.

«Caí en la desesperación, entré en pánico. Traté de quitarme la vida. No lo conseguí, como puede ver».

«¿Intentó abrirse el vientre?».

«Sí, con el mismo cuchillo».

«¿Por qué eligió una forma tan violenta de suicidio?».

«¿Me pregunta por qué me hice el harakiri en lugar de cortarme las venas?».

La mujer de la pantalla mostró señales inequívocas de autodesprecio.

«Desde el principio tenía la intención de suicidarme y acabar con todo, pero, después de lo sucedido, además quería castigarme por mi incompetencia. Por no haber completado la misión, por no haber liberado a Paul. Me clavé el cuchillo en el vientre, aunque no con bastante fuerza. Según me han dicho, parece que me he perforado el bazo. Cuando recuperé la conciencia, la policía estaba en la casa y me detuvieron. Me curaron la herida provisionalmente y ahora han surgido complicaciones. Con suerte, me operarán pronto».

«¿Con suerte? ¿No debería parecerle mal que le conserven la vida, si usted pretendía quitársela?».

La mujer asintió con vehemencia.

«Pues sí, hace una hora estaba furiosa. Pero a lo largo de esta conversación he comprendido que mi fracaso es en realidad una señal».

«¿Una señal de qué?».

«De que no he acabado. Mi misión no ha terminado».

«¿Y qué misión es esa?».

«Paul. Debo liberarlo».

En el hotel, Hannah se sentía incapaz de cualquier movimiento. Como si la sobrecarga mental hubiera hecho saltar los fusibles emocionales. Necesitó un momento para situarse y para comprender el sobrecogedor significado de aquellas palabras, que no quería creer. Que no podía creer.

¿Acabo de anunciar al mundo que quiero asesinar al único hijo que me queda?

Cada vez le costaba más mirar el vídeo y contemplarse a sí misma.

El comisario afirmó:

«Mucho me temo que en las próximas décadas no tendrá ocasión, señora Herbst. Por no mencionar que ni siquiera sabe dónde está su hijo».

Hannah se vio a sí misma alzar la barbilla con prepotencia.

«Que usted sea incapaz de encontrarlo no significa que yo desconozca su escondite».

«¿Y dónde está? —Fadil Matar formuló la última pregunta, la única relevante en aquel momento—. ¿Dónde está Paul?».

«No esperará de verdad que se lo diga...».

12

Aunque el vídeo había terminado, Blankenthal seguía sosteniendo el teléfono. Tal como indicaba la marca de tiempo en la parte inferior izquierda de la pantalla, habían transcurrido nueve minutos y treinta y cuatro segundos.

Ni diez minutos. No hizo falta más tiempo para desintegrar en Hannah cualquier deseo de sobrevivir.

Así no quiero vivir. No puedo vivir sabiendo lo que he hecho. Y era todavía peor: *¡Lo que pretendo hacer!*

—No.

Una palabra. La única que fue capaz de articular. Esa única sílaba le costó un enorme esfuerzo.

Lo intentó de nuevo:

—Todo es mentira.

—Pues son tus propias palabras. Los telediarios repiten constantemente fragmentos de tu declaración. Y el vídeo completo lleva ya cuatro millones de visualizaciones en YouTube.

¿Era posible?

¿Soy madre? ¿De verdad tengo hijos? ¿No ha mencionado Blankenthal algo de una cesárea?

Se preguntó si conseguiría subirse el camisón lo bastante para encontrar una cicatriz que lo demostrara.

Una marca debida al nacimiento de su hijo.

Paul.

Un chico de doce años al que no conozco, pero al que deseo asesinar. Según mis propias declaraciones...

En una evocación, algo así como un recuerdo acústico, oyó una risita infantil. En la realidad, le picaba un mechón de pelo que se le había pegado a la cara. Intentó librarse de las dos cosas sacudiendo la cabeza, pero fue en vano. Después se concentró en la mirada de Blankenthal; quería devolvérsela con la misma intensidad con que él la miraba.

Lección 1: sinceridad. Sostener la mirada.

—¿Qué quieres de mí? —preguntó—. A ti también te persigue la justicia, ¿qué te importa lo que haya hecho yo?

—Soy un defensor de los niños. Detesto a las personas que les hacen daño.

—¡Y yo también! —aseguró ella, pero el hombre no pareció escucharla.

—Tú misma has dicho que vivimos en un mundo miserable. Que quienes siguen las reglas siempre salen perjudicados. Pues bien, yo no tengo nada que perder. Ya no necesito atenerme a norma alguna.

Levantó la bolsa y la sacudió con fuerza. Se oyó un entrechocar metálico y amenazador.

—En el vídeo has dicho que conoces el escondite de Paul. Y yo puedo soltarte la lengua utilizando medios que no son legales en un estado de derecho.

13

Una parte de la mente de Hannah, sometida a tan enorme presión, consideraba que en realidad sus ataduras suponían una suerte dentro de la desgracia. Porque le impedían saltar de la cama y salir de la habitación corriendo y gritando para, tan solo unos metros después, darse cuenta con desesperación de que no se había alejado ni un solo milímetro del horror. Porque quien la aterrorizaba no era solo Blankenthal. Sino también ella misma.

Hannah, en la habitación

Aún le resonaban en la cabeza las últimas palabras del secuestrador: «Enseguida vuelvo», con las que se había metido en el baño. En aquel momento, lo oyó toser.

Blankenthal, en el baño

Necesitó toser. Tenía flema en la garganta, que escupió con asco en el lavabo. El cuarto de baño era más feo que la habitación, y eso era mucho decir. Para alguien como él, amante de la decoración moderna y confortable, la grifería verde de los años ochenta y la alfombrilla marrón delante del inodoro constituían una verdadera ofensa.

Aquel desequilibrado se había llevado la bolsa llena de objetos metálicos.

Dejó la bolsa bajo el lavabo. Al menos el suelo estaba limpio, exceptuando el rastro de sangre que, manchando las baldosas, llevaba hasta el fondo de aquella estancia en forma de L. Normalmente habría limpiado enseguida, pero aquella vez esperó. Porque no sabía cuántos fluidos humanos le quedaban aún por derramar.

Si el secuestrador hubiera dejado la bolsa junto a la cama, a lo mejor habría podido revolver dentro con el pie para averiguar de qué instrumentos de tortura disponía aquel Cirujano enloquecido.

Pero no sabía cómo habría podido sostener con los pies un bisturí (o una tijera, mejor) para cortar las bridas. No, aquello no tenía ningún sentido.

En aquella habitación no había nada a su alcance que pudiera utilizar como herramienta o como arma. La lamparilla de noche estaba atornillada y la minúscula bombilla resultaba inalcanzable. No había opción de hacerla añicos. Mirando hacia arriba, contempló la barra a la que estaba atada. Hizo algo totalmente absurdo: sacudirla con todas sus fuerzas.

Abrió la bolsa de deporte y soltó un gruñido de satisfacción: además de ropa y una cartera bien llena, encontró más bridas, un cúter, tinte para el pelo y el taser, el arma de electrochoque que tan útil le había resultado aquel día. Exactamente lo que había pedido.

Sacó la ropa limpia de la bolsa y, antes de ponérsela, sintió la necesidad de orinar.

Orinó de pie y se quedó quieto un momento, pues le pareció oír un gemido. *Y qué más da...* Su víctima estaba bien atada.

Lo único que consiguió fue que las bridas se le clavaran en la carne. Las muñecas le dolían casi tanto como las punzadas del costado. Aquella barra estaba fijada a prueba de bomba.

No había huéspedes en las habitaciones contiguas, de eso se había asegurado. La mujer podía hacer todo el ruido que quisiera. *Sin embargo...*

Sin embargo, de pronto notó algo que eclipsó por un momento el dolor. La barra no había cedido ni un milímetro. ¡Pero el cabecero sí!

No puede ser.

Quiso confirmarlo. Dejó de tirar y comenzó a hacer el movimiento contrario, empujando desde abajo.

La cisterna hizo un ruido atronador.

En cuanto oyó la cisterna, agarró la barra como si estuviera en un banco de pesas e intentó levantarla.

Abrió el grifo para lavarse las manos. A conciencia, como antes de una operación: sin olvidar los espacios interdigitales, los pulgares, las palmas y los antebrazos.

¡Dios mío! ¡Sí! ¡Es verdad! No me equivocaba.

Al parecer, el cabecero simplemente se apoyaba en la estructura de la cama, sin tornillos a la pared. Se movía. Eso sí, tan solo unos centímetros, que se perdieron en cuanto dejó de empujar la barra.

Mientras se frotaba las manos, tarareaba. Después de tanto tiempo entre rejas, se sentía de nuevo en plena forma.

Hannah oyó correr el agua. Bien, nuevo intento. Tomó aire y dobló las rodillas, con los pies bien apoyados en el blando colchón. Cuando remitió un poco la oleada de dolor que partía del vientre, sometió a su maltratado cuerpo a una prueba de esfuerzo. Clavó con firmeza los talones y trató de empujar desde las rodillas. Centímetro a centímetro.

¿Pero qué pasa?

Al mismo tiempo, presionaba con la espalda el cabecero que, efectivamente, se movió hacia arriba con su cuerpo.

Poquito a poco.

Se oyó un chirrido de metal contra metal…

Le pareció oír una serie de chirridos. Cerró el grifo. Silencio.

… notó que cedía una última resistencia y entonces sucedió lo que jamás habría imaginado. Estaba de pie. Sobre la cama. El cabecero le colgaba de los brazos y la hacía tambalearse peligrosamente.

Algo va mal. Blankenthal se puso la ropa interior.

Por suerte, en línea con todo el mobiliario de aquel hotel, era de pésima calidad y pesaba sorprendentemente poco. Como si solo fuera corcho blanco tapizado.

Se puso un pantalón de chándal, y luego la parte de arriba y unas botas. Parecía que todo estaba tranquilo en la habitación. *Demasiado tranquilo.*

Incluso sin apoyos, Hannah consiguió bajarse de la cama. En ese momento se abrió la puerta del baño y…

14

HANNAH

Blankenthal salió en tromba.

—¿Qué demonios…?

—¡¡Aaahhh!!

Cegada por el dolor y por la ira, Hannah giró sobre sí misma para golpear al Cirujano con el cabecero. Sin embargo, este, en un acto reflejo, estiró los brazos y logró agarrar los extremos de la tabla, poniendo fin de manera abrupta a aquella maniobra.

—¡¡No!! —gritó ella, creyendo que su ataque había fracasado.

No obstante, la reacción de Blankenthal aumentó en realidad sus posibilidades de huir. Porque, al bloquear súbitamente el movimiento, se originó otra potente fuerza en sentido contrario. Hannah sintió como el frenazo de un coche, que la impulsó violentamente hacia delante. Con la consecuencia de que las bridas, de uso doméstico, se partieron por sus puntos más débiles.

Estoy libre. ¡Puedo mover las manos!

Al desaparecer el contrapeso que ejercía Hannah, su captor

se tambaleó y se derrumbó de espaldas en el suelo del dormitorio. Y la estructura, ligera pero aparatosa, le cayó encima.

Hannah salió disparada hacia el baño.

¡¡Soy libre!!, pensaba eufórica. Y su racha de buena suerte no acabó allí porque, al entrar corriendo en el baño, la manga del camisón se le enredó en el pomo. Como consecuencia, la puerta se cerró tras ella al instante.

—¡Zorra! —lo oyó gritar. Y después le pareció que estaba aplastando cajas de cartón. Seguramente la había emprendido a patadas con el contrachapado del cabecero y se disponía a...

... a entrar en el baño para volver a arrastrarme hasta la cama y...

Presa del pánico, se acercó a la puerta. Ya veía girar el pomo, pero, en el ultimísimo segundo, logró correr el cerrojo y dejar fuera a Blankenthal.

De momento.

—¡Abre! —vociferaba él aporreando la puerta, que amortiguaba algo sus gritos.

Ni hablar.

Los rugidos subieron de intensidad y a los puñetazos se unieron las patadas. La puerta, poco más sólida que el cabecero, temblaba peligrosamente en el marco.

Hannah necesitó sentarse en el suelo, en aquellas baldosas de color beis y brillo grasiento. Entonces vio la sangre.

Con gran esfuerzo, logró incorporarse. Notaba el olor de su propio sudor y de la sangre que empapaba el camisón a través del vendaje. Y que manchaba el suelo.

Dios mío, ¿cómo he perdido tanta sangre?

Soltó un leve gemido y miró a su alrededor. ¿Con qué podría reforzar la puerta?

Entonces se fijó en la bolsa de deporte, cuyo contenido volcó en el suelo. Camisetas interiores, calcetines, un cúter y un paquete de bridas cayeron sobre una camiseta y el resto de las cosas que Blankenthal había preparado para su huida, como espuma de afeitar y maquinilla, desodorante, tiritas y...

¿Un taser?

Aquel aparato parecía una llave inglesa enorme de plástico negro, muy gruesa y pesada. Cuando Hannah pulsó el botón, emitió un zumbido amenazador.

Como el primer avispón que sale del nido para proteger al enjambre.

La sobresaltó un choque fortísimo contra la puerta, casi se le cayó el taser de las manos. Al parecer, Blankenthal cargaba contra ella con todo su peso. Era asombroso que la madera resistiera aquellas embestidas.

Bueno, ahora tengo un arma.

Se apartó y avanzó a trompicones hacia el rincón más oculto del baño. Al lado del inodoro, situado en el muro exterior de aquel baño sin ventana, había un hueco a la derecha donde estaba la ducha. Se asomó, con la esperanza de encontrar una barra que pudiera servir para bloquear el paso.

Y entonces descubrió el bulto sanguinolento.

15

HANNAH

Por un breve momento, totalmente irracional, creyó encontrarse ante un espejo (solo pensarlo la hizo estremecer). Sin embargo, enseguida comprendió que ningún hotel, por barato que fuera, colgaría un espejo en un sitio así. A la altura de las rodillas, en un espacio inútil que quedaba entre la cabina de ducha y la pared.

¡No!

Lo que tenía ante sus ojos no era su reflejo.

Aunque se sentía igual de maltratada que la mujer acurrucada en el suelo, inmóvil y con la boca manchada de sangre. Tenía las manos atadas al radiador con unas bridas como las suyas.

Dios mío, ¿otra secuestrada?

—Hola, ¿me oyes?

No obtuvo respuesta. Al otro lado de la puerta se había hecho un silencio amenazador.

¿La calma antes de la tempestad?

Se arrodilló para buscarle el pulso a aquella persona desmayada. Que quizá no estaba solo inconsciente.

Porque la mujer de pelo corto y moreno, que parecía de su misma edad, no tenía pulso en la carótida.

Ni veo otras señales de vida.

Las pupilas no se movían bajo los párpados cerrados, los labios no temblaban y no se percibía la más mínima vibración en su delgado torso.

¿Está muerta?

Entonces notó su perfume, agradable y fresco, un contraste dramático con aquel cuerpo sin vida. La mujer vestía botas de media caña con cordones, vaqueros ajustados y una blusa salpicada de sangre bajo un plumas con la cremallera medio abierta.

¿Esta era su habitación?

Pues claro. Blankenthal no podía registrarse en ningún establecimiento. Seguro que se había colado en el hotel y había atacado a la mujer.

Le puso otra vez los dedos en la carótida y tampoco sintió nada.

Para comprobar si la sangre manaba de alguna herida, le abrió del todo el abrigo y se lo bajó cuanto pudo. Entonces algo se cayó de un bolsillo al suelo de baldosas. Su alterada imaginación lo interpretó como una cucaracha gigante, pero después se dio cuenta de que era la llave de un coche.

La recogió instintivamente y apretó el botón, como si fuera un mando que abriera una vía de escape.

Después se preguntó cómo liberar de sus ataduras a la mujer que, en el mejor de los casos, se encontraba gravemente herida. Así podría tumbarla boca arriba e intentar hacerle el boca a boca y el masaje cardiaco.

¡El cúter!, se acordó de pronto.

Trabajosamente, pasó junto al inodoro... hacia la bolsa de deporte... y entonces...

¡Un momento!

Se detuvo en seco, como paralizada. Con la vista clavada en el aparato que había junto a la taza.

¿Un teléfono?

16

Aquel hotel se había construido en los años ochenta del siglo pasado, prueba de ello eran el lavabo verde y el inodoro a juego. Hoy en día todo el mundo utiliza el móvil, pero en aquella época se consideraba muy moderno instalar un teléfono al lado de la taza.

Hannah descolgó del soporte el auricular color rosado y se lo acercó a la oreja.

Daba línea.

Increíble.

Entonces comenzaron otra vez los golpes. Blankenthal se abalanzaba de nuevo contra la puerta. Con más ímpetu. Sin compasión. Las bisagras empezaban a combarse. Era cuestión de tiempo que saltaran por los aires.

Va a volver a atraparme y me matará como a esta mujer..., pensaba, sin percatarse de que estaba marcando un número. Por eso soltó un chillido cuando, en una pausa entre las embestidas, de aquel antiguo aparato surgió de repente una voz que dijo:

—¿Dígame? ¿Quién es?

—Ayuda... Soy yo, yo... Por favor.

—Hannah, ¿eres tú?

17

Igual que segundos antes se había asombrado por marcar como en trance un número desconocido, ahora la sorprendió que aquella voz le resultara familiar.

—Sí... Soy Hannah Herbst...

Al menos eso creo.

—Ayuda..., necesito... ayuda.

—¿Pero dónde estás?

—En un hotel. Pero no sé..., no...

—Hannah, no me aparece ningún número en la pantalla. ¿Desde dónde llamas?

Eso fue lo último que llegó a oír. Todo lo demás se perdió en el estrépito con el que Blankenthal irrumpió en el baño.

Primero apareció un pie, atravesando el panel de aglomerado.

A eso se debía la pausa de antes. Se estaba poniendo bien las botas.

Después, el hombre metió un brazo por el agujero para descorrer el cerrojo. Seguramente se había herido con las astillas, porque la mano que le arrebató el teléfono estaba llena de sangre.

—¿PERO - QUÉ - TE - HAS - CREÍDO? —bramó.

Con cada golpe de voz pisoteaba el auricular, que quedó reducido a añicos.

Después se agachó y agarró el cúter de entre las muchas cosas desperdigadas por el suelo.

—No escaparás —aseguró, con voz más calmada. A Hannah le pareció aún más amenazante.

Arrodillada en el suelo, miró a la mujer muerta. Vio la poderosa mano de Blankenthal empuñar el cúter. Se incorporó de un salto. Se oyó gritar:

—¡Asesino! —Y activó el zumbido del avispón.

Pero estaba demasiado nerviosa. Lo ideal habría sido descargarle el taser en el pecho, directo al corazón. Sin embargo, tuvo que conformarse con el muslo, que sí tenía a su alcance. Cuando el Cirujano soltó el cúter y se desplomó, ella solo pensaba en huir. En no permanecer ni un segundo más al alcance de aquel loco asesino, que yacía en el suelo entre convulsiones junto al cadáver de la mujer.

A toda prisa, le saltó por encima y cruzó la habitación dando tumbos. Llegó a la puerta, sacudió la manilla y se creyó encerrada sin remedio, hasta que se dio cuenta de que el cerrojo estaba echado por dentro. Presa del pánico, sin pensar en nada, salió corriendo al exterior. ¡Tenía que huir de allí!

¡Soy libre! ¡Lo he conseguido!

Inspiró con tanta fuerza que sufrió un ataque de tos, atragantada por la bocanada de aire.

Intentó hacerse una idea de dónde estaba. El cielo parecía un muro de hormigón ennegrecido. Y llovía, como es habitual en Berlín.

Si es que esto es Berlín.

Porque aquel motel rodeado de bosque parecía sacado de una *road movie* estadounidense. Se trataba de un edificio de dos plantas en forma de U, con las plazas de aparcamiento delante de las habitaciones. No faltaba el centelleante cartel de neón sobre un mástil de veinte metros. Con el mensaje: «Quality-Inn, desde 49 €/noche, TV por cable», intentaba atraer a quienes circulaban por la cercana autopista. El ruido del tráfico ahogaba los latidos del corazón de Hannah, que le martilleaban en los oídos.

Se encontraba en la galería exterior que unía las habitaciones del primer piso. Se inclinó sobre la barandilla y miró hacia abajo.

A su derecha, en el extremo más alejado, parecía estar la recepción. Era la única ventana iluminada en aquel lado del edificio casi vacío. Solo tres coches y una moto ocupaban el aparcamiento, que ofrecía espacio para diez veces más vehículos.

¿Debería pedir ayuda? ¿Solicitar auxilio en la recepción?

Si quería acabar con la pesadilla de Blankenthal, resultaría lo más lógico.

Pero ¿y si era de verdad una asesina buscada por la policía?

En ese caso, presentarse en la recepción la llevaría sin remedio a la cárcel.

Entonces ¿qué hago? ¿Huir?

Se tambaleaba indecisa, cambiando el peso de un pie al otro. El movimiento también se debía al frío, que le calaba los huesos y contra el que su camisón no servía de nada.

Ojalá pudiera coger uno de aquellos vehículos para abandonar el espeluznante lugar y marcharse adonde fuera.

Hasta donde la llevara la gasolina. O, mejor aún, hasta recuperar la memoria.

Pero ¿cómo se las arreglaría para forzar y arrancar el monovolumen, el utilitario o el SUV?

Aún llevaba el taser en la mano, pero no le serviría para hacer un puente.

El único modo sería tener la...

¡Un momento!

Se palpó el bolsillo del camisón. Sus dedos toparon con algo duro.

Dios mío...

¡La cucaracha!

Aquel objeto que su cerebro aterrorizado había identificado como un insecto gigante... Pero que en realidad...

... es la llave de un coche.

Corrió hacia la escalera todo lo deprisa que la herida y los pies descalzos le permitían y, mientras tanto, sacó del bolsillo aquel mando que debió de guardarse de manera inconsciente.

De la misma manera que, sin pensarlo, había marcado el número de un hombre cuya voz le resultaba familiar, pero del que no se acordaba.

Extendió el brazo hacia el aparcamiento y apretó el botón central del mando.

Pip-pip.

Los intermitentes del pequeño utilitario parpadearon. Como si dijeran: «¡Aquí estoy! ¡Soy tu vía de escape!».

A los pocos segundos, Hannah abrió la puerta y se dejó caer en el asiento, reclinado para alguien más bajito que ella.

Para la pobre mujer del baño.

¿Habría aprovechado Blankenthal para desvalijarla?

Era lo más probable. De algún sitio tenía que haber sacado el dinero para adquirir lo que llevaba en la bolsa, que seguramente habría comprado en una tienda de bricolaje o en una gasolinera.

Mientras me tenía atada a la cama en la habitación de esa mujer, que ahora está muerta.

Decidió que, en cuanto se le presentara la oportunidad, avisaría a la policía de la existencia de aquella víctima, aunque cualquier ayuda llegaría demasiado tarde.

Se sacudió de los pies helados la tierra y las piedrecitas que se le clavaron en las plantas al intentar pisar el freno. Después pulsó el botón de encendido. El motor arrancó sin necesidad de insertar ninguna llave.

19.45, indicaba el reloj del salpicadero.

Salió marcha atrás, enderezó el volante y avanzó hacia la salida, en dirección al bosque. Su mirada se posó en el retrovisor, tan descolocado que se vio la cara entera. Asustada, pisó a fondo el freno para ajustar el espejo.

Era yo. Sí que era yo.

No había soportado mirarse mucho tiempo, pero sí el suficiente para darse cuenta de que la mujer del retrovisor era idéntica a la del vídeo. Con el cuello esbelto y delgado, la melena oscura recogida en una trenza y los penetrantes ojos azules.

Arrancó de nuevo, todavía con la carne de gallina. El corazón le latía a mil por hora.

¿Y ahora qué? ¿Adónde voy? ¿Cómo encuentro mi casa?

Reflexionó un momento. Y mientras ponía el intermitente derecho, siguiendo el cartel que indicaba la dirección de Borgsdorf, la autopista A10 y la carretera B96, oyó una voz. Una voz interior. La suya. Al parecer, era capaz de almacenar nuevos recuerdos, aunque los antiguos no quisieran regresar.

Y uno de esos nuevos recuerdos se correspondía con el informe clínico que Blankenthal le había leído: «Anamnesis de Hannah Herbst, cuarenta años. Dirección: calle Egestorffstraße 119, 12307, Berlín».

Un instante después fue otra voz la que tomó el mando, la del GPS que Hannah acababa de programar.

Si había algo de verdad en las atrocidades que se había oído confesar en el vídeo, al cabo de cincuenta y un minutos su viaje debía conducirla a dos lugares. A su casa. Y a la escena de un crimen terrorífico.

18

Acomodada.

Ese fue el adjetivo que se le vino a la cabeza al pasar por delante de la casa número 119. Se trataba de una vivienda independiente en una fila de chalets unifamiliares. No parecía precisamente barata: era de nueva construcción y de diseño moderno, con los marcos de las ventanas color gris antracita, enlucido blanco y una cubierta plana. Aun así, distaba de ser tan cara y elegante como las históricas villas que había visto a ambos lados de la calle Drakestraße, al atravesar el barrio de Lichterfelde West.

¿Vivo aquí?

Mejor dicho: *¿vivía aquí?* La pregunta se transformó al instante, como si tuviera en la cabeza un autocorrector.

La casa se diferenciaba claramente de las demás, bastante antiguas y necesitadas de reparaciones. Pero ¿desprendía el aura de un verdadero hogar, ese algo especial que los miembros de la familia sienten con solo acercarse?

¿Este es mi hogar?

No podía negarlo ni afirmarlo con seguridad. Sin embargo, le resultaba conocida aquella zona adonde la había llevado su viaje desde un suburbio al norte de la ciudad hasta casi el punto más meridional de Berlín.

Detuvo el coche a unos cien metros de la vivienda, en un espacio ante un bosquecillo donde la calle se ensanchaba para formar un aparcamiento.

Se quedó observando por el retrovisor el número 119, todo lo bien que la distancia se lo permitía. No había luz en las ventanas de aquel edificio cuadrado. Tan solo una farola iluminaba débilmente la fachada.

Vacía. Abandonada.

Sin embargo... Tenía la impresión de haber estado allí antes.

Pero ¿qué significaba?

Le había sucedido varias veces a lo largo del recorrido. Habría podido incluso nombrar algunos de los monumentos de Berlín, como la Torre de la Radio o el Centro Internacional de Congresos, con su aspecto de nave espacial, que había dejado atrás antes de internarse en el barrio de Halensee. Pero nada había despertado recuerdos concretos. Ni siquiera la radio, cuando el locutor, declarando su intención de informar puntualmente a todo Berlín y Brandemburgo, comenzó las noticias con una detallada descripción de Hannah Herbst y Lutz Blankenthal, presos huidos de la justicia.

Había apagado al instante el aparato.

Por miedo. A mí misma.

Bajó la ventanilla y apagó el motor. El aire nocturno le refrescó el sudor de la frente. La transpiración era una reacción del cuerpo ante el dolor, que ya se extendía como un incendio desde el costado a todo el cuerpo.

Si cierro los ojos, aunque sea un momento, caeré rendida de cansancio.

Abrió la puerta del coche y apagó la luz interior, para no quedar expuesta a la curiosidad de los vecinos. Bajó al suelo la pierna izquierda, buscando una postura un poco más cómoda, y se dispuso a examinarse la herida.

Se subió el camisón por encima de la ingle, hasta el vendaje, que a la luz de las farolas parecía un trapo sucio. Con mucha suavidad despegó el esparadrapo que lo sujetaba. Cuanto más levantaba aquel apósito manchado de sangre, más se le entrecortaba la respiración. Dejó al descubierto una herida que sin duda le habrían suturado bien, pero que, después de todo lo sucedido, parecía el primer trabajo de un novato.

La carne se le abultaba en varios sitios y la sangre manaba por la fisura entre los bordes de la herida.

¿Se supone que yo me he hecho esto?

¿Por desesperación ante un mundo miserable, del que libré a mi familia asesinándola?

Otra sutura, que asomaba bajo la cinturilla de la braga y cicatrizada hacía mucho tiempo, demostraba que había tenido al menos un hijo.

¿Paul?

Las cosas no encajaban. Estadísticamente, las mujeres tendían a suicidarse de maneras más «suaves», y ella sentía que no era una excepción a esa norma. Como mucho, podría plantearse tomar una dosis mortal de pastillas. Si solo el pensamiento de abrirse las venas en la bañera la estremecía, ¿cómo iba a hacerse el harakiri?

Jamás.

Abrió la guantera del reposabrazos y encontró un paquete de pañuelos de papel. Los cogió todos, los aplicó en la herida y volvió a pegar el vendaje por encima. Después tomó un sorbo de una botella de refresco de cola que la dueña del coche había dejado allí sin saber que ya no la terminaría nunca.

Esperó a que el dolor disminuyera lo bastante para recuperar el aliento, arrancó el motor y reanudó la marcha. Quería dar una vuelta a la manzana para pasar otra vez ante la casa (*¿mi casa?*). Pretendía asegurarse de que no había policías o algún coche patrulla vigilando la escena del crimen.

Si es que realmente lo es.

Al girar en la calle paralela, se le ocurrió una idea y detuvo el automóvil.

Podría funcionar.

Según el GPS, estaba en el lugar indicado.

Se apeó del vehículo y reprimió un ataque de tos, por miedo a que los puntos se le abrieran aún más. Estaba ante una parcela con dos casas, una que daba a la calle y otra construida detrás. Enfiló el sendero de grava, cuyas piedras se le clavaban en los pies como las piezas de lego de un niño. El camino estaba flanqueado por lucecitas exteriores que, para su alivio, no se activaban con el movimiento. Pudo recorrerlo con nocturnidad, en el más estricto sentido de la palabra. Dejó atrás la primera casa, después el chalet de detrás y finalmente atravesó el jardín del chalet hasta una valla medio vencida que le llegaba a la altura de la cadera. Si el GPS no se equivocaba, aquel era el límite con la parcela correspondiente al número 119 de la calle Egestorffstraße.

En circunstancias normales, aquella valla no le habría supuesto ningún problema e incluso habría podido saltarla. Pero en aquel momento necesitó descansar unos segundos y agarrarse bien antes de atreverse a pasar lentamente las piernas por encima, una detrás de otra.

Ya al otro lado, dedicó un momento a preguntarse si sentía algo. Alguna señal que le indicara que se encontraba en la casa donde, según su propia declaración, había vivido y había matado.

Pero no experimentaba nada. Tras la grava y las malas hierbas de la parcela vecina, sus pies agradecieron la suavidad del bien recortado césped. Por lo que veía a la luz proveniente de otras casas, aquel jardín estaba mucho mejor cuidado que los que acababa de atravesar. Líneas limpias, césped perfecto y arcones para guardar los cojines de un conjunto de muebles de exterior estilo *chill out* que se encontraba en una zona enlosada.

Rodeó una gran cama elástica que había en mitad del césped y sintió una punzada.

¿Para los niños?

La palabra «elasti» se le vino a la mente. ¿Era una evocación? ¿El recuerdo de un diminutivo familiar para aquel aparato, tantas veces oído a sus hijos que hasta se había colado en su propio vocabulario?

Sus pasos la condujeron ante un invernadero impresionante, cuya fachada parecía constituida por una única puerta corredera de cristal.

¿Y ahora qué?

No imaginaba cómo acceder sin violencia al lugar donde deseaba recuperar sus recuerdos.

O donde temía encontrarlos.

Ignoraba bajo qué piedra o saliente, en qué maceta o escondite habría una llave de emergencia.

Es buena señal, pensó esperanzada. *Quizá no me acuerdo porque no tengo nada que recordar.*

Se dirigió a la derecha, hacia un anexo de una planta.

Y soltó un gemido de terror.

Casi se le escapó un grito al distinguir un par de ojos brillantes.

19

El contacto resultó tan inesperado como suave, y quizá su sobresalto se debió precisamente a esa delicadeza. Ya se había acostumbrado a las piedras punzantes y a los hierbajos que arañaban las piernas. Pero no al sedoso pelaje de un gato.

—Vaya susto —jadeó—. Bueno, ¿y tú quién eres?

Se agachó junto al animal, que se arrimó a ella confiadamente.

—¿Nos conocemos?

Parece que sí. El gato, que era gris atigrado y aparentaba algo mayor, arqueó el lomo con un leve ronroneo y casi se le metió bajo el camisón. Tenía el pelaje frío y húmedo, como si llevara bastante tiempo en el exterior. Cuando le acarició la cabecita, dejó de ronronear y emitió un maullido afectuoso.

¿Una señal de regreso al hogar?

—¿Esta es nuestra casa? —le preguntó al animal, como esas señoras ancianas que solo hablan con sus mascotas—. ¿Quieres entrar?

Y señaló primero la casa y luego el anexo junto al invernadero, que seguramente era un garaje. Se dirigió a la puerta lateral del garaje procurando no tropezar con el gato, que no se apartaba de su lado y se le cruzaba continuamente entre las piernas.

Esta es mi casa. Aquí he vivido. Y amado.

¿Y matado?

Eso parecía, a juzgar por el precinto policial pegado todo alrededor del marco de la puerta. La jefatura superior de policía de Berlín advertía: «Dañar, despegar o alterar este precinto, así como llevar a cabo cualquier acción que lo deje sin efecto, supone un delito según el párrafo 136 del Código Penal».

Ruptura del precinto policial. *Ahora mismo, el menor de mis problemas*, pensó Hannah.

Sobre la puerta había una cámara de vigilancia. Descubrió también un dispositivo en el marco, con un teclado que sin duda servía para abrirla. Una muestra más de que la casa sobresalía entre las del barrio. No solo era más moderna y estaba mejor cuidada, sino que además contaba con las medidas de seguridad tecnológicas más eficaces.

Yo trabajaba para la policía. ¿Era una persona amenazada? ¿Requería protección especial?

—Dime, ¿cuál es el código? —preguntó al gato, que se frotaba contra sus piernas.

Ni el ronroneo constante ni la visión de aquel dispositivo activaron su memoria. Nada encendía ni la más débil lucecita en la niebla del olvido. Aun así, aproximó la mano y estiró los dedos ante el teclado.

¿Y si me pasa otra vez lo de antes? A lo mejor logro meter el código por instinto, igual que en el motel marqué sin darme cuenta un número de teléfono que, al parecer, conozco muy bien.

Cerró los ojos y pulsó cuatro números.

Nada.

Ni un zumbido, ni un chasquido. La puerta seguía cerrada.

Gracias a Dios.

No conozco este sitio. Nunca he estado aquí. No soy Hannah Herbst, se repetía como un mantra, intentando tranquilizarse.

Este gato es muy cariñoso, eso es todo. Nada más.

Abrió los ojos y al instante lamentó haberlo hecho. Porque se fijó en un pequeño rectángulo en la zona inferior del aparato: una especie de pantallita del tamaño de un sello, situada bajo el teclado.

Que no funcione. Por favor, por favor, que no funcione.

Apoyó el pulgar en el lector de huellas dactilares.

¡Clac!

20

El pestillo cedió con un leve chasquido.

El gato se coló por la puerta entreabierta y se perdió en la oscuridad. Hannah lo siguió con paso vacilante.

Esperaba que, al poner el pie en el umbral, los recuerdos cayeran sobre ella; que literalmente la enterraran como una cascada de libros de una estantería que se vuelca. Pero al entrar en aquel garaje doble no sucedió nada, salvo que al avanzar unos metros las luces se encendieron automáticamente. Un resplandor débil y amarillento iluminó el espacio.

Notó olor a diésel y el perfume cítrico de algún producto de limpieza; ambos aromas encajaban a la perfección con el suelo reluciente y los coches aparcados: un potente SUV negro y un descapotable antiguo de dos plazas. Desde luego, aquella combinación de olores y de vehículos no era en absoluto corriente. Pero seguía sin despertar nada en su memoria.

Abrió la puerta que comunicaba el garaje con la casa. La calidez del interior la hizo darse cuenta del frío que hacía fuera.

Accedió a una amplia despensa semiabierta, situada detrás de la cocina. Almacenar allí determinados alimentos y productos permitía transportarlos fácilmente desde el coche. Sintió una punzada en el corazón al ver los cereales de desayuno dispuestos en un estante, junto a caprichos infantiles como Kinder Chocolate, zumitos Capri-Sun o un montón de piruletas metidas en una lata redonda. Aquellas golosinas también podían consumirlas adultos con debilidad por el azúcar, claro. Pero ¿y los libros de cocina de Mickey Mouse? ¿Y el bote de cristal repleto de figuritas de dinosaurio?

Está claro: aquí vive una familia.

Mejor dicho, enmendó el autocorrector de su cabeza.

Aquí vivía una familia.

Avanzando por la despensa llegó a una cocina abierta y tropezó con algo. Después pisó un líquido. Miró hacia abajo. «KASPAR», ponía tanto en el cuenco del agua que había volcado como en el de la comida, que estaba a su lado.

El gato.

Se fijó entonces en un soporte magnético para cuchillos colgado en la pared, junto a los fuegos. Ordenados de menor a mayor tamaño, de izquierda a derecha, parecían extremadamente afilados. Faltaba el tercero.

Comprendió que se estaba palpando la herida de manera inconsciente gracias al fuerte dolor que sintió de pronto y que le arrancó un gemido.

Vale, no puedo perder más tiempo.

Ante todo, quería comprobar con sus propios ojos lo sucedido en aquella casa. Sin embargo, nada la aterraba más que subir al primer piso. Por eso se alegró de poder retrasar el momento dándole de comer al gato. Al regresar a la despensa se fijó en un armarito rojo con una cruz blanca atornillado junto al cuadro eléctrico. Confirmó con alivio que estaba lleno de medicamentos perfectamente ordenados. Paracetamol, diclofenaco, ibuprofeno e incluso codeína en gotas. *Bingo.*

Mientras sacaba los analgésicos que con tanta urgencia necesitaba, le cayó en las manos un cuadernito.

«PRIMEROS AUXILIOS PARA LA MEMORIA», ponía en la portada, en una letra abigarrada de trazo femenino que quizá fuera la suya.

¿Me dejé unas instrucciones por si sufría un ataque de amnesia?

Tras encontrar la comida del gato en uno de los estantes, se la llevó a la cocina junto con el frasco de codeína y la caja de paracetamol.

Kaspar apareció al momento, casi antes de que la masa gelatinosa tocara el cuenco. Le acarició la cabeza mientras comía.

—Pobrecillo, estabas muerto de hambre —le susurró.

Como un animal que nadie ha cuidado en mucho tiempo... *¿Desde el crimen?*

—Yo también me merezco algo rico. —Esbozó una sonrisa de dolor y se tragó cuatro comprimidos de paracetamol con un buen sorbo de codeína.

Entretanto, se le habían acostumbrado los ojos a la suave luz de ambiente, que también se encendió en el salón nada más pisarlo.

El mobiliario era tan moderno como la casa. De las paredes colgaban obras de arte abstracto, grandes lienzos con finas líneas, casi como de filigrana. Lo más llamativo era la escultura de un caballo, lacada y casi a tamaño natural, que llevaba en la cabeza una pantalla de lámpara.

¿Estas cosas me gustaban?

Dejando atrás unos sofás enormes y muy bajos, recorrió el pasillo para llegar a las habitaciones que daban al jardín de atrás. Abrió la puerta de un estudio amueblado con el mismo estilo minimalista del salón. Un escritorio, una pequeña estantería empotrada, una silla y un flexo.

Entró y cerró la puerta, para evitar que la luz se viera desde la calle. Encendió el flexo, se sentó al escritorio y abrió el cuadernito.

Lo primero que encontró fue una receta con el membrete de una consulta privada. «Paroxetina», ese era el medicamento que un doctor llamado Gottfried Holländer había indicado a Hannah Herbst.

La prescripción estaba fechada unas semanas atrás y no se había utilizado.

La mano con que la sujetaba no paraba de agitarse.

Temblores, pensó. Un efecto secundario habitual de aquel antidepresivo recetado para tratar el trastorno de pánico, el trastorno obsesivo-compulsivo y ciertos tipos de fobias.

¿Yo tomaba esto?

¿Soy una...?

Ni siquiera se atrevía a pensar las palabras «enferma» y «mental». Con la esperanza de hallar más respuestas que preguntas, comenzó a leer la primera página de aquel «cuaderno de la memoria».

21

Querida yo misma:

Entiendo muy bien lo confusa que te sientes. Espero que te acordaras de llevarte este cuaderno al hospital si han tenido que operarte. Aquí tienes la confirmación por escrito de lo que te sucede: sufres de una reacción a la anestesia bastante poco usual. En un primer momento perderás la memoria a largo plazo, pero no te preocupes porque la recuperarás en pocos días. Eso sí, me temo que ya nunca recordarás lo sucedido antes y después de la operación. Sin embargo, sin duda tu amado Richard te lo contará todo.

Si no te fías de ti misma (tras la cesárea te sumiste en la más completa paranoia), te dejo una lista de personas de confianza a quienes puedes llamar para que ratifiquen lo que aquí te escribo.

El primero es Richard, por supuesto (seguro que ahora mismo está sentado al borde de la cama, sin despegarse de tu lado).

Después, tu padre. Gottfried es un poco maniático, pero es una persona de la que puedes fiarte sin reservas.

Lo mismo sucede con tu mejor amiga, Telda. Encontrarás sus números en la agenda del móvil y también, por seguridad, en la última página de este cuaderno.

Ni siquiera apretándoselo con los dedos consiguió Hannah que el labio inferior dejara de temblarle. Había anotado en el cuaderno el nombre de la persona en quien más confiaba en el mundo, y ese hombre estaba muerto. Porque ella lo había asesinado.

Siguió leyendo, con los ojos llenos de lágrimas.

Y, ahora, hablemos de ti.

Trabajas tanto que, aparte de tu familia, apenas te queda tiempo para relaciones sociales. Aun así, después de casarte has mantenido una mejor amiga, Telda. Poco antes de tu boda, Telda envió un anuncio a una agencia matrimonial. Os reísteis muchísimo con las cartas de los hombres que respondieron y que, tras el «sí, quiero» de Richard, por desgracia tendrías que dejar escapar.

El anuncio decía:

Mujer sagitario de veintisiete años, delgada, su índice de masa corporal no siempre la mantiene a buena temperatura. No es de esas que tratan como un hijo a su gato (Kaspar), pero tampoco se pone a dar grititos ni a aplaudir como una tonta al ver ropita infantil. Como experta en microexpresiones faciales, reconocerá al instante si de verdad te interesa o si estás deseando llamar a un colega para que te rescate de una cita que te parece catastrófica.

Le gusta jugar al tenis, aunque se le da fatal, y lo mismo le pasa con el baile. Salvo el tenis, practica todos los deportes como espectadora. Sus dotes culinarias dejan mucho que desear, pero gana su propio dinero y no necesita a un hombre-salvador que la lleve a descubrir el mundo. Ya lo ha recorrido ella solita en su época de estudiante.

Nunca sabe lo que busca hasta que lo encuentra. Son los demás quienes buscan su compañía, que es alegre y cordial, siempre que no la pilles hambrienta y cansada. En ese caso, no sirven de nada ni todas las chocolatinas Snickers del mundo.

Si quieres una cita con ella, ten clara una cosa: Hannah no es una mujer de una noche, nunca tiene tanto tiempo.

Esta eres tú, muy pronto volverás a acordarte de todo. No tengas miedo, ¡todo irá bien!

Se le escapó un sollozo.

En otras circunstancias, el tono humorístico de aquel anuncio le habría arrancado la risa o, al menos, una sonrisa. Pero en ese momento no podía parar de llorar.

Richard, Kaspar, el deseo de tener hijos.

Ya no le quedaba la más mínima duda de que era la mujer buscada por la policía por haber cometido un crimen atroz.

Maldita sea.

Se secó las lágrimas con las mangas y, al cerrar el cuaderno, se dio cuenta de que se combaba por el centro. Tras pasar varias páginas, encontró un recorte de periódico doblado.

«Las mentes de Berlín —rezaba el titular—. Hoy: Hannah Herbst, experta en microexpresiones faciales del barrio de Lichtenrade».

El artículo, a varias columnas, se disponía en torno a una foto muy favorecedora que la mostraba en un embarcadero a orillas de un lago helado. Comenzaba con una introducción de la periodista:

Cada semana pedimos a personas interesantes de nuestra muy interesante ciudad que nos cuenten qué las estimula o motiva o, como en este caso, qué las llevó a elegir una profesión fuera de lo común. En esta ocasión, la doctora Hannah Herbst nos presenta su contribución en forma de relato. Esta experta en lenguaje corporal suele evitar la exposición pública, especialmente desde que, hace cinco años, la prensa sensacionalista la presentara como una heroína por haber logrado desactivar una toma de rehenes en una guardería, sirviéndose tan solo de la comunicación no verbal. La doctora Herbst logró liberar de las garras de un trabajador desequilibrado a todos los niños, incluido su propio hijo Paul.

Las últimas líneas la animaron un poco. Al parecer, era una madre que había salvado a su hijo de un peligro mortal. ¿De verdad bastaba un rincón de juegos en un edificio de Medicina Forense para que, años después, lo asesinara con sus propias manos?

Se apresuró a leer el relato que ella misma había redactado, con la esperanza de hallar pruebas que demostraran lo que sentía en lo más hondo de su ser: *soy inocente.*

No podía imaginar que la lectura de aquella narración abriría un abismo en su interior.

Las microexpresiones faciales, o por qué me dedico a la única lengua que todos hablamos sin haberla estudiado

—¡Te lo he prohibido mil veces!

Por desgracia, esa es la frase que asocio con mi primer deseo de dedicarme a esto. La pronunció mi padre al poco de cumplir yo doce años y me acompaña desde entonces. Es inaudible y sin embargo resulta omnipresente, como la radiación cósmica de mi Big Bang personal. Cuanto más me rodea el silencio, más fuerte resuena en mi interior.

No me salté a propósito aquella prohibición. Solo quería salir al jardín, al que normalmente accedía atravesando el salón y la zona enlosada exterior. Aún hoy sigo sin saber qué me movió a bajar las escaleras del sótano para usar la puerta que lo comunicaba con el jardín. El pasillo, acogedor y bien iluminado, llevaba también a la consulta de psicoterapia de mi padre. Entonces vi que tenía pacientes. La puerta estaba cerrada y, sentada ante ella, esperaba una chica más o menos de mi edad, con la vista clavada en las bailarinas que llevaba.

—Hola, soy Hannah —me presenté.

Era guapa, con una belleza melancólica. Pensé que, si hubiese sido una canción, habría sido una balada en modo menor.

Al principio no reaccionó; luego sacudió la cabeza como para librarse de pensamientos desagradables y sonrió. No me dijo su nombre, pero me sorprendió con una observación:

—En esta casa no hay espejos.

Eso no era del todo cierto, en los baños de arriba sí que había. Pero me imaginé que la extraña chica no había visitado toda la casa. Aunque lo hubiera hecho, no los habría visto porque los ocultaban unas puertecillas de madera.

—Es que tengo eisoptrofobia —expliqué, asombrada por mi confesión repentina.

Exceptuando a mi padre, nunca le había contado a nadie que sentía un miedo irracional a contemplar mi propio reflejo.

—¿No soportas mirarte en el espejo? —preguntó.

Me sorprendió de nuevo, no esperaba que conociera un trastorno tan poco usual.

Así es. Tiene que ver con mi madre, pensé. Pero no llegué a decirlo porque se me adelantó con otra pregunta:

—¿Por eso vienes a terapia?

—No, yo vivo aquí —aclaré la confusión.

—Entonces eres Hannah, la hija del psiquiatra.

Asentí con la cabeza.

—Según mi padre, mi fobia se debe a un exceso de empatía. A veces entiendo a las personas antes de que digan nada. Cuando las miro a los ojos, es como si pudiera contemplar su alma.

—Por eso te da miedo mirarte. Porque temes los secretos que tu alma encierra.

Asentí, totalmente desconcertada. En pocos minutos, aquella desconocida había resumido las conclusiones de muchas sesiones con mi padre.

La chica añadió algo que me asustó casi tanto como mi reflejo:

—Entonces más vale que no me mires a los ojos.

Se me secó la boca.

—¿Por qué?

—Porque encontrarías una maldad infinita.

De pronto, me pareció que la temperatura se desplomaba y que la luz se ensombrecía.

—¿Has hecho algo malo? —pregunté.

—Todavía no.

Señalé la puerta de la consulta.

—¿Por eso están aquí tus padres?

—Sí.

¿Y te dejan sola aquí fuera?, pensé. Pero eso se aclararía enseguida.

—Paso mucho tiempo imaginándome cosas horribles que quiero hacer. Espero que tu padre pueda ayudarme.

—¿Qué tipo de cosas?

—No quiero hablar de eso.

«¡Pero si has empezado tú!», me disponía a contestar. Entonces se abrió la puerta del baño para uso de los pacientes y salió una mujer muy alta y muy delgada, con altos pómulos parecidos a los de la chica y casi el mismo color de pelo. Era su madre, sin duda. Su hija se le arrimó con cariño cuando se sentó a su lado.

—Hola. —Aunque la señora hizo un gesto con la cabeza, ni siquiera me miró.

Era obvio que no le gustaban los niños pero, al igual que otros como ella, había traído al mundo una criatura; eso me resultaba incomprensible. La chica se apoyaba en ella con cariño y ambas habrían ofrecido una bonita imagen madre-hija de no ser porque desoí la advertencia y miré a los ojos a aquella desconocida. Todavía hoy recuerdo a menudo la expresión de su mirada, que me siguió durante todo el recorrido hasta la puerta del jardín.

Me pareció ver en sus ojos una estrella que se apagaba. Era como un destello que se extinguía. Y entonces entendí por primera vez, con total claridad, qué pasa cuando las intenciones y las microexpresiones no coinciden. Su postura era afectuosa, con la cabeza apoyada en el hombro de su madre. Pero su mirada lanzaba un mensaje muy distinto, cargado de miedo y desesperación.

—No me dejes sola —me pareció oírla susurrar.

Pero hice exactamente eso, dejarla sola.

Varias horas después, mi padre avisó de que la cena estaba lista. Yo seguía pensando en lo sucedido y saqué el tema en la mesa.

Fue entonces cuando él pronunció aquella frase:

—¡Te lo he prohibido mil veces!

—Sé que no puedo hablar con los pacientes —me disculpé—. Pero no pensé que la estuvieras tratando. Creí que esperaba a sus padres.

—¿Cómo sabes que la estoy tratando? —inquirió, deteniendo en el aire el tenedor que se iba a llevar a la boca.

—Porque me lo ha dicho.

Ese fue el momento crucial de mi vida. Entonces cobré conciencia del especial talento que poseo.

—¿Te lo ha dicho? —repitió mi padre, perplejo—. ¿Y cómo es su voz? —Aquella pregunta me pareció muy extraña.

Sin embargo, al reflexionar, me di cuenta de que no recordaba la voz. Tan solo el leve temblor de las cejas y las comisuras de los labios, las mínimas contracciones de la cara. Y el oscuro abismo que vi en sus ojos, aunque fuera solo por un instante.

—¿Por qué lo preguntas, papá?

—Porque eso que dices es imposible.

—No entiendo.

—Cariño, esa chica padece mutismo —explicó—. No se comunica. Ha perdido la palabra como consecuencia de algún trauma, pero no sabemos qué le pasó porque no lo cuenta. Hace un año que no habla. Con nadie.

Con una excepción. Conmigo sí había hablado. Había confiado en mí, seguramente incluso me había lanzado un mensaje de auxilio.

Hoy sé que aquella chica no pronunció una sola palabra y que, a pesar de eso, conversé con ella. ¿Qué habría sucedido de haberla escuchado, si no me hubiera marchado?

Más adelante, mis profesores, expertos en el campo de las microexpresiones faciales, dirían de mí que poseía un talento natural. A menudo yo lo llamo maldición, especialmente cuando, sin poder dormir, me pregunto qué habrá sido de aquella chica que nunca he vuelto a ver. ¿Habrá cometido de verdad algún acto horrible? En caso afirmativo, ¿qué buscaría con ello?

Creo que ahora resulta evidente por qué me interesa tanto el lenguaje silencioso de nuestro cuerpo.

Porque no deseo verme nunca más en la situación de recibir una llamada de auxilio y no poder responder. Porque no quiero volver a abandonar a nadie.

Por cierto: sigo padeciendo eisoptrofobia. Al verme, siento pánico. Opresión en el pecho, dificultad para respirar.

Ningún tratamiento (ya sean fármacos, terapia individual, terapia de grupo e incluso hipnosis) ha tenido éxito. Lo que es peor: cuanto más progresaba en la comprensión de los demás, más fracasaban mis intentos de entenderme a mí misma. Hoy en día, todavía me sobresalto al verme en un cristal. Por eso nuestras ventanas son antirreflejantes. También tenemos espejos que se pueden ocultar y que mi marido y mis hijos utilizan normalmente, pero que yo evito por todos los medios.

22

Hannah se quedó reflexionando, con la vista clavada en las dos últimas líneas. Las leyó otra vez.

Esto explica algunas cosas.

Por qué tan solo pensar en la palabra «espejo» le había producido escalofríos cuando estaba en el motel. Por qué se le aceleró el corazón, se le puso la carne de gallina y tuvo que frenar el coche en seco al verse en el retrovisor. Además, su cuerpo había reaccionado de manera extrema al ver su confesión y eso probablemente se debía no solo al terrorífico contenido, sino a que, en el fondo, el vídeo no era más que un espejo que Blankenthal le había puesto delante. Aquello también podría explicar por qué, si era experta en comunicación no verbal, prestaba tan poca atención a su propio lenguaje corporal.

Porque tengo miedo de mí misma.

Dios mío. Sentía que con cada nuevo descubrimiento su situación se volvía más desesperada. Se miró las muñecas, magulladas por las bridas. Había logrado liberarse de las ataduras materiales, pero empezaba a comprender que las cadenas mentales resultarían mucho más difíciles de romper.

¿Y ahora qué?

Dobló el recorte e inspiró profundamente. Trató de evocar de nuevo el sentimiento que la envolvió al leer la introducción.

Aunque sus propias líneas la perturbaron, también la conmovieron y, al menos por un momento, le proporcionaron lo que necesitaba: esperanza.

Soy una persona empática, deseo ayudar a los demás, no quiero abandonar a nadie, resumió los rasgos positivos que había aprendido sobre sí misma.

¿Cómo encaja esto con la confesión del vídeo?

¿Podía alguien con esas cualidades cometer actos tan atroces?

Volvió a guardar el artículo en el cuaderno y lo dejó en el escritorio, casi ascético de puro ordenado. Tan solo había un esbelto teléfono inalámbrico en su base, dos lápices colocados en paralelo junto a un bloc de notas y una cajita brillante, que parecía de madreperla y que resultó ser un tarjetero. Sacó una tarjeta de visita. Era de buen gramaje y de un discreto gris, y decía en elegante relieve:

Richard Herbst, Picture & Art

¿Estoy..., estaba casada con un artista?

¿La extraña escultura del caballo sería obra de Richard?

Giró la tarjeta. En el reverso solo aparecía un número de móvil.

Lo comparó con el que ella misma había anotado en el cuaderno y comprobó que coincidían todas las cifras menos la última. Seguramente uno era el personal y el otro, el profesional. Ninguno le resultaba conocido, pero al fijarse en el prefijo tuvo una idea.

0172...

Tomó el teléfono.

Como no había perdido la memoria procedimental, aquel gesto le recordó que en su trabajo utilizaba muy a menudo el 5500. Una combinación que permitía escuchar el buzón de voz de un móvil desde otro aparato. Solo había que marcarlo entre el prefijo y el resto del número, cosa que hizo. Y... *¡premio!*

Una voz automática femenina repitió el número de móvil y añadió: «Tiene tres mensajes guardados». Desilusionada, se disponía a colgar cuando la voz sugirió: «Si desea escuchar los mensajes, pulse nueve».

23

«Cariño, se te oía fatal, casi no te entendía. ¿Ha pasado algo?».

La mujer no había dicho su nombre y, a juzgar por la familiaridad y la sensualidad con que pronunciaba la palabra «cariño», daba por hecho que Richard no necesitaba el identificador de llamadas para saber quién era. Muy al contrario que Hannah. El segundo mensaje de la desconocida, que se imaginó más joven que ella, le produjo una oleada de sentimientos.

«Voy a tu casa, ¿vale? No respondes al teléfono y me tienes muy preocupada. Ojalá estés a solas, no quiero causar una crisis matrimonial».

¿Richard tiene una amante?

¿La persona en quien se supone que más confío del mundo?

Se sintió muy mal, pero no por el engaño, sino porque no sabía cómo reaccionar. Seguramente lo normal sería enfadarse o desesperarse o, como mínimo, entristecerse. Pero un hombre al que no recordaba tampoco podía hacerle daño. Aquel pensamiento la atemorizó más que ninguna otra cosa. Porque significaba que, si en algún momento recuperaba la memoria, sucumbiría ante la culpa y la vergüenza. Mientras tanto, podía seguir aferrada a la esperanza de haber malinterpretado los signos de veracidad de su confesión, que la señalaban como una asesina. Sin embargo, de pronto aquellos mensajes proporcionaban un móvil del crimen muy claro: ¡los celos!

En su tercer mensaje, la desconocida no dejaba lugar a dudas:

«Solo una cosa más, cariño: somos almas gemelas... No sé lo que ha pasado esta noche, pero puedes contar conmigo. Lo superaremos».

Hannah volvió a escuchar el primer mensaje para descubrir qué día se había grabado.

12 de octubre.

¡La noche de los asesinatos!

Tomó un lápiz para apuntar el teléfono en el bloc de notas, pero no llegó a hacerlo porque un sonido inesperado rompió el silencio.

24

Necesitó unos segundos para darse cuenta de que el pitido provenía del salón.

¿Será la alarma?

¿Hay algún sensor en el estudio?

De ser así, resultaba extraño que el sonido pareciera surgir de un bajísimo sofá, en el que Kaspar se había instalado y dormitaba tranquilamente sin importarle el jaleo. Hannah notó que el pitido aumentaba al acercarse al asiento y al agacharse.

Se arrodilló, sintiendo fuertes dolores (la mezcla de codeína y pastillas tardaba en hacer efecto). Aquel mueble se componía de distintos elementos móviles muy fáciles de desplazar. Empujó el que tenía delante y se encontró con una caja para enchufes empotrada en el suelo de parquet. Al abrir la tapa, descubrió un móvil que sonaba y vibraba sin parar.

Lo sostuvo en la mano, sin saber qué hacer.

«Servicio de seguridad», leyó en la pantalla iluminada. Estaba claro: al entrar en la casa había disparado el sistema de alarma. Debía intentar librarse del control.

—Dígame —contestó, con voz trémula.

—Buenas noches, llamo de Seguridad Global. Nos ha saltado un aviso en la central.

—Eeeh... ¿Y qué ha pasado...?

—Parece que el sensor de movimiento instalado en el estudio ha detectado a alguien que no ha introducido el código PIN de seguridad. Por eso se ha activado la alarma silenciosa.

Me lo temía.

—Siguiendo el protocolo, hemos llamado a los otros dos móviles que nos proporcionaron, pero no contestan.

—Ah, comprendo. Verá, yo vivo aquí. Disculpe la molestia, se me ha olvidado que debía meter el PIN.

—La entiendo, a veces sucede. Entonces ¿no hay problema? —insistió el hombre, para asegurarse.

—No. —Hanna rompió a sudar.

—Bien, pues para confirmarlo necesito la palabra clave.

—¿Perdone?

Sentía frío y calor a la vez. Solo deseaba imitar a Kaspar: acurrucarse en el sofá para poder echarse a llorar. Estaba física y mentalmente agotada. Y la angustia aumentaba a cada minuto.

—Necesito la contraseña acordada para la comprobación de seguridad.

—Mucho me temo que no la recuerdo.

—En ese caso, lo siento, pero debo informar a la policía.

—¡No, por favor! —gritó, con tanta fuerza y tal pánico en la voz que lógicamente el empleado desconfió.

—No tengo otra opción, es lo que ustedes mismos estipularon. Ya he avisado para que envíen una patrulla al número 119 de la calle Egestorffstraße. Deberá usted identificarse en cuanto lleguen los agentes.

25

Dios mío, ¿y ahora qué?

Presa del pánico, había cortado la llamada con la empresa de seguridad. Después se quedó mirando la pantalla negra que sostenía en las manos.

Ayuda. ¿Qué hago ahora?

Por un instante se preguntó si había llegado el momento de entregarse a la policía. Pero entonces la encerrarían y perdería cualquier posibilidad de descubrir más información sobre sí misma.

¿Y si todo era una conspiración? ¿Y si a alguien no le interesaba que recuperara la memoria? Aunque no creía que eso llegara a suceder... Pero ¿y si la estaban usando como chivo expiatorio para evitar que se persiguiera al verdadero culpable? Sería mejor que se entregara voluntariamente...

No, Hannah. Aún te quedan fuerzas. No son muchas, pero debes aprovecharlas.

Para no verse atrapada en la casa como un ratón en una trampa, decidió marcharse lo antes posible.

Pero no así. No puedo seguir descalza y medio desnuda.

Subió las escaleras, suponiendo que la ropa se guardaría en

el primer piso. Efectivamente, encontró un gran armario en el pasillo, cuyo fondo se había transformado en una especie de vestidor.

Empezó a empujar una de las puertas correderas, pero se detuvo bruscamente. El frente de aquel armario tenía una cubierta por encima, que se había deslizado unos centímetros. Durante unas décimas de segundo, captó un reflejo.

Era cierto.

Los espejos de la casa estaban ocultos. Y solo pensar en destaparlos le producía verdadera ansiedad.

Corrió la puerta con sumo cuidado para que no se deslizara la cubierta. La primera sección contenía los trajes y camisas de Richard. La ropa de mujer estaba al otro lado. Sin pensarlo mucho, echó mano de un práctico mono verde de algodón elástico. Le resultó muy fácil ponérselo y le quedaba perfecto, como la chaqueta deportiva y las zapatillas blancas que encontró en un estante inferior.

El calzado estaba sobre lo que parecía una sombrerera, de color crema y decorada con el dibujo de una cinta formando un corazón. Ponía:

Caja del amor de Hannah y Richard

Al arrodillarse, se percató de que sentía menos dolor que antes. Una señal de que la mezcla de codeína y paracetamol empezaba a surtir efecto.

Cuando abrió la caja, sintió una opresión terrible en el pecho. Primero sacó un álbum de color blanco, con la fotografía de una boda veraniega en la portada.

«Split, Croacia», ponía al pie de la foto, que mostraba a la pareja en una playa en el momento de darse el «sí, quiero» bajo guirnaldas de flores. Pudo mantener la vista en su propia imagen porque, como aparecía de perfil, no se asemejaba a un reflejo frontal.

Hacíamos muy buena pareja, pensó, y se le partió el corazón.

Instintivamente se miró las manos. No llevaba anillos, aunque podía deberse a la operación: seguramente le habían pedido que se quitara todas las joyas. O quizá sucediera antes, cuando ingresó en prisión.

Apartó un montón de invitaciones, billetes de avión, folletos turísticos y otros recuerdos, y debajo apareció un DVD en cuya caja ponía: «Votos matrimoniales».

¡El vídeo de la boda!

Si ella fuera una sospechosa a la que tuviera que analizar, aquella grabación sería un hallazgo muy importante. Ofrecería una secuencia completa de su «comportamiento base», como lo llamaban los expertos. Un excelente material de referencia que ayudaría a determinar en qué momentos del vídeo de confesión sus microexpresiones faciales y su lenguaje corporal divergían del «comportamiento normal» exhibido durante la boda. Sin saber de dónde sacaría las fuerzas para enfrentarse a aquellas imágenes de sí misma, guardó el DVD en el gran bolsillo de canguro cosido en el frontal del mono, donde ya había metido el móvil y el cuaderno.

Vale, ya puedo irme, pensó. Saldría por el garaje, parando un momento para llevarse todos los analgésicos del botiquín.

Sin embargo, al abandonar el vestidor cometió un error: mirar a la derecha. A la puerta abierta de una habitación que estaba junto a la escalera. Era un dormitorio infantil que, bajo la pálida luz de la luna, parecía el decorado de una película de terror.

26

¿Paul? ¿Esta era tu cama?

Con las sábanas de astronautas todas revueltas. Y una mancha de sangre tan grande que casi formaba un charco. Había muchas, pero que muchas salpicaduras por la pared, como si hubiera estallado una botella de zumo de arándano rojo.

Dios santo, ¿esto lo he hecho yo en mi delirio?

Pero era imposible. No había acuchillado al niño. Entonces ¿cómo podía haber tanta sangre?

Aquellas manchas rojas, que también se extendían por la alfombra, atrajeron su mirada de tal modo que, aunque resultaba muy llamativo, tardó un tiempo en fijarse en un objeto destrozado y tirado en medio de la habitación.

Era una guitarra roja, hecha pedazos. Un cartelito amarillo la marcaba como prueba policial.

«Cogí una de las cuerdas».

«Para estrangularlo».

«Sí...».

Con los ojos llenos de lágrimas, buscó otros cartelitos y encontró muchísimos: delante, encima y al lado de la cama, junto a la pared, en la alfombra. Al parecer, la policía científica aún no había llamado a la unidad de limpieza para mantener intactos todos los indicios y poder examinarlos de nuevo en el lugar de los hechos.

Estoy dejando ADN reciente por todas partes.

Se acercó a la ventana para intentar comprender mejor la huida del niño.

¿No declaré en el vídeo que Paul había saltado al jardín trasero?

Intentó recordar ese momento. El corazón se le aceleró dolorosamente al comprender que, si deseaba resolver el enigma sobre sí misma, no le quedaría más remedio que ver por segunda vez el vídeo de su confesión.

Era una pesadilla dentro de la pesadilla. Tendría que superar su fobia. Enfrentarse a su mayor temor: descubrir en su interior algo espantoso. Y había muchas probabilidades de que ese terrible miedo se viera confirmado.

Se aferró a la repisa de la ventana y cerró los ojos. Rememoró las frases que le había dicho al policía:

«No estaba. Se había escapado por la ventana, saltó al tejadillo y desde allí al jardín trasero. Se perdió en la noche».

Eso le había dicho, o algo muy parecido.

Pero...

... pero el tejadillo bajo la ventana de Paul daba a la calle.

Miró a través del cristal, que, para su inmenso alivio, no creaba reflejos. Vio la farola, situada a unos dos metros del límite del jardín delantero. Y el amplio camino de acceso, que ofrecía aparcamiento para dos coches junto al garaje doble.

¿Por qué afirmé que se escapó por detrás? Además, ¿cómo podía saberlo si, según dije, estaba abajo con la vecina que había llamado al timbre?

¡Paul!

¿Dónde estás? ¿Qué ha sido de ti?

No había terminado de formular este pensamiento cuando le cortaron la retirada. Había perdido la oportunidad de huir.

Oyó el crujido de neumáticos sobre el asfalto. Un vehículo se detuvo en el camino de acceso. Al mismo tiempo, las luces del coche patrulla inundaron de destellos azules la habitación infantil.

27

En un último intento desesperado por conservar la libertad, Hannah decidió no responder a los insistentes timbrazos. Todo lo contrario: subió lo más rápido que pudo por una estrecha escalera de caracol hasta una buhardilla dispuesta como un estudio que, en realidad, tan solo consistía en un gran espacio diáfano.

Había una llave puesta en la cerradura, de modo que se encerró por dentro.

Encendió la luz y le pareció estar viendo los títulos de crédito de una película de terror que recrease la tragedia ocurrida en aquella casa.

Lo primero que captó su atención fue un gran panel de corcho. Casi del tamaño de una mesa de ping-pong, se mantenía en vertical mediante unos soportes de acero y se encontraba ante la cristalera que daba al jardín. Parecía la obra de un investigador obsesivo o de un loco, hasta tal punto rebosaba de noticias de periódico, polaroids, recortes de planos, anuncios de personas desaparecidas, órdenes de búsqueda y fotos de escenas del crimen. Las chinchetas que sujetaban determinados elementos aparecían unidas entre sí con hilitos de color rojo.

¿Este es mi panel de investigación?, se preguntó mientras la repetición rítmica de los timbrazos se convertía en un único sonido continuado.

¿Trabajaba aquí de noche en el caso del Pescador?

El escritorio apenas se veía, pues se hallaba atestado de carpetas y libros sobre cuestionarios para testigos, técnicas de interrogatorio, lenguaje corporal y microexpresiones faciales.

Tomó un expediente que ponía: «Interrogatorio X786. Operación especial Pescador, Fadil Matar. Asesora policial: Hannah Herbst». Estaba en una especie de caja archivadora en cuya tapa se leía en grandes letras:

Hannah Herbst
Descifrar y comprender el lenguaje corporal
Guía esencial para uso profesional

Junto al escritorio había una mesita auxiliar, seguramente para el ordenador. De debajo salía una maraña de cables que iban a los enchufes, pero no a la torre, al monitor ni a la impresora.

Lógico.

La policía científica se habrá llevado todas las memorias externas y los dispositivos electrónicos para analizarlos.

Los timbrazos habían cesado y el súbito silencio la intranquilizó. Supuso que, en escasos minutos, cuando los agentes accedieran por la fuerza, oiría el chasquido de cristales rotos o el crujido de la madera al saltar en pedazos.

Debo aprovechar este tiempo para averiguar todo lo posible sobre mí misma.

Cogió otro expediente y lo abrió. Era el acta del interrogatorio de un niño secuestrado que, por suerte, había reaparecido con vida. Nombre: Ludwig Voscherau (once años). La foto mostraba un chico de cara alegre y pecosa. Junto a la imagen aparecían unas notas con la misma caligrafía que Hannah había visto en el cuaderno.

Convincente. Comportamiento no verbal congruente con el relato y el contexto.

Leyó rápidamente los puntos clave de la declaración, que estaban subrayados con marcador fluorescente:

- Nunca vio al secuestrador
- En el supermercado, ayudó a un hombre mayor a llevar la compra al coche. Laguna de memoria
- Desconoce dónde estuvo
- No lo maltrataron
- Lo obligaron a observar fotos de muchas personas. Algunas se reían, otras estaban tristes o lloraban
- Le hacían preguntas por escrito, pero no las recuerda bien. Eran de respuesta múltiple, para marcar
- No habló nunca con nadie. La comunicación se producía por escrito usando un iPad

En ese punto Hannah había añadido a mano:

El Pescador somete a sus víctimas a una prueba de microexpresiones faciales. Del resultado depende si viven o mueren. Estas declaraciones confirman la personalidad narcisista del secuestrador, que utiliza el test como instrumento de legitimación para jugar a ser Dios.

El acta del interrogatorio de aquel niño, que al parecer había superado la prueba del Pescador, terminaba así:

A los tres días de su secuestro apareció con los ojos vendados en el aparcamiento de una zona de senderismo.

Cansada, se reclinó sobre el escritorio.

Tengo un gato que se llama Kaspar. Mi marido era artista. Uso la talla treinta y ocho y me gustan los monos cómodos para estar por casa. Sufro eisoptrofobia. Aquí arriba estudiaba a un criminal que utiliza un test de imágenes para decidir si libera a sus víctimas o si termina con ellas para siempre, resumió la información que había reunido sobre sí misma desde que puso los pies en aquella casa.

Y parece que llamaba al comisario muy a menudo, pensó cuando sus ojos se posaron en un número de teléfono que aparecía en el expediente junto al nombre «Fadil Matar». Al contrario que el de su marido, aquel número sí le resultaba conocido.

De hecho, se lo sabía de memoria. Lo había marcado en el motel de modo instintivo.

¿Por qué?

A toda prisa sacó el cuaderno del bolsillo, lo abrió por la última página y efectivamente... Aunque no aparecía entre las personas de confianza, sí que lo encontró en la lista de teléfonos que figuraba al final.

Fadil Matar. Compañero de trabajo, amigo.

¿Me atrevería...?

En el vídeo, Matar se mostraba muy hostil, no parecía en absoluto su amigo.

Y me trataba de usted... Pero aun así...

Aun así, su subconsciente había recurrido a él al verse en peligro, ante la posibilidad de que Blankenthal la torturase o le hiciera algo aún peor.

Sacó el móvil, marcó las primeras cifras y el resto del número se autocompletó al instante. En aquel aparato, Fadil estaba guardado como favorito.

—¡Policía! ¿Hay alguien ahí? —La sobresaltaron unos gritos provenientes de abajo.

Si acababan de forzar la puerta principal, no habían hecho ningún ruido. ¿O quizá ella se había dejado abierta la entrada del jardín?

—¡Traspasar un precinto policial es delito! ¡Sabemos que está ahí arriba! ¡Baje con los brazos en alto!

Era una voz ronca y nasal. El agente parecía querer compensar aquella falta de autoridad con la fuerza de sus pisotones.

Hannah pulsó el botón de llamada.

Fadil descolgó cuando las enérgicas pisadas comenzaron a resonar por la escalera.

28

—¿Cómo es posible que me llames desde ese móvil?

Vale, me trata de tú. ¿Por qué no lo hacía en el interrogatorio? ¿Somos amigos o no?

—¿Se puede saber dónde estás? —añadió Matar.

Hannah se acercó a la puerta. Comprobó que estaba bien cerrada.

—No..., no sé si puedo confiar en usted —contestó con total sinceridad.

—Vale, ya comprendo. ¿Está contigo?

—¿Quién? ¿Blankenthal?

—Sí.

—No.

Lo oyó suspirar con alivio.

Sus siguientes frases le resultaron difíciles de entender debido al estruendo causado por unos fuertes puñetazos contra la puerta.

—¡Menos mal! Hannah, escúchame bien. Te demostraré que puedes confiar en mí. Tu plan para atraerlo ha funcionado. Pero ahora debes ponerte a salvo.

—Yo...

¿Todo esto era un plan mío? ¿Para atraer a Blankenthal?

—¡Abra! —gritaba el policía de la voz ronca, tironeando de la manilla.

Al mismo tiempo, Matar continuaba:

—Sé que ahora no entiendes nada. Pero te conozco, sé el efecto que te produce la anestesia y por eso no perderé el tiempo en explicaciones. Escúchame bien: no voy a insistirte para que me digas dónde estás ni para que nos reunamos en ningún sitio. Quiero que hagas la única cosa sensata. La única cosa segura.

—¿Entregarme?

Los puñetazos y tirones de la puerta habían cesado.

¿Estará cogiendo impulso?

—Eso es. Pero hazme un favor: no hables con nadie en la comisaría. Ni una palabra. Espera a que yo llegue. No te dejes presionar. Yo soy el único que te cree, ¿me has entendido?

—No. No entiendo nada.

—Da igual. Haz lo que te digo. Llama a la policía.

—No hace falta —contestó. Y colgó al instante.

Porque la policía ya estaba allí, como demostró el crujido de la puerta al recibir una patada brutal.

Vale.

Decidió seguir las instrucciones de Matar y entregarse a su destino.

De todas maneras, no podía seguir como hasta entonces. Herida y en su situación, no resistiría ni dos horas sin recibir asistencia médica.

La puerta retumbó de nuevo y le recordó la aterradora situación en el motel.

Examinó la cristalera y se planteó no rendirse. Podría saltar al jardín... Pero creer que soportaría una caída desde esa altura sin romperse nada no era más que una ilusión.

—¡Ya salgo! —gritó al final, antes de que el agente cargara de nuevo contra la puerta—. Pero necesito enseñarle algo antes de que me detenga. Por favor.

—Nada de jueguecitos —respondió la voz—. Tengo un arma apuntándola.

Hannah giró la llave en la cerradura y se apartó. Al instante, la puerta se abrió de golpe y quedó medio colgando de una bisagra.

—¡Arriba las manos!

Obedeció sin ofrecer la menor resistencia, cegada por la intensa luz de una linterna.

—Solo hablaré con Fadil Matar.

—¿Y a mí qué me importa? —contestó el policía, con una voz que ya no era la de antes.

Y tampoco era un policía, como Hannah descubrió cuando Lutz Blankenthal se iluminó la cara con la linterna.

29

FADIL MATAR

—No puedes dejarlo, ¿verdad? Ni siquiera ahora. —Había comprensión en su voz, a pesar del dolor que padecía. Y también cierta desilusión, eso bien lo sabía Fadil.

Simone se había resignado a su destino, a que su marido tuviera una amante de la que jamás conseguiría separarse.

—Lo siento —se disculpó él por millonésima vez a lo largo de su matrimonio.

Ella ni siquiera se encogió de hombros. Seguramente su único consuelo consistía en que su rival no era de carne y hueso. Aunque quizá una infidelidad real le habría resultado más fácil de soportar. Porque las personas necesitan dormir, al menos de vez en cuando, y dan cierto respiro. Pero la profesión de Fadil Matar jamás daba un respiro. Ni siquiera en aquel momento, cuando tanto lo necesitaba.

Él guardó el móvil con sentimiento de culpa.

—¿Era Hannah? —preguntó Simone desde la cama.

Al principio de la visita, su marido la había colocado ante la ventana para que disfrutara la vista de los tilos que crecían en el jardín del hospital. De eso hacía muchas horas. Había oscurecido y ya apenas se distinguían los árboles medio desnudos, cuyas hojas rojizas se amontonaban en los senderos.

Fadil asintió.

—Me ha llamado ella. Es la segunda vez.

—¿Sabes dónde está?

—No, y creo que ella tampoco. Parecía muy confusa.

La enferma se pasó la lengua por los labios resecos y él le ofreció una barra de cacao que había en la mesilla.

La rechazó con gesto débil.

—¿Crees que realmente cometió los asesinatos?

—¿Y tú qué piensas? —respondió Fadil—. Al fin y al cabo, también la conoces.

Al principio del caso del Pescador la habían invitado dos veces a cenar en su piso. Él todavía recordaba lo preocupada que estaba su esposa ante la idea de que una experta en microexpresiones faciales la observara durante tanto rato: «¿Y qué pasa si me cae mal? ¡Lo sabrá por el más mínimo movimiento de cejas!».

Sin embargo, la velada resultó muy agradable y, por primera vez en mucho tiempo, Simone pudo olvidarse de su enfermedad. Y cuando ambas descubrieron que habían coincidido durante un tiempo en el mismo club de tenis, el tema de los conocidos comunes se volvió inagotable.

No obstante, Simone parecía dispuesta a creer la confesión de Hannah y contestó:

—No sé, la última vez la encontré tensa y muy cansada.

—Si eso te convierte en asesino, tendría que detener a media ciudad.

—Entonces ¿tú no crees que matara a su familia?

—En absoluto.

—¿Cómo estás tan seguro?

—No es propio de ella. La conozco bien. Tú solo la has visto dos veces, pero yo llevo año y medio tratándola casi a diario.

Ella consiguió esbozar una sonrisa. Bondadosa, comprensiva. Y triste.

—Ya... Como a mí.

—¿Qué quieres decir con eso?

—Pues que, aunque me veas a diario, no tienes ni idea de lo que pienso.

—¿Cómo puedes decir algo así?

Simone puso en blanco los fatigados ojos, aquellos ojos de un gris verdoso en los que tanto le gustaba verse reflejado. Pero hacía tiempo que ella le impedía acercarse tanto, porque temía que el mal aliento lo espantara aún más que su aspecto demacrado. Por un momento le pareció reconocer la misma expresión que había visto diecisiete años atrás, cuando le pidió matrimonio durante un viaje a Jordania, ante las ruinas de Petra. Temió que lo tomara por loco, que su idea de un futuro en común le pareciera absurda. Y hasta cierto punto lo era. Al menos visto desde fuera, aquel aspirante a policía proveniente de una humildísima familia libanesa y la hija sobreprotegida de un constructor millonario afincado en Berlín Occidental no encajaban en absoluto. Ella tenía el dinero, la experiencia vital y los buenos modales necesarios para asistir a cenas de gala, bailes y conciertos de la Filarmónica. Él era un joven rudo y de mentalidad práctica del distrito de inmigrantes de Neukölln a quien el padre de Simone quizá habría contratado como peón para sus obras, pero a quien jamás de los jamases habría concedido la mano de su hija. Pero ella contestó que sí y, como consecuencia, se produjo la ruptura con su familia.

—Hagamos la prueba, Fadil. ¿Tengo miedo a la muerte?

Él le cogió la mano.

—No te vas a morir. La operación va a salir bien.

—No seas absurdo.

Dirigió la mirada a la mesilla de noche, a la pila de medicamentos que no podían inyectarle.

—A veces odio haber traído una niña al mundo.

—¿Por qué dices eso?

Intentó mirarla a los ojos, pero ella apartó la vista.

—¿No es paradójico? En internet la gente se pone como loca cuando alguien publica fotos de sus hijos: «¿Cómo se puede exponer así a los niños? ¡Atenta contra el derecho a la propia imagen!». Especialmente con los bebés se montan unas polémicas tremendas, porque no pueden dar su consentimiento.

—No acabo de ver por qué me cuentas todo esto, cielo.

—Pues porque publicar una foto sin permiso provoca la indignación de todo el mundo. Pero nosotros trajimos al mundo a Damla.

—¿Y qué?

—Pues que nunca le preguntamos si quería nacer. No hay injerencia peor que esa.

Fadil se rio, aunque de forma poco convincente. Se le aligeró un poco el corazón al pensar que su hija de tres años dormía apaciblemente en casa, al cuidado de la niñera y sin imaginarse ni remotamente las siniestras reflexiones de su madre.

—Si no hubieras estudiado derecho no se te ocurrirían esas cosas tan enrevesadas —contestó, esforzándose por sonreír.

Ella se encogió de hombros.

—A mí no me parece una idea descabellada. En la India un joven ha demandado a sus padres por haberle dado la vida. No le consultaron, lo decidieron por su cuenta, y ahora él tiene que soportar los horrores de este mundo. Los niños que mueren de hambre, la catástrofe climática, las guerras, la prostitución forzada, la esclavitud moderna...

—No deberías pensar en esas cosas.

—¿Y en qué quieres que piense? ¿En la madre que ató a su hijo a una silla y lo azotó con una manguera para obligarlo a hacer los deberes durante el confinamiento? ¡Vi ese caso en tu mesa!

Él asintió. Así fue. La madre le dejó una mano libre para que resolviera los problemas de matemáticas, y gracias a eso el niño pudo llamar a la policía. En sus años de profesión, plagada de crímenes terribles, había oído muchas historias aún más espantosas. La que mencionaba su esposa resultaba aún más perturbadora al saber que la detenida era profesora.

—¿O mejor pienso en el hombre que a su madre en coma le...?

—¡Ya basta, Simone! —la interrumpió bruscamente—. La vida merece la pena. Superarás la operación y la quimioterapia. Recuperarás las ganas de vivir.

Él mismo se daba cuenta de que sus palabras sonaban falsas y huecas. Comparado con ellas, el tono del móvil que empezó a sonar le pareció una sinfonía.

—¿Es la comisaría?

Fadil usaba tonos diferentes para números distintos y, en tantos años, su esposa había aprendido a reconocerlos.

Asintió.

Ella suspiró.

—Cógelo. Vete a vivir esa vida que tanto merece la pena. Yo necesito descansar. Ven mañana, ya me contarás si has encontrado a esa mujer que ha acuchillado a su familia...

Se dieron un beso, como siempre que se despedían. Durante su largo matrimonio jamás se habían separado sin un gesto de cariño, ni siquiera aunque estuvieran peleados.

Simone esperó un momento, para asegurarse de que se había alejado lo bastante para no poder oírla a través de la puerta.

Después tomó el teléfono fijo que había en la mesilla y marcó un número del que Fadil no sabía nada. Del que no debía saber nada.

—Podemos vernos en media hora —ordenó al hombre que contestó. Lo despreciaba, pero dependía de él para ejecutar el plan que preparaba desde hacía meses—. No, mi marido no sospecha nada. Está distraído con otras cosas. Y sí, tengo el dinero. Ponlo todo en marcha.

30

HANNAH

—¡Ya me lo imaginaba! El asesino siempre vuelve a la escena del crimen. Y la asesina también.

Blankenthal le propinó tal empujón que la hizo retroceder tambaleándose.

—¡Dámelo! —ordenó.

—¿El qué?

—¡El móvil!

Como si se tratara de una pistola en una película, Hannah lo dejó en el suelo y lo empujó con el pie. Él lo recogió y se lo guardó de inmediato. Luego se le acercó. Jugueteaba con el taser, que desprendía chispazos azules.

—Por favor, no me hagas nada —rogó ella, sintiéndose desvalida y totalmente sobrepasada.

¿De verdad este loco me ha encontrado solo por intuición?

Aunque debía admitir que visitar de nuevo el lugar del horror resultaba totalmente previsible, casi un puro cliché.

Como para corroborarlo, Blankenthal afirmó:

—Eres tan predecible, Hannah Herbst. Aunque claro, ¿qué otra opción tenías, más que venir a comprobar si realmente habías cometido el crimen?

—Voy a entregarme a la policía. Por favor, deja que lo haga.

Él se apartó de la frente un mechón gris y contestó:

—¿Para que te acojas al derecho a guardar silencio y a no incriminarte? Ni hablar. No lo pienso permitir.

Su tono autoritario la enfureció. Con una fuerza inesperada, proporcionada por la rabia, le replicó con sequedad:

—¿A qué viene este teatro? Para haber venido siguiendo una corazonada, me parece que lo tienes todo muy pensado.

Él asintió.

—Si me conocieras, sabrías por qué.

—Te conozco lo bastante para desconfiar más de tu salud mental que de la mía.

Sus ojos despidieron chispas azules como las del taser cuando, con el índice levantado, amenazó:

—¡No te atrevas a compararnos! ¡No tienes ni idea!

—Tú tampoco sabes nada de mí.

—Ah, ¿no? —Miró el reloj. Al parecer tenía tiempo para la historia que pensaba contarle, aunque comenzó a hablar bastante deprisa—: ¿Te crees que no sé de lo que es capaz una persona como tú? Pues presta atención. Conocía a una jugadora, se llamaba Lisa. Era adicta a cualquier juego que implicara dados, cartas o apuestas. Volvía a casa a las cinco de la mañana con gafas de sol porque seguía deslumbrada por las tragaperras. Solo dos horas después empezaba su turno en Correos. No oía a sus hijos cuando le decían que no había nada para desayunar porque aún le retumbaba en la cabeza el tintineo de las máquinas de azar. No había una noche en la que no apostara, ni un día en el que no necesitara empeñar algún objeto. Ni siquiera en las gasolineras conseguía resistirse a las máquinas. —Se aclaró la garganta—. Obviamente, contrajo deudas. Se escondía de los cobradores para que no le rompieran las piernas. Del resto del mundo, especialmente de su jefa, escondía una adicción a la morfina. La consumía para aliviar los dolores crónicos y el odio a una sociedad en la que una madre soltera importa menos que una mascota.

—Una situación muy triste, pero ¿qué tiene que ver conmigo?

—¡Espera! —ordenó él, con un gesto tajante de la mano—. Las drogas le causaron una depresión psicótica. En lugar de volcar su rabia contra el jugador de tenis que la dejó tirada con dos niños para irse con una jovencita, empezó a odiarse a sí misma. Cuando ya estaba en la ruina, con la electricidad cortada y al borde del desahucio, intentó desengancharse de golpe. Le quedaban tres parches de morfina y un bote de jarabe para la tos, pero no los tocó.

—Buena decisión. —Hannah se preguntó si podría aprovechar que el Cirujano estaba enfrascado en su monólogo para tratar de escapar.

—En principio, sí. Pero poca gente sabe que en esta vida hay que empeorar para poder mejorar. Antes de lograr la transformación es necesario atravesar un valle de lágrimas. Sus depresiones se agravaron. Ya no le fiaban en ningún sitio. Ni los casinos más sórdidos la dejaban pasar más allá del guardarropa. Pero en el barrio de Wedding existe una casa de juegos medio clandestina llamada Last Vegas, que para los jugadores es como el crack para los drogadictos: la última parada antes de la muerte. Lisa robó el dinero que los niños habían recibido de su abuela por Navidad. Pasada la media noche, los dejó solos llevándose el contenido de la hucha, dispuesta a jugarse también la poca dignidad que le quedaba.

Blankenthal se frotó la frente con la manga. Aquella narración parecía exigirle un esfuerzo físico.

—En Last Vegas se encontró con el peor ejemplar de la escoria humana. Un empresario perturbado que tenía dinero a montones y que se divertía con la vida de los bajos fondos. Frecuentaba la prostitución de menores, se llevaba a su suite de hotel putas enfermas de hepatitis B para que bailaran hasta la extenuación, y disfrutaba desplumando a las almas más desesperadas.

—Como Lisa.

—Exacto, como Lisa. Aquella noche estuvo apostando con ella hasta dejarla sin un céntimo.

Hannah se imaginó lo que venía después.

—¿Tuvo que pagarle con su cuerpo? —inquirió.

—Con el suyo no. Con el de sus hijos.

Dios mío.

—Pero no es lo que estás pensando —la advirtió—. Es aún peor.

¿Qué puede ser peor que la violación?, se preguntó ella.

Blankenthal se explicó:

—Antes de empezar la última ronda, cuando Lisa le debía unos imposibles cuatro mil quinientos euros, el hombre pronunció una frase decisiva y fatídica: «Las madres dan la vida. Por eso tienen derecho a quitarla».

Hannah necesitó parpadear un momento. De pronto sintió un cansancio infinito. No quería seguir escuchando.

—El muy cabrón le metió aquella idea en la cabeza a una enferma mental incapaz de defenderse. Su plan no podía ser más diabólico: exigió a Lisa que matara a sus hijos. Y que se suicidara después.

—Dios mío. ¿Y ella...?

A él se le empañaron los ojos.

—Lo dejó en manos del azar. Si salía negro, los niños vivirían. Si salía rojo, morirían.

—No me lo creo...

—Pero así fue. Y, qué le vamos a hacer, salió rojo.

Cielo santo...

—Lisa volvió a casa, convencida de que no le quedaba otra opción. Con deudas imposibles de pagar, abandonada por el único hombre al que había amado, sugestionada por un perturbado que la había persuadido de que la vida carecía de sentido y de que sus hijos no tenían futuro. De que una muerte rápida era mejor que una vida de largos sufrimientos. Y de que, como madre, tenía el derecho de destruir lo que ella misma había creado. De modo que sí. Saldó su cuenta con aquel hombre.

Hannah comenzó a intuir por qué Blankenthal le contaba aquella tragedia con tanto detenimiento. Como había perdido la memoria, carecía de los cimientos emocionales que a él le permitirían construir una idea clave: que las madres también pueden ser monstruos.

—Le pegó los tres parches de morfina a Viola. Primero se puso azul, luego su respiración pasó de los jadeos a los estertores y al final dejó de respirar del todo. Era el turno del niño, pero se había quedado sin veneno. Intentó estrangularlo con el cordel de una cortina.

Hannah notó que los ojos se le llenaban de lágrimas. *Esto es buena señal, ¿verdad?* Una mujer que reaccionaba de manera empática ante un relato terrible no sería capaz de cometer los mismos actos. *¿O sí?*

Necesitó hacer una pregunta:

—¿Y por qué conoces tan bien todos los detalles?

Por esperable que fuera la respuesta, la pilló desprevenida.

—Porque estas cicatrices son obra de mi madre.

Pronunció «madre» como si fuera el peor de los insultos. Se señaló el cuello, pero Hannah estaba muy confusa y la luz del estudio era demasiado escasa para reconocer las marcas dejadas por un intento de asesinato sucedido décadas atrás.

Claro, y por eso...

—Solo dejó de apretar cuando perdí la conciencia y me oriné. Pensó que estaba muerto. Después se ahorcó. Fue lo mejor que hizo en su vida. Al recuperar la conciencia, me quedé totalmente inmóvil durante mucho tiempo. Cuando me encontraron llevaba horas contemplando su cadáver colgado del techo.

Y por eso me odia tanto. De ahí viene la obsesión...

Resultaba tan evidente que hasta Hannah, en su estado de extenuación, reconoció las heridas dejadas por el profundo resentimiento que había marcado la infancia de aquel hombre.

—Pero, bueno, yo al menos sobreviví. No como tu pobre hija, Hannah Herbst. Por eso estoy aquí. Para conseguir lo que no logré con mi madre: que pagara por sus actos.

Ella cerró los ojos y apretó los párpados con desesperación. Al abrirlos, encontró una ira profunda reflejada en el rostro de Blankenthal: cejas juntas, párpado superior retraído, mirada penetrante.

Es la expresión de Hinckley, pensó atemorizada. Recibía su nombre de John Hinckley, el hombre que intentó asesinar a Ronald Reagan, presidente de Estados Unidos. Aquella expresión había pasado a la historia del estudio de las microexpresiones faciales como el rostro característico de un terrorista violento. Y, efectivamente, Blankenthal parecía a punto de atacar.

Era lógico.

De niño, casi fue víctima de lo que se denomina un suicidio ampliado.

Y ahora proyecta sobre mí su odio por las madres asesinas.

—Yo no he matado a nadie —intentó defenderse.

Mientras lo decía se le rompió la voz porque, totalmente de improviso, la niebla del olvido se aclaró un poco y dejó entrever algo que parecía el recuerdo de un recuerdo.

Se vio a sí misma andando por la calle, con las llaves de casa en la mano. Había luz en los cuartos de los niños. Abría la puerta. «¡Ya estoy aquí!», anunciaba. Risas infantiles.

Pero, al instante, la escena se emborronó entre los vapores de la impenetrable neblina. Los contornos se volvieron sombras, las sombras desaparecieron. Los sonidos se convirtieron en un ruido confuso.

—Vaya, vaya —dijo una voz masculina.

No en su recuerdo, sino en la realidad. Se tambaleó y trató de orientarse. Vio que Blankenthal fruncía el ceño con desconfianza.

—¿Qué ha sido eso? ¿Era un recuerdo?

Ella negó con la cabeza, intentando mentir sin conseguirlo.

—Claro que sí. Me parece que poco a poco vas recuperando el juicio y reconociendo tu lado asesino.

—No.

Blankenthal se le aproximó súbitamente y ella se agachó, temiendo recibir un golpe.

Pero él la agarró del brazo y la levantó.

—Venga, tenemos prisa. Pronto echarán de menos al policía que he dejado fuera de combate. Tienes que decirme dónde está Paul.

—¿Es que tienes amnesia tú también? ¡NO LO SÉ!

—No hace falta que grites —contestó él, muy tranquilo—. Nada evitará lo que va a suceder.

—¿Y qué es, por el amor de Dios?

—Vamos, aligera. Quiero probar un método para recuperar la memoria.

31

SIMONE MATAR

—Habíamos acordado doscientos —mintió el tipo flacucho, que olía como si saliera de un estresante turno lleno de emergencias que se hubiera alargado durante muchas horas.

Aunque Simone respiraba por la boca, encontraba poco alivio en aquel cuarto de mantenimiento sin ventanas. El reducido espacio estaba atestado de aparatos, productos de limpieza y contenedores de ropa sucia. Era imposible guardar las distancias. Se encontraba tan cerca del auxiliar de anestesista que distinguía perfectamente el espray capilar con el que intentaba añadir volumen y densidad a su pelo ralo. Algunas de las pequeñas fibras que cubrían las calvas se habían desprendido y caían sobre los hombros de su bata de quirófano, que era azul claro y de manga corta.

—¡Ciento cincuenta! —replicó ella, dándose la vuelta para irse.

Un farol.

Dependía de aquella transacción.

—¡Espera! —gritó el joven, conocido en ciertos círculos como el Pirulas porque era capaz de conseguir todo tipo de pastillas de la farmacia del hospital.

Ella le apartó la mano con que la sujetaba por la mochila. La había preparado en la habitación a toda prisa. Era ya bastante tarde, el horario de visitas y las rondas de los médicos habían terminado hacía rato. Las enfermeras y auxiliares se tomaban un descanso antes del ajetreo nocturno. De camino a aquel cuartucho no se había cruzado con nadie.

—¿Esta movida es para ti o para...? —indagó el Pirulas.

—¿Y a ti qué cojones te importa? —contestó ella, cortante.

Él sacó una jeringuilla y dos ampollas del bolsillo interior de la bata.

—Lo digo porque esto puede acabar con todo un regimiento. Es bueno de verdad.

—Y te voy a pagar ciento cincuenta euros.

—Está bien, ciento cincuenta —cedió—. Pero si me haces una mamada.

¿Va en serio?

Solo podía ser un mal chiste, pero al muy cerdo se le pusieron los ojos vidriosos y se tocó la entrepierna con gesto lascivo.

¡Increíble! Tengo treinta y siete años y parezco una vieja, desde la última quimioterapia necesitaría el doble de espray capilar que este gilipollas y no hay perfume que me saque de encima el olor a hospital... Pero, bueno, allá cada cual...

—Vale —contestó, y acto seguido se arrodilló.

—¿Qué? ¿En serio?

Se bajó los pantalones con una gran sonrisa. Y se le borró al instante al sentir un dolorosísimo pinchazo. Simone se había quitado la vía intravenosa, sin despegarse el apósito. La aguja ya no estaba en el dorso de su mano, sino clavada en un lugar mucho más sensible. Para ser exactos, en la uretra de un pene que se desinfló al instante.

—Vaya, vaya —se burló ella—. Qué pequeñita se ha quedado de pronto...

—¡Serás zorra!

—Cariño, yo en tu lugar no me movería —le advirtió. Sacudió la mochila y le ordenó—: Mete las cosas en el bolsillo de fuera.

—Estás loca —masculló entre jadeos tras cumplir la orden.

Le dio la razón.

—Mira, ya no tengo nada que perder. No necesito que el karma divino imparta justicia. Como puedes comprobar, me gusta ocuparme yo solita de mis asuntos mientras aún estoy viva.

—Eres una puta loca, una...

Ella lo miró, haciendo un gesto negativo con la cabeza.

—¿Crees que es buena idea morder la mano que te agarra por los huevos?

Le clavó más hondo la aguja.

—¡No, no! ¡Vale! Sácame esa mierda, paso del dinero.

—Eso ya me gusta más.

Y le apretó los testículos con tanta fuerza que el Pirulas primero cayó de rodillas y luego se quedó tumbado en posición fetal, casi sin respiración.

Perdóname, pensó ella. Por supuesto no se dirigía a aquel imbécil, sino a Fadil, su amado esposo. Él respetaba la ley y el orden, siempre actuaba dentro de la legalidad. Se disgustaría mucho si llegara a enterarse de lo que acababa de hacer.

—¿Sabes lo que siempre decía mi madre? —preguntó al joven jadeante.

Este solo pudo contestar con un gemido.

—Me decía: «Las mujeres creamos la vida. Somos las únicas con derecho a destruirla».

Mientras hablaba, sacó de la mochila una de las ampollas mortales.

—Ese es el credo que me guía en los últimos momentos de mi vida. Y esta noche pienso seguirlo a rajatabla.

32

HANNAH

El recorrido que Blankenthal tenía en mente no era muy largo. Terminó una planta más abajo, ante la puerta del dormitorio principal.

—¿Qué es esto? —preguntó Hannah cuando él le tendió un objeto.

—No he encontrado nada más apropiado, habrá que conformarse con una vela. Cógela como si fuera un cuchillo.

—¿Para qué?

—¿Acaso no sabes cómo se almacenan los recuerdos en el cerebro?

En forma de percepciones sensoriales aisladas que se conectan a una red neuronal, pensó ella, sin decirlo. Por eso la gente mueve los ojos cuando le preguntan qué ha desayunado. Lo que hacen es acceder a la situación: evocan el cuenco de muesli y el zumo de naranja y, así, reconstruyen el recuerdo.

—Si lo sabes, conocerás también el modo de recuperar recuerdos perdidos.

—Con el Memory-Method —contestó ella.

Un método útil incluso para encontrar las llaves de casa. Consistía en situarse en el mismo lugar donde se tuvieron en la mano por última vez. Por ejemplo en el pasillo, en el punto exacto donde se sacaron del bolsillo; después, había que posar la vista en los mismos objetos que entonces.

—¿Pretendes que reconstruya los hechos?

—Eso es. Tal como los narrabas en el vídeo.

Abrió la puerta y la empujó dentro.

—¿En qué postura estabas justo antes de atacar? ¿Así? —La obligó a empuñar la vela como una daga y le levantó el brazo.

Hannah se dejó mover como una marioneta. Su único acto de resistencia fue cerrar los ojos. Pero los abrió cuando Blankenthal se lo ordenó, ya junto a la cama.

Paseó la vista por la habitación y de pronto se quedó sin aliento. No por la gran mancha de sangre en las sábanas revueltas, mucho más grande que la del cuarto de Paul. Ni por el olor a hierro que flotaba en el aire. Y tampoco por encontrarse exactamente en el lugar en que estuvo la asesina de Richard.

Todo aquello no surtió ningún efecto.

Nada desbloqueó su recuerdo.

El desbloqueo se produjo precisamente al abandonar aquel amago de reconstrucción de los hechos. Cuando dejó la vela entre las sábanas y miró a la pared, a una foto manchada de sangre colgada sobre la cama. Estaba enmarcada y mostraba una escena que activó un recuerdo al ser iluminada por la luz de la linterna.

Por desgracia.

—No, no. Mira ahí —le ordenó él cuando quiso apartar la vista.

No puedo.

Sacudió con fuerza la cabeza.

Me resulta insoportable.

Al parecer, el método para recuperar recuerdos había tenido éxito, aunque no como Blankenthal esperaba. Lo que activó su memoria no fue la postura que supuestamente había adoptado justo antes del asesinato. Fueron las sensaciones acumuladas a lo largo de tantos años, cuando vivía y dormía allí, mirando la foto en infinidad de ocasiones. Al volver a verla, no se reactivaron los momentos previos al crimen, que permanecían envueltos en la niebla del olvido. Sin embargo, la memoria a largo plazo empezó a luchar por recuperar su lugar en la conciencia. Había reconocido a su familia. Al hombre con jersey negro de cuello alto y una nariz demasiado grande para considerarla interesante. Llevaba el pelo castaño con algunas canas estudiadamente despeinado y eso lo hacía parecer más joven. A su lado, los dos niños. Una chica con un delineador de ojos exagerado: Kyra, hija del primer matrimonio de Richard, miraba a la cámara de mala gana.

Había agua, que reflejaba los rayos del sol. La familia posaba en un embarcadero: *Richard, Kyra, Paul.*

Al niño se lo veía muy incómodo, y quizá fue la melancolía de sus ojos oscuros lo que provocó que a Hannah se le saltaran las lágrimas.

Mi pequeño Paul, tan pálido, con sus pecas y su pelo revuelto. Siempre tan serio que hacerle cosquillas en la tripa era el único modo de hacerlo reír.

Eran ellos. *Mi marido. Mi familia. Mi hijo.*

Hacía tan solo unos segundos no recordaba su existencia. De repente, le parecía inconcebible que hubieran desaparecido de su vida.

—Yo no lo hice —juró para sí misma. La tristeza casi le impedía pronunciar las palabras.

—Me temo que sí —repuso Blankenthal.

Le apuntó la linterna directamente a la cara. Hannah sintió que el potente haz de luz le quemaba las mejillas, empapadas de lágrimas.

—Pero ¿por qué? —preguntó.

—¿Es que no prestaste atención al vídeo?

Entonces le ordenó que cerrara los ojos y respirara despacio. Y, con una voz como de trance, ordenó:

—Escúchame bien. Voy a contarte lo que creo que sucedió.

Con esas palabras comenzó una descripción tan vívida que Hannah realmente sintió que volvía a presenciar los acontecimientos de aquella noche fatídica.

En directo y a través de un terrorífico filtro rojo sangre.

LA TEORÍA DE BLANKENTHAL

Hannah estaba despierta. A su lado, la respiración de Richard era profunda y regular. Dormía el sueño de los ignorantes, que cierran los ojos ante las desgracias de la vida. Él lo ocultaba y reprimía todo, mientras que a ella le tocaba actuar.

Apartó el edredón, se sentó en el borde de la cama y abrió el cajón de la mesilla.

La hoja del cuchillo japonés brilló como una valiosa joya bajo la luz de la luna que entraba por la ventana.

Hacía varios días que se lo había llevado de la cocina al dormitorio, después de visitar a Telda y de fijarse en el rincón infantil que había en la Unidad de Protección contra la Violencia. En ese momento comprendió que eliminar el mal de la faz de la tierra era tan imposible como lograr que lloviera hacia arriba. Era más fácil proteger a una mariposa en medio de un huracán que resguardar a los niños de los peligros de este mundo.

Nunca les preguntamos si querían nacer, *pensó, y se alegró de haber dejado de tomar las pastillas a pesar de la oposición de su psiquiatra. La paroxetina le nublaba la vista, la adormecía y la paralizaba. Una vez libre de psicofármacos, podía actuar. Asumir su responsabilidad.*

Richard se dio la vuelta y estiró el brazo hacia el lado vacío de la cama. Como temía que se despertara, Hannah cambió el orden y comenzó por Kyra. Al entrar en su habitación, observó que la adolescente dormía boca arriba, lo que facilitaba mucho las cosas.

El sueño profundo lo había heredado de su padre. En cambio, Paul había salido a ella. El más mínimo ruido lo despertaba y acababa en la cama de sus padres.

El descanso de Hannah solo era superficial. Odiaba la pérdida de control que suponía dormir y, desde pequeña, se había entrenado para cerrar los párpados durante breves intervalos de tiempo.

—Lo siento —murmuró y cerró los ojos.

Sabía que seguir mirando le robaría las fuerzas. No debía dejarse distraer por la belleza aún incompleta de Kyra. Ni pensar en la juventud de aquella chica inteligente que acababa de ganar un concurso de matemáticas a pesar de que le interesaba más el monopatín que la teoría de números. Su profesora le había augurado un futuro brillante. Claramente le había mentido.

—Esa señora ya es mayorcita, debería saber cómo es esta vida —susurró Hannah para sí.

Era cierto que por la puerta del futuro a veces se colaba un rayo de esperanza, pero sobre todo irrumpían la oscuridad, el frío, el dolor y la tristeza. Hasta que, al final, entraba sin remedio la muerte.

No podemos elegir cuándo empieza nuestra vida, pero sí cuándo termina, *pensó. Y le clavó el cuchillo en el pecho.*

Tras asegurarse de que ya no se movía, extrajo la hoja del corazón y regresó con Richard.

Sentía muchas ganas de llorar, pero debía mantenerse serena. Por todos. Afortunadamente había ahorrado fuerzas, porque con su marido no resultó tan fácil.

Se defendió, braceó y pataleó, pero nada de eso cambió una situación que no tenía vuelta atrás: de un solo tajo, le había cortado la tráquea y el esófago. De su boca no salió ni una palabra. Tan solo gemidos, estertores y gorgoteos. Y sangre.

Maldita sea, ¿por qué no lo he matado como a Kyra?

Quizá porque había triunfado el deseo inconsciente de verlo sufrir, y la puñalada en el corazón le parecía demasiado benévola. Demasiado rápida para un haragán que no asumía ninguna responsabilidad. Que no solo le dejaba a ella aquel trabajo sucio, sino que sin duda habría intentado impedírselo. Existían dos tipos de personas: las que se arrojaban por la ventana de un edificio en llamas y las que se asfixiaban esperando ayuda en la escalera. Las valientes elegían la muerte por su propia mano. Las otras ponían su destino en manos ajenas hasta el angustioso final. Incluso enfrentadas con la muerte, esperaban que alguien las librara de tomar una decisión.

Así era Richard, incapaz de ver que la vida de Hannah estaba en llamas. Con todas las puertas y ventanas cerradas, excepto la salida de emergencia que había decidido utilizar. Por el bien de quienes eran demasiado débiles.

Como Paul. Su alegría.

Por supuesto, el niño lo había oído todo. La agonía de su padre fue más ruidosa que una rama al chocar con la ventana o que los bocinazos de un coche.

Por eso abrió los ojos cuando la sintió junto a su cama.

—Mami, ¿eso de la blusa es sangre? —preguntó atemorizado—. ¿Qué tienes en la mano?

—No te asustes.

Él se asustó muchísimo.

—Cierra los ojos y ábrelos solo cuando yo te lo diga.

Pero no lo hizo.

A pesar de ser tan pequeño, comprendió instintivamente que corría un grave peligro. Y se resistió. Como el animal que no sabe que el dolor de la anestesia es necesario, Paul no entendía que su madre lo hacía todo por su bien.

Ella le arrebató la guitarra.

La estrelló contra la pared.

Arrancó del mástil una cuerda que se había soltado.

Y aprovechó el error cometido por el niño al darle la espalda intentando escapar. Corría despacio y con movimientos torpes. Por eso le resultó facilísimo alcanzarlo y pasarle la cuerda alrededor del cuello.

33

—Y después la vecina tocó el timbre —concluyó Blankenthal con laconismo.

—No, no, no.

—Yo creo que sí.

—No, no fue así.

De repente, le hizo una llave para inmovilizarla, agarrándola de un brazo y retorciéndoselo en la espalda.

—Antes de subir a la buhardilla he echado un buen vistazo —le siseó desde atrás—. No es tan difícil sacar conclusiones. Falta un cuchillo de un juego perfectamente ordenado y hay una receta médica en el estudio.

Maldita sea, pensó Hannah mientras intentaba aliviar algo la presión del hombro para que el dolor resultara más soportable.

Llevaba el cuaderno en el bolsillo frontal del mono, pero se había dejado abajo la receta.

—Después he visto una guitarra destrozada y aquí esto: manchas de sangre en la alfombra.

Dirigió la linterna al suelo.

—Te libraste de la vecina y luego volviste al dormitorio.

Recogiste del suelo el cuchillo con el fin de acabar con tu vida, como bien confesaste en el vídeo.

Le soltó el brazo y ella cayó de rodillas, sin fuerzas.

—No, no, no. No sucedió así —insistió.

Instintivamente se apretó la herida. Tras tantos movimientos forzados, resultó una mala idea: el dolor le arrancó un gemido. Entonces se le ocurrió una idea. Quizá la única que podría, si no eludir, al menos retrasar lo inevitable.

—Espera. Puedo demostrártelo —aseguró, mirándolo desde el suelo.

—¿Cómo?

Ella se levantó. Muy despacio, para que no pensara que iba a sacar un arma, se quitó la chaqueta y se abrió el mono. Quedarse semidesnuda, con el pecho descubierto, le importaba mucho menos que lograr levantarse el vendaje.

—Mira esto.

Blankenthal iluminó la herida con la linterna.

—¿El qué? —preguntó, extrañado.

—¿Qué ves?

Él se acercó.

—Los puntos se han soltado.

—¿Y qué más?

—Herida de arma blanca en la zona del bazo. Hoja de dos a tres centímetros de ancho, que ha penetrado entre cuatro y seis centímetros.

Las dimensiones del cuchillo que falta.

—¿Y si te dijera que soy zurda?

Él ladeó la cabeza.

—Hummm...

—¿No me habría clavado el cuchillo en el lado derecho?

Blankenthal se encogió de hombros.

—No necesariamente. Quizá estabas muy nerviosa. O tenías la otra mano ocupada.

—Todo es posible, claro. Pero ¿es probable? No. Lo más probable es que alguien me apuñalara. Alguien diestro que me atacó de frente.

—Eso lo dices tú.

—Sí. Creo que...

De pronto, un objeto salió disparado hacia ella.

En un acto reflejo, atrapó la linterna que Blankenthal acababa de arrojarle.

—Con la izquierda... —observó él, asintiendo—. Bueno, aunque no me has convencido, confieso que estoy intrigado. —Se rascó la nuca con gesto reflexivo.

—Por favor, deja que me entregue a la policía.

Él consultó su reloj. Se detuvo un momento para sopesar las opciones. Hannah lo supo porque frunció los labios, como a punto de silbar.

—Ni hablar —decidió al final, destruyendo por completo su esperanza de haber conseguido persuadirlo—. Pero he tenido otra idea.

34

Se encontraba prisionera de nuevo. Las bridas, mucho más apretadas que antes, le mantenían juntas las muñecas y no le permitían ningún margen de maniobra. Así, se acurrucaba en los asientos traseros de cuero de un SUV, en una posición parecida a la del policía que habían abandonado inconsciente en el suelo del salón. Cuando se marcharon, Blankenthal la había obligado a ocupar el asiento del copiloto del enorme vehículo, que estaba aparcado sin ninguna discreción junto al coche patrulla.

Al subirse, a Hannah se le cayó del bolsillo el DVD de la boda. Él lo recogió sin hacer el más mínimo comentario. Quizá pensó que se lo llevaba como recuerdo. O quizá no quería perder el tiempo en conversaciones, porque la policía no tardaría en enviar refuerzos.

Como era de esperar, no le reveló adónde la llevaba. Al parecer, se proponía salir de Berlín por la carretera B101 en dirección al barrio de Heinersdorf. En la calle Nahmitzer Damm, Hannah le había pedido que detuviera el vehículo para poder tumbarse en los asientos de atrás. Incorporada, no soportaba el dolor. Por suerte, antes de salir de la casa él había accedido a llevarse los medicamentos del botiquín. El descubrimiento de que realmente era zurda parecía haberlo ablandado un poco: incluso le permitió tomar un sorbo de codeína antes de recostarse detrás. Sin embargo, no parecía dispuesto a responder ninguna pregunta.

—¿Qué tienes planeado?

¿Qué trama ese cerebro perturbado para comprobar si puede fiarse de mí?

Aunque su silencio duró más de un minuto, ella insistió en hacerlo hablar.

—¿Cómo has conseguido este coche? ¿Adónde me llevas?

«Pero he tenido otra idea», había dicho.

Blankenthal mantenía la mirada fija en la carretera. Sin contestar, encendió la radio y recorrió varias cadenas de música hasta encontrar un programa informativo que transmitía el estado del tráfico.

Hannah sintió que se adormecía con el ronroneo del motor y la agradable voz de la radio. Le pesaban los párpados. La sensación era maravillosa, porque encerraba la promesa de que el dolor desaparecería con el sueño. Por eso casi se enfadó cuando Blankenthal soltó, de improviso:

—Gracias a la señora Cammy.

—¿Qué?

Él bajó el volumen. Las palabras del locutor se convirtieron en un murmullo que se perdía entre el ruido del tráfico.

—No es su verdadero nombre, claro. La llamo así porque es la dueña de muchas camas. De hotel, para ser exactos.

—¿Y esto a qué viene? —inquirió Hannah con un bostezo.

—Es la respuesta a lo que me has preguntado. Querías saber cómo he conseguido el coche. Pues gracias a ella. Entre otros establecimientos, la señora Cammy dirige el motel donde estuvimos.

Vale. Hannah no entendía por qué de pronto había decidido hablar, pero aprovechó la oportunidad para preguntar:

—¿Es tu cómplice?

A través del retrovisor, lo vio hacer un gesto negativo.

—Es una clienta agradecida. Siempre tiene una habitación para mí.

—¿Te ayudó a escapar de la cárcel?

—Digamos que dejó el coche donde le pedí. Y me facilitó ropa y los enseres imprescindibles.

Eso explicaba cómo había conseguido meter a Hannah en la habitación del motel sin que nadie se diera cuenta.

De modo que aquel Cirujano desequilibrado había detenido la ambulancia en un lugar previamente pactado y allí había cambiado al SUV para dirigirse al motel. Pero su explicación sugería otra pregunta, muy perturbadora:

—Entonces ¿la habitación no era de la mujer que habías asesinado en el baño?

Blankenthal puso el intermitente y procedió a adelantar. A juzgar por el sonido del motor viajaban a más de cien kilómetros por hora, así que debían de encontrarse ya fuera de la ciudad.

—No tengo ni idea de quién era. Ni de por qué se metió en la habitación.

—¿Qué quieres decir con que «se metió»?

—Como al llegar al motel iba cargado contigo, tuve que dejar la bolsa para un segundo viaje. Salí un momento al coche para recogerla y al regresar me encontré la ventana abierta. No la había revisado al llegar, quizá no estaba bien asegurada. En cualquier caso, esa mujer entró por allí y la sorprendí intentando soltarte.

Hannah tragó saliva, horrorizada ante la idea de que aquella desdichada hubiera intentado ayudarla. Había pagado con la vida su compromiso cívico.

—Eres un asesino.

Blankenthal chasqueó la lengua con desaprobación.

—Esta charla empieza a resultarme antipática. Solo te doy conversación para que no te duermas. Más vale que lo dejemos aquí, no me apetece que me sigas ofendiendo.

¿Por qué no quiere que me duerma?

Él subió la radio de nuevo, justo cuando terminaba una sección sobre el aumento de los precios del gas y de los combustibles antes del invierno. Un locutor distinto, con la voz algo ronca, comenzó otro bloque informativo sobre «la sensacional huida de un centro penitenciario del Berlín de posguerra».

«Se espera que pronto rueden cabezas, a la vista de las muy deficientes medidas de seguridad. La directora del hospital penitenciario de Buch, Katharina Hillwerk, ha asumido toda la responsabilidad y ha puesto su cargo a disposición de sus superiores. Recordamos a nuestros oyentes que la experta en lenguaje corporal Hannah Herbst afirmaba lo siguiente en una confesión grabada en vídeo».

Blankenthal subió tanto el volumen que la voz de Hannah se oía distorsionada:

«"Primero maté a Kyra, la adolescente de quince años. La hija del primer matrimonio de Richard. Ni se enteró. Después fui a nuestro dormitorio. Degollé a mi marido con el mismo cuchillo con el que había matado a Kyra. Su agonía fue bastante ruidosa, tanto que temí que Paul se despertara. Sí, nuestro hijo en común, de doce años. También a él quería ahorrarle una vida en este mundo miserable"».

—Si fuera un narcisista, estaría furioso. —Bajó el volumen al comprobar que la noticia no trataba de él—. Todo el mundo habla de ti y de tu confesión, pero nadie me menciona a mí como el cerebro de esa fuga sensacional.

¡Pues claro que eres un narcisista!

Hannah se recostó de nuevo en los asientos.

Te esfuerzas en parecer tranquilo y relajado, pero hierves por dentro.

No cabía duda de que un profundo complejo de inferioridad era el causante de su delirio de omnipotencia, según el cual, como supuesto cirujano, tenía potestad para decidir sobre la vida y la muerte. Seguramente eso explicaba también que, en el caso de Hannah, se hubiera erigido a la vez en fiscal y en juez. Sus retorcidos y presuntuosos desvaríos estaban fuera de control.

Hannah se guardó aquellas reflexiones. Recordó que el refrán aconseja no morder la mano que te da de comer. Pensó que podría aplicarse aún con más razón a la mano dispuesta a torturarte si no le entregas lo que te exige.

—¿Y por qué esa tal Cammy es tan servicial? —preguntó, intentando mantener viva la conversación.

No creía que esa información le sirviera para algo, pero esperaba que a Blankenthal le resultara más difícil maltratarla si la veía como una persona. Y la única manera de establecer un vínculo personal era mediante una charla lo más cercana posible.

—¿Le salvaste la vida? —insistió.

Él carraspeó y dudó un momento, pero al final fue incapaz de resistirse a alardear de sus éxitos.

—A ella no, a su marido. Está casada con un jefe de la mafia berlinesa que, tras resultar herido en un tiroteo en la calle Oranienburg, no podía acudir al hospital.

—¿Y lo operaste en la mesa de la cocina, como en las películas?

Vio por el retrovisor que le centelleaban los ojos.

—Yo dispongo de mi propia sala de operaciones. Enseguida la verás.

Aquellas palabras actuaron como un líquido acelerante arrojado sobre las llamas de un incendio voraz. De pronto Hannah sintió como si le pusieran un hierro al rojo vivo sobre la herida, ya de por sí ardiente. Se le escapó un quejido, mezcla de dolor y espanto.

—Mi quirófano se encuentra en el ático de un edificio antiguo. Por eso necesito que estés despierta, no pienso subirte en brazos.

—¿Qué pretendes hacerme?

—Nada. Al menos de momento. Por ahora, solo quiero ayudarte.

Redujo la velocidad, el vehículo avanzaba sensiblemente más despacio.

¿Ya hemos llegado?

—No te ofendas, pero lo que has hecho hasta ahora no se parece en nada a ayudarme —contestó.

—No lo hago por ti, Hannah Herbst. —Le buscó la mirada en el retrovisor—. Reconozco que me has intrigado. Durante un tiempo pensé que fingías muy bien la amnesia. Pero tu comportamiento en tu casa me ha resultado totalmente real. Tus sentimientos no parecían fingidos. Y, además, que de verdad seas zurda me ha dado que pensar. Pero...

—Pero ¿qué?

—Que nada de eso me hace creer en tu inocencia. Pienso que, aunque realmente no sabes dónde está Paul, podrías poner en peligro su vida.

—¿Y eso qué significa?

—Que voy a operarte.

—Pero ¿qué dices?

—Necesitamos ganar tiempo. Sin atención médica, morirás de una septicemia antes de recuperar la memoria.

Se le cortó la respiración.

Dios mío. Me trata como a los condenados del corredor de la muerte que están enfermos. Los curan con el único fin de poder ejecutarlos después.

Volviendo un poco la cabeza, clavó la vista en la manilla de la puerta del copiloto.

—Bloqueo infantil —informó él, que se había fijado en su gesto. Después de lo que acababa de decirle, no le resultó difícil adivinar su deseo de escapar.

—Escucha... —Hannah intentó aplicar la lógica, consciente de lo absurdo que resultaba en aquella situación demencial—. Si me anestesias, todo empezará otra vez de cero. Volveré a perder la memoria, estaremos más lejos de la verdad que ahora.

El vehículo se detuvo en un semáforo. El perfil de Blankenthal quedó bañado por la luz roja cuando se giró para decir:

—¿Y quién ha hablado de anestesiarte?

35

EN EL MOTEL

Sed.

Fue su primer pensamiento al recobrar la conciencia.

Y el segundo. Y el tercero.

Sentía una sed abrasadora, como si hubiera hecho gárgaras con agua salada o se hubiera bebido un bote de salsa de soja. Y no conseguiría apagar el ardor de su garganta reseca, a pesar de hallarse muy cerca de una fuente de agua. De la ducha, para ser exactos, junto a la que se encontraba atada a un radiador. También aquel elemento estaba lleno de agua, pero le resultaba tan inalcanzable como la del grifo del lavabo.

Joder, qué mierda.

Cerró los ojos, presa de un ataque de tos. Sintió el sabor de la sangre. Los recuerdos volvieron de golpe y cayeron sobre ella como una avalancha.

Supo al instante qué le había sucedido, por qué había perdido la conciencia durante horas.

Pero mira que eres imbécil. ¿Cómo se te ocurre salir tú sola a buscar a tu amiga?

Hannah.

Joder, siempre haciéndote la heroína. Siempre actuando por tu cuenta.

Ese era un reproche habitual en su vida y también en su trabajo. Era una asistente de disección extraordinaria, pero odiaba pedir ayuda. Prefería ocuparse sola y a menudo se pasaba de la raya, por ejemplo al continuar sola una autopsia si el profesor responsable se ausentaba por cualquier razón. Eso le había costado una anotación negativa en el expediente.

Telda Sahms. Extralimitación de funciones.

¿Qué se había imaginado al entrar por la ventana del motel?

¿Al intentar liberar a Hannah, desarmada y sin ninguna herramienta?

Lo cierto era que no había pensado en nada. Solo deseaba salvar a su amiga de las garras de aquel loco.

Su temeridad casi le había costado la vida.

Fue cuestión de suerte que aquel desequilibrado no la mandara al otro barrio y solo la dejara inconsciente con la descarga del taser. Por el dolor que sentía en la nuca, imaginó que había recibido un fuerte golpe, que sin duda contribuyó a sumirla en un estado casi comatoso.

Le dolía la lengua y notaba sangre en la boca. Sería afortunada si no se había seccionado un trozo al caerse. También tenía la mandíbula magullada, como si saliera de un combate de boxeo, y se le había roto un incisivo.

Le crujió el cuello al moverlo.

Miró a su alrededor y le llamaron la atención unos trocitos de plástico diseminados por todo el suelo.

No parecía haber muchos huéspedes en el motel en esa época del año. Nadie sabía que estaba allí. *¿Y si no limpian a diario?*

Se moriría de sed, rodeada de agua.

Solo entonces descubrió el teléfono hecho trizas junto al inodoro.

Seguro que aquel psicópata lo había destrozado para que no pudiera pedir ayuda.

Mierda, ¿y ahora qué?

Entonces sus ojos repararon en una piececita brillante, del tamaño de un sello. Centelleaba como cristales de sal bajo el sol.

Entrecerró los ojos para distinguirla bien.

¿Podría ser...?

Si el objeto era lo que pensaba, tenía una pequeñísima posibilidad de salir de allí con vida.

36

HANNAH

Por un momento se adormeció y, al despertar, notó que el vehículo se había detenido y estaba inundado de luz, como si hubieran parado bajo unos potentes focos. Entonces oyó abrirse la puerta del conductor y sintió una corriente de aire frío.

—Quédate ahí tumbada y ni se te ocurra moverte, ¿entendido?

—¿Adónde vas?

—He llenado el depósito y ahora voy a pagar. No hagas tonterías. Voy a cerrar el coche, si tiras de las manillas saltarán las alarmas y volveré antes de que puedas decir «amnesia».

La puerta se cerró con un golpe amortiguado y él se alejó con pasos inaudibles.

Aunque no lo vio girarse ni una vez, Hannah esperó a que entrara por las puertas automáticas del autoservicio y a que desapareciera tras un expositor de revistas. Después se pasó con mucho esfuerzo al asiento delantero, sin reprimir sus quejidos. El dolor la hizo gritar a pleno pulmón mientras se retorcía para colocarse en el asiento del copiloto. Sin embargo, aun suponiendo que sus gritos se filtraran al exterior del hermético SUV, jamás llegarían hasta el único vehículo que había en la gasolinera, una furgoneta detenida tres hileras de surtidores más allá. Y mucho menos a la tienda.

Por suerte, Blankenthal no le había atado las manos a la espalda y eso le permitía manipular cualquier objeto.

Para empezar abrió la guantera, donde solo encontró la garantía del coche. El compartimento del reposabrazos también estaba vacío, exceptuando una mascarilla FFP2 usada y un botecito de gel desinfectante.

Joder.

Por improbable que fuera, abrigaba la esperanza de que su secuestrador hubiera dejado en algún sitio el móvil que le había arrebatado. Pero tampoco halló nada en los portaobjetos laterales.

Al contemplar el volante, se le ocurrió una idea.

Pulsó el botón marcado con un telefonito.

Nada.

El móvil de Blankenthal, si es que lo tenía, no estaba conectado. Pensándolo bien, seguramente no era buena idea, porque él se habría dado cuenta de que alguien estaba usando su conexión.

Dirigió la mirada a la tienda y, a través del escaparate, lo vio a unos tres metros de la caja. No tardaría en volver. Solo tenía un hombre delante, que debía de ser el conductor de la furgoneta.

Mierda.

Le pareció que Blankenthal miraba hacia el SUV y se agachó todo lo que pudo, con un movimiento tan brusco como doloroso. Cuando reunió el valor para asomarse, comprobó que se había equivocado. Su secuestrador examinaba los productos del escaparate.

Vale. Solo tengo una oportunidad...

Se armó de valor y pulsó la pantalla del salpicadero, iluminada de un azul verdoso. Tras una breve búsqueda, encontró el apartado que ponía MULTIMEDIA.

Bajó por la lista hasta la opción CONECTAR TELÉFONO.

La probabilidad era muy baja, pero a lo mejor el móvil estaba en el maletero. Y si Blankenthal no lo había apagado...

Funciona.

El ordenador de a bordo detectó un dispositivo.

Herbst2

De modo que, efectivamente, el móvil de Richard se encontraba en el vehículo.

Pulsó ACTIVAR y miró de nuevo hacia el autoservicio.

El terror le recorrió todo el cuerpo como una descarga eléctrica al distinguir una sombra que avanzaba directa hacia ella. Estaba a punto de gritar cuando comprobó que no era Blankenthal, sino el otro conductor, que regresaba a su furgoneta. Cuando se marchara, se quedarían solos en la gasolinera.

La pantalla mostró un tic verde que casi la hizo saltar de alegría. El teléfono se había conectado, ya solo necesitaba encontrar el teclado numérico. Lo consiguió antes de lo que, en su excitación, se había imaginado.

Venga, venga, venga...

Durante unos segundos no sucedió nada, y ya temía que el sistema no funcionaría cuando se oyó por los altavoces:

—Este es el número de emergencias de la policía.

Con la voz temblorosa de emoción, contestó:

—Sí, hola. Soy Hannah Herbst. Necesito ayuda.

Blankenthal había llegado ya a la caja y señalaba algo situado detrás del dependiente.

Por favor, que esté pidiendo un café.

—¿Dónde se encuentra?

—Pues... No lo sé. ¿Ustedes no pueden localizarme?

—Solo de manera aproximada. Según la nueva normativa de protección de datos, los datos GPS de localización no se envían automáticamente. ¿No sabe dónde está?

—En una gasolinera de la compañía Esso —contestó muy deprisa—. Encerrada en un Range Rover negro, o azul muy oscuro.

—¿Sabe la matrícula?

—No.

—¿Está sola en el vehículo?

—Sí.

—¿Y no puede salir?

Hannah contempló las luces traseras de la furgoneta, que se alejaba hacia la carretera.

—Estoy herida y atada.

—¿El vehículo es anterior a 2018?

—¿Y eso qué...?

Miró de nuevo a la tienda. El dependiente daba la espalda al mostrador, de donde..., *oh, no...*, Blankenthal había desaparecido. Angustiada, revisó el autoservicio de arriba abajo, pero sin encontrarlo. Tampoco había salido por las puertas automáticas.

¿Estará en el baño?

—Se lo pregunto porque desde ese año todos los coches deben incorporar el sistema eCall.

—¿Y eso qué es?

—Un sistema de llamada automática a los servicios de emergencia. El botón suele encontrarse en el techo, entre las luces de cortesía del conductor y el acompañante.

Hannah levantó la vista.

Ahí está.

—Para activarlo, tendrá que levantar una pestaña.

—Vale. —Estiró los brazos y encontró la tapita—. Ya la he abierto.

—Bien. Pues, si pulsa el botón, el sistema interpretará que se ha producido un accidente y llamará a emergencias, además de enviar la ubicación y todos los datos del vehículo...

El puñetazo no lo recibió ella, sino la ventanilla. Aun así, fue como si le hubiera impactado en la sien. Transcurrido el primer segundo de terror, se abrió la puerta del coche y al instante sintió un ardor insoportable en la cara.

37

El líquido parecía un ácido que le corroía la piel. Después comprendió que Blankenthal le había arrojado el café a la cara para impedir que apretara el botón de emergencia.

Por suerte era un *latte macchiato* y no un americano hirviendo, pero el susto y el dolor bastaron para paralizarla durante varios segundos.

Después oyó que la puerta se cerraba y que él se acomodaba en el asiento y cortaba la llamada. También escuchó el golpe sordo del cierre centralizado.

—Mala idea —comentó él mientras encendía el motor.

¡Mierda! ¡Maldita sea!, gritó Hannah para sus adentros, con la cara tan abrasada que deseó arrancarse la piel.

—Es muy mala idea cabrearme.

Los neumáticos chirriaron en el asfalto y el SUV se incorporó a la carretera a velocidad excesiva. Puesto que no se le ocurría cómo tranquilizarlo, Hannah decidió guardar silencio.

Al contrario que él, que afirmó:

—Me tienes harto con tus artimañas. Te curaré lo mejor posible en mi quirófano y luego te haré una sola pregunta: ¿dónde está Paul? Si me mientes, te castigaré como mereces.

—Maldito psicópata, ¿es que te has olvidado de que NO RECUERDO NADA?

Con cada palabra subía el volumen y terminó la frase a gritos.

Él contestó, también gritando:

—¡Ya no me lo creo! ¡Tu reacción al ver la foto en el dormitorio fue de reconocimiento! Todo esto es un numerito. Tienes la memoria intacta y te estás riendo de mí y de todo el mundo. Qué buena representación.

La salpicó de saliva, pero ella estaba tan nerviosa que ni lo notó.

—Pues si es así, dime: ¿para qué? ¿Qué lógica tiene incriminarme confesándolo todo para, después, intentar negarlo fingiendo amnesia?

Él hizo un gesto afirmativo con la cabeza. Por el latido de sus sienes (uno de los pocos puntos donde se puede observar el pulso), Hannah comprendió que su frecuencia cardiaca se normalizaba, es decir, que se estaba calmando.

—Es una buena pregunta. Eres muy lista, tengo que reconocerlo. Quién sabe lo que estarás tramando. Pero ya no caeré más en tus artimañas, es la segunda vez que intentas jugármela. No tendrás una tercera ocasión. Estoy seguro de que, cuando te sanee la herida, la simple visión del bisturí te animará a darme las respuestas que busco.

—¿De verdad piensas que estoy fingiendo?

Levantó un poco el culo del asiento y sacó del bolsillo del mono el «cuaderno de la memoria» que, al contrario que el móvil, no le había arrebatado.

—Toma, échale un vistazo a esto.

—¿Qué es? —inquirió, mirándolo de reojo.

—Lo encontré en mi casa. Lee aunque solo sea el principio.

Blankenthal miró por el retrovisor. Eran los únicos en la carretera, quizá por eso no le pareció peligroso parar en el arcén. Con el coche detenido, encendió la luz del conductor y revisó las primeras páginas.

—Vale, ¿y esto qué demuestra? —observó al terminar.

—Demuestra la verdad. Lo escribí para mí misma y confirma lo que pone mi informe médico: que sufro una extraña reacción a la anestesia. No es la primera vez que pierdo la memoria tras una operación.

—Vaya, vaya. ¿O sea que ahora de pronto lo que dices en el vídeo sí que es cierto?

—Esa parte sí, pero...

—Nada de peros. —Parpadeó con cierto cansancio—. ¿Cómo voy a creer ni una palabra si te empeñas en jugármela? —Blandió el cuaderno—. ¿Quién me asegura que esto no forma parte de tu plan, que pienso descubrir más pronto que tarde?

¿Plan? ¿No había mencionado lo mismo el policía Fadil Matar? *«Tu plan para atraerlo ha funcionado. Pero ahora debes ponerte a salvo».*

Hannah juntó las palmas de las manos, como para rezar, y extendió los brazos en un gesto de súplica.

—Por favor, parece que mi memoria a largo plazo está despertando. Dame tiempo para recuperar los recuerdos.

—No me sobra el tiempo. A mí también me buscan, ¿sabes? —Agitó el cuaderno en el aire—. Pero este diario tuyo me ha despertado la curiosidad.

Horrorizada, Hannah lo vio pasar las páginas hasta el final y tocar la pantalla del ordenador de a bordo.

—¿Qué haces?

—Busco a tu padre.

—¿Por qué?

—A lo mejor Paul se ha escondido con su abuelito. Has tenido suerte.

—¿Suerte? —Hannah repitió una palabra que le resultaba totalmente incompatible con la situación.

—Sí, la dirección que aparece aquí está de camino a mi quirófano. Así que venga. —Arrancó el motor—. Vamos a visitar a papá.

38

La entrada a la península de Hermannswerder, al sudoeste de Potsdam, impone un poco a quienes no conocen la zona porque parece el arco de una muralla que custodia una finca privada. Sin embargo, el acceso es totalmente libre. Esta península, situada donde el río Havel se convierte en el lago Templiner, alberga entre otras cosas un hotel, un colegio evangélico, una iglesia, una escuela técnica superior, un centro de deportes acuáticos y, por supuesto, viviendas particulares. Los ricos se apropiaron de los terrenos que daban al lago. No obstante, en el interior se conservaban aún casas antiguas, sin vistas al agua y sin reformas de lujo, que ya antes de la caída del Muro habrían agradecido una mano de pintura. Como, por ejemplo, la que se encontraba en la calle Tornowstraße, en cuyo camino de acceso aparcó Blankenthal.

—¿Aquí vive mi padre? —preguntó Hannah.

No recordaba nada de esa vivienda. La única palabra que le venía a la mente al contemplarla era «desoladora», aunque tal vez se debía a la hora y al mal tiempo. Quizá bajo los rayos del sol aquella villa relativamente grande podría resultar atractiva. Sin embargo, en aquel momento aparecía desangelada e incómoda, a pesar del bonito tejado a cuatro aguas y de las amplias ventanas con cuarterones, que parecían grandes ojos abiertos en la fachada de ladrillo.

—Eso dice el cuaderno —repuso él.

Ella deseó que la información fuera antigua y su padre ya no viviera allí. Verse a merced de aquel loco ya era bastante terrible, y lo sería aún más arrastrar a un ser querido a aquella pesadilla. Si Blankenthal no tenía escrúpulos para secuestrar, atar y maltratar a una mujer herida, no quería imaginar qué sería capaz de hacerle a un hombre mayor e indefenso.

—¿Sabes que una vez trabajé para la policía como experto en perfiles criminales? —soltó de pronto.

—¿Cómo dices?

—Me presenté a un puesto de psicólogo criminalista aportando títulos falsificados. Me aceptaron y asesoré a la policía en varios casos. Igual que tú analizabas el lenguaje corporal de los sospechosos, yo examinaba la escena del crimen para sumergirme en el alma de los criminales.

—No vas en serio.

Él sonrió.

—Tuve acceso a los expedientes más confidenciales. ¿Te acuerdas del asesino del calendario? —Al momento se frotó la frente—. Qué tontería, supuestamente no te acuerdas de nada.

Pues de esto sí. Hacía unos años, había aparecido un asesino en serie que asaltaba a las víctimas, todas mujeres, en sus dormitorios. Luego usaba su sangre para pintar la fecha de su muerte en la pared. Eso lo recordaba bien, aunque no entendía por qué había retenido aquella información morbosa, ni sabía cómo había acabado el caso.

—Hice notar a mis colegas que ese asesino les daba un ultimátum a sus víctimas. Y que todas las fechas coincidían con momentos históricos importantes en la lucha por los derechos de las mujeres, así que probablemente el criminal se consideraba feminista. Yo tenía toda la razón, como después se demostró.

Asintió, visiblemente complacido.

—Pero, bueno, lo dejé a tiempo, antes de que me pillaran. Además, el trabajo de cirujano me resulta más satisfactorio.

¡Dios santo! Aquel desequilibrado no solo pretendía vengarse en Hannah del mal que le había causado su madre. Además, imaginaba en su delirio que, como «experto en perfiles criminales», sería capaz de resolver su «caso». La frase sonó como la mala imitación de un comisario de teleserie cuando dijo:

—Solo quiero hacerle unas preguntas a tu padre.

Se bajó del vehículo y abrió la puerta del copiloto. Como seguía con las manos atadas, Hannah tuvo problemas para mantener el equilibrio mientras se apeaba.

Al encontrarse de pie junto al SUV, la recorrió un escalofrío. Por un lado, debido a la llovizna que le azotaba la cara. Por otro, debido a los sonidos que el viento llevaba desde la casa.

—Qué siniestro —comentó Blankenthal, señalando un carillón colgado en el tejadillo de madera que cubría las escaleras de acceso.

Se trataba de unos tubos de metal que, al entrechocar agitados por el viento y la lluvia, emitían una especie de nana lúgubre y atonal. Vibraban en una escala menor que encajaba a la perfección con el mal tiempo y con la tétrica vivienda.

—¿Es psiquiatra o psicólogo?

—¿Quién?

—¿Quién va a ser? ¡Tu padre!

Blankenthal retrocedió hasta la valla que separaba el jardín delantero de la estrecha acera. Iluminó una placa atornillada a la puerta.

—«Doctor Gottfried Holländer, Psiquiatría» —leyó—. «Solicite cita previa».

¡Holländer! Era el nombre que aparecía en la receta.

Hannah sentía como si el viento helador la abofeteara. Le ardían las mejillas y, al mismo tiempo, le entraba cada vez más frío.

¿Mi padre me recetaba psicofármacos? En su cuaderno, junto a los datos de contacto, solo ponía «papá». Desde ese momento conocía de nuevo su nombre. Y ya sabía por el artículo guardado en el cuaderno que era psiquiatra. Los psicólogos no pueden prescribir medicamentos.

—Toma esto.

Blankenthal se hallaba de nuevo a su lado. Se quitó el chubasquero y se lo colocó sobre las manos de manera que ocultara las bridas.

—¿Te crees que con esto evitarás que mi padre sospeche? ¿Que no se preguntará por qué me presento en plena noche acompañada de un desconocido?

—Todo irá bien si te quedas calladita.

—¿Y tú qué piensas decirle?

—Ya lo verás.

Subieron los escalones que llevaban a la puerta principal. La madera crujió, como quejándose de su peso. Al mismo tiempo, proveniente del lago, se oyó el graznido lastimero de una grulla. Quizá fue aquel graznido, o el crujir de la madera, o la combinación de ambos con el tintineo del carillón lo que despertó algo en el interior de Hannah. Algo que pareció aclarar un poco la niebla del olvido.

—¡Ayuda! —exclamó, estallando súbitamente en sollozos. Necesitó apoyarse en la barandilla y en su captor, que la miraba perplejo: no podía imaginar lo que le sucedía.

Me acuerdo. No de todo. No de mis actos. Pero sí de mi hijo.

De Paul.

De cómo, cuando tenía un año, ocultaba la cara tras las manitas creyendo que así nadie lo veía. De cómo soplaba la cucharada de yogur antes de tomársela porque había visto a sus padres hacer lo mismo con la sopa. De su amargo llanto cuando una profesora lo castigó sin excursión por llamar entre bromas «gambón» a su mejor amigo; la muy estúpida creyó que lo había llamado «cabrón». Y de sus risitas infantiles cuando le hacía cosquillas en la barriga. Todos aquellos recuerdos cayeron sobre ella sin orden ni concierto. Mezclados con otros relativos a Kyra y Richard: una vez que fueron juntos al cine y acabaron discutiendo sobre el final de la película; los tres cantando en el coche un megahit del verano; o Richard y ella comiendo marisco en una playa de Creta y criticando a una viuda de Hamburgo que bajaba al bufet ataviada con una estola de piel aunque hacía treinta grados.

¡Ayuda! Dios mío, ayúdame. Me acuerdo. Al menos de algo.

El significado de aquel «algo» era espeluznante.

—¿Qué te pasa? —preguntó Blankenthal.

En la oscuridad, tenía dificultades para interpretar el caos de sentimientos dibujado en el rostro de Hannah. Pero a ella le faltaba el aliento para contestar. Se le había cortado la respiración al comprender que la familia que acababa de recordar ya no estaba con vida.

—¡Dios mío!

Se tapó la cara con los brazos y sollozó amargamente en el chubasquero. Deseó regresar a un estado de feliz ignorancia.

Pero entonces pensó en Paul. Quizá seguía vivo. ¿Y si estaba en aquella casa?

Al intentar evocar su imagen, su mente le presentó la de una chiquilla. Esperaba en el sótano de la vivienda, ante la consulta de su padre. Era la escena que ella misma había relatado para el artículo del periódico.

«Entonces más vale que no me mires a los ojos».

«¿Por qué?».

«Porque encontrarías una maldad infinita».

«¿Has hecho algo malo?».

«Todavía no».

No había recuperado todos los recuerdos, pero sí algunos con un nivel de detalle sorprendente, como los mosquitos que, en las noches de verano, no temían ni al repelente Autan ni al humo de los puros de su padre. De pronto, su figura se le presentó con total claridad, con una arruga por cada año vivido y las manos enrojecidas de trabajar en el jardín, su gran pasión desde que se jubiló. Lo vio con sus gastados pantalones de pana, que le encantaban a pesar de que su lugar era el contenedor, disfrutando de unos bocadillos y un botellín de cerveza mientras veía el programa de deportes. De pronto, Hannah poseía toda aquella información sobre su afectuoso padre, generalmente encantador y en ocasiones muy testarudo, al que visitaba al menos una vez por semana. Con frecuencia sin previo aviso, porque sabía dónde estaba la llave.

Sin pensarlo, echó mano al carillón y sacó una llave, que estaba adherida con un imán al interior de uno de los tubos metálicos.

Su captor comentó:

—Mira qué bien.

Solo en ese momento Hannah comprendió lo que había hecho. Él añadió:

—Ahora podemos pillar por sorpresa a tu querido padre, sin que le dé tiempo a hacer ninguna tontería.

39

Blankenthal cerró la puerta nada más entrar. Los recibió un calor muy agradable proveniente de un antiguo radiador de pared junto al que se veía un perchero. Olía un poco a rancio, seguramente debido a los muchos zapatos esparcidos por el suelo.

Sigilosamente, su captor abrió la puerta que llevaba a la escalera.

Hannah consideró gritar para alertar a su padre. Pero ¿qué pasaría si lo despertaban sus chillidos? Sin duda bajaría corriendo a auxiliarla y caería sin remedio en las garras de aquel asesino.

Sabía (de pronto también volvió aquel recuerdo) que no tenía móvil. El único teléfono de la casa estaba allí abajo, en el recibidor. De modo que gritarle: «¡Llama a la policía!» no serviría de nada.

—¿Qué es ese ruido? —susurró Blankenthal, interrumpiendo sus reflexiones mientras se llevaba una mano al oído.

—¿El qué?

—¿No oyes nada?

—¡No!

Aunque... En realidad sí.

Percibía un tintineo, mucho más suave y armónico que el del carillón de fuera. Tuvo una intuición.

—A mi padre le encantan los cuencos tibetanos.

Su pieza preferida era un cuenco original de latón, realmente traído del Tíbet. Lo guardaba en su biblioteca, en una mesita baja situada bajo la galería de libros a la que se accedía por una escalera de caracol. Al llenarlo de agua y encender la vela que tenía en el centro, varios cuenquitos comenzaban a flotar en círculos, impulsados por el calor de la llama. Cuando entrechocaban, emitían suaves vibraciones, como las de un gong. Ese era exactamente el sonido que percibían.

—Estará trabajando —añadió. Sabía que su padre jamás se acostaba sin asegurarse de que había apagado la vela.

—¿Dónde? —inquirió él, en voz baja.

Lo guio por el corredor y se detuvo ante una puerta. No pertenecía a la antigua consulta, que se encontraba una planta más abajo. Era la biblioteca, donde su padre, a pesar de estar jubilado, pasaba horas leyendo obras especializadas.

Blankenthal le indicó por señas que no hiciera ruido y entró en la estancia, donde de niña se quedaba fascinada contemplando las enormes paredes llenas de libros. En aquella época, las estanterías le parecían altísimas y su padre, enorme. Con el tiempo, las proporciones se normalizaron y su padre resultó ser más bien de corta estatura, aunque con las manos y los ojos muy grandes. Unos ojos que casi siempre la miraban con benevolencia, incluso cuando de niña rompía algo, de adolescente mentía o, ya de adulta, se olvidaba de visitarlo. Pero en aquel momento la recibió con una mirada completamente distinta. Sin un ápice de cariño. Solo reflejaba dolor, tristeza y espanto. La contemplaba como se debe mirar a una asesina: con desprecio. Con frialdad.

«¿Cómo has podido?», le pareció leer en sus pupilas.

«¿Por qué?», gritaban aquellos ojos. Y añadían: «¡Tengo miedo!». Ante todo, expresaban: «He sufrido muchísimo. Es un dolor insoportable».

Hannah era capaz de leer todas esas cosas a pesar de que nunca había observado el rostro de su padre desde ese ángulo.

Porque no se encontraba sentado al escritorio, como solía. Yacía muerto. En una postura imposible y con la cabeza reventada dentro de un cuenco rebosante de sangre.

40

Gong.

Hannah sufrió náuseas. Se esforzó por tragar la bilis que le subía por el esófago, la acometió otra arcada y después notó un roce frío. Le pareció sentir los dedos del muerto, pero se trataba de una corriente de aire que entraba por la ventana entreabierta. Esa misma corriente, y no la vela apagada para siempre, impulsaba los pequeños cuencos, que entrechocaban como barquitas en un mar de sangre.

No. No, por favor. ¡Papá!

Era tal el espanto que sus dolores desaparecieron.

Al parecer, lo habían empujado desde lo alto de la galería.

Aunque deseaba acercarse corriendo, se encontraba paralizada por el shock. Estaba consternada por la pérdida de un hombre que la había querido durante toda su vida y cuyo recuerdo había recuperado tan solo unos segundos atrás. La pesadumbre la oprimía físicamente: le cortaba la respiración, el pensamiento y la acción. No veía ni oía nada, no percibía ningún sabor ni ningún olor. Solo sentía una inmensa pena.

Por eso no se percató de que Blankenthal le hablaba. Fue

necesario que repitiera tres veces la misma pregunta para sacarla de su parálisis:

—¿Pero qué has hecho?

—¿Quién, yo?

Le temblaba el labio inferior, única muestra externa de su pena y de su miedo.

—Tú, claro que tú.

Su captor apuntó con la linterna a una cosa que flotaba en el cuenco.

—¿Eso de ahí no te suena de nada?

Ella consiguió moverse por fin. Se acercó con muchas vacilaciones.

Se le abrieron unos ojos como platos y las náuseas regresaron con más fuerza. Porque, *por Dios santo.*

Parecía un trozo de alambre.

Una cuerda de guitarra.

Emergía de la sangre junto a la barbilla del cadáver y sobresalía por el borde del cuenco. Del extremo colgaba un trocito astillado de madera.

Lacada de rojo, como el instrumento que Paul solía llevarse a la cama.

41

TELDA

¿Y si ese loco regresa?

No oía ruidos en la habitación. Quizá el psicópata que la había atado al radiador había acabado con su amiga y estaba echándose un sueñecito antes de matarla también a ella.

Angustiada por esa idea, apenas se atrevía a respirar. Con cada roce de la ropa temía emitir una señal que despertara o atrajera al secuestrador de Hannah.

Tampoco quería arriesgarse a carraspear, aunque quizá no le convenía hacerlo en ningún caso, porque solo tragar ya le causaba un dolor indescriptible. La sed representaba una amenaza casi tan grande como aquel desequilibrado. De hecho, en ese momento le parecía más acuciante.

Habría dado una fortuna por un trago de agua. Aunque, como asistente de disección en Medicina Forense, su fortuna era más bien escasa. Ascendía a doscientos treinta y dos euros en una cuenta bancaria y a una reserva de cuatro mil para imprevistos. Tenía una vivienda en propiedad, un antiguo almacén ferroviario reformado, pero en realidad el ochenta por ciento seguía perteneciendo al banco.

En cualquier caso, no habría dudado un instante en entregárselo todo a quien le diera un vaso de agua con una pajita. O a quien le soltara las manos.

Se sentía tan desesperada que incluso pensó en morderse el labio para conseguir algo de líquido, aunque fuera su propia sangre. Pero esa idea era tan absurda como enchufar un coche eléctrico a su propio encendedor.

No podía seguir esperando. La inactividad nunca había sido su fuerte, y menos aún si su vida corría peligro por quedarse sin hacer nada.

Se tumbó en el suelo y se apartó del radiador todo lo que pudo, estirando las piernas al máximo. Después, recogió una pierna de modo que arrastró hacia sí los fragmentos del teléfono.

El roce del plástico arañando el suelo le resultó atronador. Rezó para que aquel loco se hubiera largado. O para que, como mínimo, hubiera cerrado la puerta del baño, de modo que nadie pudiera oírla. Al menos nadie que quisiera hacerle daño.

¿Qué tenemos aquí?

Examinó los pedazos, sin saber si le servirían para algo. No eran lo bastante afilados ni lo bastante manejables como para cortar las bridas. Así que ideó otro plan.

Telda era muy habilidosa. Sus incisiones durante las autopsias eran muy precisas, como hechas con láser. Sin embargo, sus conocimientos técnicos se limitaban a cambiar la bolsa del aspirador o el filtro del agua de la máquina de café. Desde luego no alcanzaban para reparar un teléfono reducido a añicos.

Sin embargo, le encantaban los puzles. Era lo único que extrañaba de su exnovio. Por lo demás, a semejante mujeriego le deseaba todas las enfermedades de transmisión sexual del mundo. Muy especialmente la clamidia, un regalito que le había contagiado como recuerdo de una aventura. Aun así, echaba mucho de menos las noches de sushi en las que, con la tele encendida, se dedicaban a recomponer *Los girasoles* de Van Gogh. Telda saltaba de alegría cuando una pieza que parecía no casar en ningún sitio de pronto resultaba ser crucial.

—¿Eres tú la pieza clave? —le preguntó al microchip, que había conseguido levantar del suelo entre los dedos índices.

Como cuando resolvía puzles, decidió seguir su intuición. El único sitio donde podía encajar el chip era en el interior del aparato. Un trozo del auricular aún colgaba junto al inodoro, meciéndose lastimosamente del cable, que permanecía intacto. Intentó hacerse con él utilizando los pies y se le escapó en varias ocasiones. Tras varios intentos fallidos consiguió ponerlo en posición, sujetándolo entre las manos. Sostenía el microchip con la boca.

Se arrodilló. Apretó con fuerza los labios porque el dolor que la recorrió era casi insoportable. Pero debía mantenerse en esa postura si quería manejar los restos del teléfono. Era como montar una maqueta que viniera sin manual de instrucciones y sin las piezas esenciales, o como si estas estuvieran rotas.

Sosteniendo el trozo de auricular entre los muslos, logró colocar el microchip. Luego se las arregló para empalmar dos cables sueltos. Y casi no dio crédito a sus oídos.

—¡Ajá!

¡Da tono!

Soltó un gemido eufórico. De no estar atada, habría levantado los brazos en señal de triunfo, como los futbolistas cuando marcan un gol decisivo. Pero debía contener el entusiasmo para no estropear el trabajo que acababa de hacer.

¿Y ahora qué?

El teclado estaba destrozado. Aunque contara con libertad de movimientos y con todas las herramientas del mundo, le resultaría imposible repararlo. Solo quedaba la última fila de teclas, con la almohadilla y el asterisco.

Y también...

Reconoció una tecla que llevaba siglos sin ver en un teléfono. La rellamada.

Desconocía quién habría utilizado el aparato por última vez y rezó para que no hubiera llamado al número que informaba de la hora oficial. Consciente de que era su única oportunidad de salvarse, pulsó aquella tecla y...

¡No!

Ni zumbidos, ni chasquidos ni tonos de ningún tipo.

No se oía nada.

Excepto el chirrido de la puerta de la habitación.

42

HANNAH

Echó a correr. Debía huir de aquella estancia de la muerte, de aquella biblioteca ensangrentada. Alejarse del cadáver descoyuntado de su padre. Salió al pasillo, donde las zapatillas resbalaron en el parquet. Tropezó y quiso apoyarse en un aparador, pero sus manos atadas solo encontraron el vacío. El dolorosísimo golpe contra el suelo la dejó al borde del desmayo. Lo que la caída no logró, lo consiguió el brusco zarandeo de Blankenthal al levantarla: perdió el conocimiento tras un breve grito.

Al volver en sí, se encontró tendida en el sofá del salón. Una lámpara de pie le iluminaba la cara. Su secuestrador la observaba con gesto de repugnancia y un temblor en el labio superior.

—Vaya, mira quién tenemos aquí. Estaba a punto de llevarte al coche. Así es todo más fácil, podrás ir tú solita. ¡Andando!

Hizo un amago de levantarla.

—¡No, no! ¡Suéltame!

—¿Qué pasa?

—Esto no tiene ninguna lógica. ¿Por qué iba a matar a mi padre?

—¿Y por qué has apuñalado a tu familia? —contraatacó él.

—Pero es que... Es que... —Buscaba argumentos para rebatir la acusación—. ¿Cuándo se supone que lo hice? ¡Si me detuvieron en mi casa!

—Pues antes. Antes de la matanza en tu casa.

—¿Y qué pasa con la cuerda? —se defendió—. La guitarra se rompió en el dormitorio de Paul.

—¿Y yo qué sé? A lo mejor es una estrategia de despiste. En cualquier caso, existen pruebas sobradas de que eres culpable.

Ella se apoyó en los codos.

—¿Cuáles, por el amor de Dios?

—En el escritorio de tu padre había una carta para ti.

Le enseñó un sobre en el que ponía: «Hannah».

—¿Es una nota de despedida?

—¿Lo que acabas de ver te parece un suicidio? —se burló él.

Hannah creyó percibir en sus labios la sombra de una sonrisa y su odio hacia él aumentó aún más.

—Hay que llamar a la policía. Su cadáver no puede quedarse así. —Se puso en pie, tambaleante.

—¿A la policía? ¿Estás segura? —inquirió él.

Sacó del sobre aquella última carta y la leyó en voz alta:

Querida Hannah:

Estoy muy preocupado. El trabajo te tiene absorbida. Nos vemos aún menos de lo que te miras al espejo, y tengo la impresión de que ya no cuentas con nadie para compartir tus problemas.

En fin, he hecho lo que me pediste. Si el domingo vuelves a faltar a la comida, te enviaré por correo esta carta junto con el portaplanos. Debo rogarte que te des un respiro y tomes distancia. Si ya no quieres escaparte aquí, elige otro destino. Deberían obligarte a coger vacaciones antes de que las ojeras se te pongan más oscuras que a mí; ya tienes los ojos hundidos como pozos.

Temo por ti y por tu salud mental.

¡No hagas tonterías y llámame!

Tu padre que te quiere,

GOTTFRIED

—¡Ahí lo tienes! —exclamó Blankenthal, doblando la nota.

—¿El qué? —preguntó ella, apoyándose en el respaldo del sofá para recuperar el equilibrio.

—Esta carta va en la línea de tu confesión. Tu padre describe el estado emocional que te llevó a cometer el crimen: estabas quemada, el trabajo te destruyó mentalmente y habías cortado tus vínculos sociales.

—Quemarse en el trabajo no convierte a nadie en asesino —objetó Hannah.

Él la miró como se mira a un niño tozudo al que no merece la pena darle explicaciones. Se le contrajo la comisura izquierda, una clara señal de desprecio y de distanciamiento. La breve tregua había terminado y parecía dispuesto a acabar con ella.

—¿Qué es ese portaplanos que se menciona en la carta? —inquirió Hannah.

Él se agachó y recogió un tubo de los que se usan para transportar carteles, títulos y otros documentos que no se deben doblar.

—Estaba también en el escritorio.

Lo abrió y desenrolló una lámina que mostraba lo que hasta el más lego reconocería como un cerebro humano.

Superando su repulsión hacia él, Hannah se aproximó.

—¿Es una radiografía?

—Es una resonancia magnética. —La sujetó ante la lámpara de pie—. Quiero mirarla con más detenimiento.

En la esquina superior derecha aparecían las iniciales «H. H.» y, al lado, la fecha de la prueba (realizada hacía menos de tres semanas) y un número de paciente.

H. H. = *¿Hannah Herbst?*

¿Eso es mi cráneo? ¿El interior de mi cerebro? ¿De ese cerebro que necesita psicofármacos que mi propio padre me recetaba y que yo había dejado de tomar?

En la esquina izquierda se veían otras iniciales: «L. P.».

¿Y esta persona quién será?

El tubo contenía otras láminas, más pequeñas, que Blankenthal iba sacando y revisando ante la luz. Eran cortes transversales y ampliaciones de una zona concreta del cerebro. En blanco y negro, parecían fotos del interior de una nuez.

—Qué cosa más rara —comentó él.

Hannah tampoco entendía nada.

¿Qué había escrito su padre?

«En fin, he hecho lo que me pediste».

¡No tenía ninguna lógica!

—¿Por qué le pedí a mi padre que me enviara todo esto? —se preguntó.

—Eso no es lo que me extraña.

—¿Y entonces?

—Esto de aquí es el cuerpo amigdalino. —Señaló una zona de la resonancia más grande.

—¿La amígdala cerebral?

—Exacto, la sede central de nuestro miedo inconsciente —explicó.

Pero se quedaba muy corto. Hannah recordó que, como centro de alarma del cerebro, la amígdala no solo desencadenaba las reacciones de miedo o de huida ante una amenaza, sino que también desempeñaba un papel fundamental en el reconocimiento de las emociones. Por ejemplo, las personas con ciertos daños en esa zona cerebral eran incapaces de sentir compasión.

—¿Mi padre me hizo estas pruebas?

—No. Su misión no era esa.

Despegó del tubo una nota adhesiva en la que ella no había reparado hasta ese momento. Reconoció la misma letra apretada y precisa de la carta.

Cuando Blankenthal se la leyó, le pareció oír la voz de médico de su padre, suave y seria al mismo tiempo.

Querida Hannah:

El médico que me pediste que localizara es el doctor Lennert Pfahl, un neurorradiólogo de Potsdam. Por eso verás las iniciales L.P. en las pruebas. Si alguien se entera de que las ha analizado podría perder la autorización para ejercer. Eso si la tiene, porque no me parece trigo limpio. Hannah, hija mía, ¿en qué te has metido?

—Esto solo complica más las cosas. —Confusa, meneó la cabeza—. ¿Por qué le encargué a mi padre que encontrara a ese médico? Faltaba aún mucho tiempo para la operación, todavía tenía memoria. En ese momento, debería poder recordar al profesional que me hizo estas resonancias.

Blankenthal no contestó a aquella pregunta, aunque sí a su siguiente comentario:

—Mi padre tenía razón al preguntarse en qué me había metido.

—Bueno, la noche es joven. Vamos a descubrirlo.

Ella se apartó súbitamente.

—Ni hablar. No pienso seguir acompañándote como una marioneta —se negó, anticipando sus intenciones. Aquel loco parecía divertirse mucho con sus paseos nocturnos, guiados por el delirio—. No vamos a presentarnos en casa de ese turbio doctor Pfahl.

Él apretó la mandíbula.

—Bueno, pues nada. De todas maneras, ya da igual.

Y entonces se abalanzó sobre ella tan de repente que casi se le paró el corazón. Sus enormes manos le rodearon el cuello como un grillete de hierro y la levantaron en el aire, empujándola contra la pared. Aterrada, temió que iba a partirle las cervicales.

—Reconozco que por un momento me hiciste dudar. El numerito de que eras zurda me dejó pensativo. Tenía intención de curarte la herida para ganar tiempo y que recuperaras la memoria. Pero, al descubrir que has asesinado también a tu padre, se me ha agotado la paciencia. —La traspasaba con la mirada mientras sus manos aumentaban la presión—. Ya no importa dónde esté Paul. Cuando dejes de respirar, no podrás hacerle daño. Y habrás expiado tu culpa.

Hannah pataleaba con los talones contra la pared del salón. Observó que sus párpados se retraían aún más. La cólera lo desbordaba, como el agua hirviendo que se sale de una olla. Y entonces, al mirarlo a los ojos, literalmente en el último instante, cayó en la cuenta de algo. De una cosa que la había desazonado mientras veía el vídeo de su confesión.

No eran los ojos, sino...

—¡Ejaaaaas! —jadeó con el último aire de sus pulmones. Dejó de patalear. Con todas sus fuerzas, impulsó una rodilla hacia delante. Y lo alcanzó en plena entrepierna.

Aunque él no la soltó, se encorvó instintivamente y aflojó el agarre. Eso le permitió articular de modo más comprensible:

—¡¡LAS CEJAS!!

La baba se le escurría de la boca y caía en las manos de Blankenthal.

—¿Qué pasa con las cejas? —inquirió confuso. Y por un momento se olvidó de apretar.

—Por favor, tengo que verlo otra vez.

—¿El qué?

Entre toses, Hannah se esforzó por recuperar el aliento. Después formuló una petición que le resultaba inimaginable: le rogó hacer algo contra lo que se resistía con todas las fibras de su ser. Pero era necesario si no quería morir a manos de aquel loco.

—El vídeo de la confesión. Por favor, deja que vuelva a verlo. Pasa algo raro con mis cejas. Puedo demostrar que es una falsedad.

43

FADIL

—¿Pero cómo que ya no está?

Era pasada la medianoche. Hannah no se había presentado en la comisaría ni había vuelto a ponerse en contacto con él desde que lo llamó con su segundo móvil. Todos los intentos de hablar con ella habían terminado en el buzón de voz, y la solicitud de localización que habían hecho al proveedor del servicio permanecía sin respuesta. De manera que consignó en el expediente las llamadas de Hannah y se fue a casa. Encontró a la niñera viendo series y a Damla profundamente dormida. De haber intentado pegar ojo, le habría resultado imposible. Estaba demasiado acelerado. Por eso, al final decidió volver al hospital para hacer compañía a su mujer.

¿Y ahora esto?

—¿Cómo es posible? —insistió a la enfermera, que cambiaba las sábanas en la habitación de Simone. Como siempre, le sonó el móvil en el peor momento, pero ignoró la llamada de la comisaría.

Lo hizo a pesar de no tener delante la mirada agotada y triste de Simone, un reflejo de cuánto la disgustaba aquella cadena invisible que lo ataba desde hacía tanto tiempo. Su mujer no se encontraba en la habitación y, si había entendido bien a la enfermera, ni siquiera estaba en el hospital.

—¿Ha pedido el alta voluntaria?

¿En mitad de la noche?

Revisó los cajones de la mesilla. Vacíos. También el armario, que se había quedado abierto.

—No. Se ha ido sin más.

—¿Adónde?

La enfermera se giró un momento y contestó, soltando un suspiro:

—¿Pero qué se cree? ¿Que alguien que se arranca la vía y recoge todo en secreto se pasa por la sala de descanso para decirme: «Bueno, Berit, yo ya me marcho. Si viene mi marido, le dices dónde estoy»?

En condiciones normales, esa muestra de desparpajo berlinés le habría provocado al menos una sonrisa. ¿Por qué iba a contentarse la enfermera con un «Lo siento, no sé dónde está» cuando podía chincharlo un poco? Sin embargo, en absoluto eran condiciones normales que su esposa, enferma terminal, se hubiera largado sin decir nada, tirando por la borda la esperanza de una operación salvadora. Era una verdadera catástrofe. Abandonó la habitación y recorrió el pasillo vacío. De camino a la salida llamó a Simone, pero el aparato ni siquiera llegó a conectar. Saltó directamente una voz automática que informaba de que el número marcado no se encontraba disponible.

En ese momento le entró un SMS. Con la esperanza de que fuera su mujer, se apartó el móvil de la oreja. Pero el mensaje provenía de la comisaría.

¡Premio! Hannah Herbst llamó a emergencias a las 22.55. Al parecer estaba secuestrada en un SUV. La llamada se hizo desde una gasolinera Esso cercana a la localidad de Teltow. Tienes la dirección en el link que te mando. Voy hacia allá para revisar las cámaras de seguridad. ¿Vienes?

¿Llamó a emergencias?

Se detuvo ante los ascensores. A unos pasos de él, una vieja máquina expendedora zumbaba como si albergara un enjambre de abejas furiosas. Era un sonido que encajaba muy bien con el cúmulo de pensamientos que le bullía en la cabeza.

¿Secuestrada?

Hannah le había dicho que Blankenthal no estaba con ella. ¿Es que la había raptado otra persona?

Y, en ese caso, ¿quién?

Aunque su mente de investigador trabajaba a toda velocidad, no era suficiente para ocuparse de dos desapariciones a la vez. Llamó al ascensor.

Lógicamente, le importaba mucho más la suerte de su mujer que la de Hannah. Sin embargo, no tenía ni un solo hilo del que tirar para buscar a Simone. Por eso se concentró en los datos que acababa de conocer sobre su compañera:

Llamada a emergencias // gasolinera // 22.55 // Teltow

Una hora después de su segunda llamada, Hannah se encontraba en el extrarradio de la ciudad, al sudoeste de Berlín. Eso podía significar que en algún momento había pasado por su casa, donde habría encontrado el móvil.

Joder, si era lo más lógico.

¿Por qué no había vigilado la casa?

Hasta hacía muy poco, la explicación se encontraba allí, en el hospital: por Simone. Prefirió quedarse a su lado antes que esperar a Hannah totalmente solo en la escena del crimen.

Y ahora es como si a las dos se las hubiera tragado la tierra.

De pronto le sonó el móvil.

Fadil, en el hospital

Telda, en el motel

—¿Qué pasa ahora? —preguntó irritado, sin mirar el número que aparecía en la pantalla.

—¿Hola?

Gracias a Dios, la rellamada de aquel teléfono hecho pedazos había funcionado.

No era la comisaría. Ni nadie que él conociera.

—¿Quién es?

—Soy Telda. Telda Sahms. ¿Y usted quién es?

La puerta del ascensor se abrió, igual que la boca de Fadil. Perplejo, se cambió el móvil de oreja.

Le temblaban tanto las manos que temió que se soltara alguna pieza y la comunicación se cortara.

—Telda, ¿la amiga de Hannah?

—Exacto.

¡Dios mío! ¡Por fin!

—Yo soy Fadil Matar. Trabajo en la policía. Llevamos horas intentando hablar contigo.

Conocía bien aquel nombre, incluso había visto la cara de Fadil. Hannah lo mencionaba a menudo, así como sus largas conversaciones nocturnas sobre el caso del Pescador.

Como temía quedarse sin cobertura, no entró en el ascensor. Las puertas se cerraron.

—Estoy... Estoy atrapada.

—¿Dónde?

—En un cuarto de baño. Tengo las manos atadas. ¡Mierda...!

Se oyó de fondo un sonido parecido a un disparo. O al petardeo de un motor.

—¿Qué está pasando?

—No... No lo sé. Creo que hay alguien... Por favor... —contestó ella, con voz temblorosa. No llegó a terminar la frase.

De repente, la señal de ocupado se comió las últimas palabras. Por ello, el nombre del establecimiento en el que Telda corría un peligro mortal quedó mutilado de forma dramática: «¡Fadil, ven enseguida! Habitación 217. En el Qual...».

44

TELDA

—... ity Inn. Cerca de Birkenwerder.

Se quedó mirando el teléfono destrozado.

¿La habría oído Fadil? ¿O la comunicación ya se había cortado cuando mencionó el nombre y la ubicación del motel?

¡Pero cómo puedes ser tan estúpida!

No había oído nada, tan solo el chirrido de la puerta de la habitación, y después notó que alguien había entrado. Pero se dedicó a perder el tiempo en tonterías en lugar de indicarle a Fadil dónde se encontraba. Mientras por fin se lo decía, la explosión la sobresaltó tanto que se le cayó el auricular de las manos. Algo se soltó, un cable o un chip o lo que fuera, y la línea de salvación quedó cortada.

Contuvo la respiración y escuchó atentamente. Esperaba oír pasos acercándose, aunque amortiguados por la moqueta. Eso sería lo lógico tras hacer saltar la cerradura de un disparo. El estrépito fue tan fuerte que hasta Fadil lo habría oído al otro lado del teléfono.

El psicópata que la dejó fuera de combate, ¿se marchaba para siempre o había regresado?

¿Se llevaba a Hannah o la dejaba allí?

¿O se trataba de otra persona?

Telda percibía el aullar del viento en el exterior. Quizá cuando esa persona abrió la puerta (ya fuera para entrar o para salir) se había generado una corriente que causó un fuerte portazo.

¿Y si era alguien del servicio de limpieza que echaba un vistazo rápido en busca de una propina antes de volver para hacer su trabajo?

¿Qué hora será?

Tras el cristal esmerilado del tragaluz parecía reinar la oscuridad, pero en esa época del año la falta de luz podía corresponderse con cualquier momento: un amanecer nublado, la temprana caída del sol o la medianoche.

Se sentía como si fueran las dos de la madrugada y llevara tres días sin dormir. Pero eso tampoco significaba nada. Nunca antes la habían dejado inconsciente con un taser de miles de voltios, desconocía los efectos de una descarga así. Hasta ese momento.

Sintió una ligera corriente de aire. Levantó la vista hasta el espejo del lavabo. En la esquina inferior derecha vio abrirse la puerta del baño y una sombra que se agrandó, se hizo más oscura y luego desapareció. Hasta que, de pronto, la tuvo delante.

—¡Ayuda! —gritó con todas sus fuerzas.

Flotaba a la deriva en el mar de la desesperación. Sin ningún control. Sabía que estaba totalmente a la merced de aquella figura.

Si el hombre surgido de la nada hubiera hecho un movimiento súbito, o tan solo hubiera levantado un poco la mano, habría seguido gritando para salvar su vida. Pero el inesperado tono del desconocido la hizo callar.

—¡Hola! —la saludó, con asombro infantil y los ojos muy abiertos.

Si no hubiese existido ya la palabra «gigantón», habría habido que inventarla para él. Era tan alto que su pelo revuelto casi rozaba el techo. Llevaba un mono de trabajo que debía de ser hecho a medida, porque no se venden tallas tan enormes.

—¡Gracias a Dios! —jadeó ella, y le mostró las manos atadas—. ¡Ayúdeme!

El coloso dejó en el suelo una caja de herramientas que en sus zarpas parecía tan ligera como un globo en manos de alguien de tamaño normal.

—¡Oh, oh! —exclamó, sacudiendo la gran cabezota—. Eso no es bueno.

Su voz era muy grave y hablaba con un incongruente sonsonete infantil. La sensación de retraso mental se veía reforzada por un carnoso labio inferior algo caído.

—¿Cómo te llamas? —preguntó Telda.

—Soy Gustav —contestó con orgullo—. Estoy haciendo la ronda. Es mi trabajo. Cada noche hago la ronda dos veces. Compruebo si todo está bien. Por seguridad, ¿sabes? La puerta parecía abierta. Y la cama estaba vacía.

—Vale, entonces ¿no hay nadie en el dormitorio?

Creyó que solo lo había pensado, pero comprendió que lo había dicho en voz alta cuando él preguntó:

—¿En qué dormitorio? —La miró confundido.

Desesperada, se mordió el labio.

Tiene que ser una broma. ¿Qué he hecho para que la providencia envíe en mi auxilio a un retrasado mental?

—El de ahí fuera —contestó—. Has entrado por ahí.

Gustav se giró como si necesitara verlo para acordarse.

Entonces sonrió como un niño satisfecho que espera una recompensa.

—Ah, ¡ya! No, no había nadie. Se han ido todos. Por eso me llamó la atención.

—Muy bien, has sido muy observador —lo alabó ella. Le

hablaba en el mismo tono que a un perro bueno que se ha ganado una golosina—. Ahora suéltame las manos, por favor.

Él se mostró dubitativo.

—No sé si a la señora Cammy le parecerá bien.

¿Cómo?

—¿Quién demonios es la señora Cammy?

—Es mi jefa. Siempre dice: «No dejes para mañana lo que..., lo que...».

Intentó recordar el resto del refrán.

Telda soltó un suspiro.

—Vale, se me ocurre una cosa. ¿Tienes móvil?

—Sí.

—¿Por qué no llamas a tu jefa y me dejas hablar con ella?

No parecía nada convencido.

—Está durmiendo. No quiero molestarla.

—Por favor... Ya ves que necesito ayuda.

—Es que... No sé...

—¡¿Pero qué demonios hay que saber?! —estalló ella, incapaz de contenerse.

Al instante lamentó su explosión de impaciencia. Gustav retrocedió ante el grito como si cada palabra fuera un golpe.

—Perdona. Perdóname, de verdad...

—A Gustav no le gusta que le griten.

—Ya lo sé. Perdona. No quería...

—Eres mala.

—No, no. Mira, me han atacado, ¿lo ves? Ha sido un hombre muy malo. Estoy desesperada...

—No hay que gritarle a nadie —sentenció él, recogiendo la caja de herramientas.

—Espera, espera. Por favor, no te vayas.

Pero él giró la esquina y salió de su campo de visión.

No, no, no... Por favor...

Lo oyó cerrar la puerta del baño.

—¡No! ¡No me dejes sola! ¡Vuelve!

En un primer momento el miedo de verse abandonada a su suerte fue tan intenso que le provocó náuseas. Pero no tardó mucho en lamentar el regreso de Gustav.

45

HANNAH

Impulsivo.

Era la palabra que mejor describía a aquel loco. Blankenthal cambiaba de objetivo de un instante al siguiente. Como un bebé que escupe el chupete cuando ve el biberón, había soltado el cuello de Hannah y en aquel momento la ayudaba a bajar las escaleras. Se dirigían al sótano de la casa, donde estaba la consulta de psiquiatría.

—Es la segunda puerta a la derecha —indicó a su captor, más preocupado por enterarse de lo que había descubierto en el vídeo que por sacarle los ojos.

Por ahora.

En el sótano olía como antaño, a limpiador de moqueta y a cítricos. Aunque no parecía subterráneo, en invierno se filtraba algo de humedad, por lo que su padre siempre ponía ambientadores en el pasillo.

También seguían allí las sillas donde esperaban los pacientes. Hannah estaba segura de que, si cerraba los ojos, recordaría al instante a la chica que tenía miedo de sí misma.

Como yo en este instante...

Sintió escalofríos solo de pensar en lo que pretendía hacer.

«Necesito un reproductor de DVD y una televisión», le había dicho a Blankenthal cuando la soltó. Sabía que en la consulta encontrarían ambos aparatos.

Resultaba evidente que la estancia llevaba mucho tiempo sin utilizarse con fines médicos. Las estanterías, antes tan despejadas, rebosaban de objetos personales. Móviles antiguos con sus cargadores, botellas de vino, marcos de fotos vacíos... En fin, cachivaches de todo tipo, como una bola de nieve de cristal, una escultura móvil o un tubo de pelotas de tenis. Las raquetas se apoyaban contra un aparador arrimado a la pared, sobre el que descansaba un televisor antiguo. Pilas de ropa muy bien doblada, seguramente preparadas para reciclar, se acumulaban sobre el sofá de color gris. Un sofá en el que, como innumerables pacientes, se había sentado Hannah a los once años cuando su padre intentó explicarle por primera vez el motivo de su miedo a los espejos.

«Eres una persona muy especial, Hannah. Tienes muchas cualidades que el mundo necesita para no venirse abajo. Pero te faltan recursos para no hundirte con él».

«No lo entiendo».

«Voy a intentar explicártelo. ¿Qué piensas al ver esta imagen?».

Le enseñó el dibujo a lápiz de un hombre con las cejas levantadas y fruncidas, en la forma típica de esa emoción.

«Que ese señor lo está pasando mal. Tiene miedo».

«Y tú te sientes mal por él, ¿verdad?».

Ella asintió.

«Eso se llama empatía. La capacidad de comprender los sentimientos del otro. Sin ella, el mundo sería un lugar terrible. Ahora mira esto».

Pero Hannah apartó la vista del espejito que le ponía delante.

«¿Lo ves? No puedes soportarlo».

«Pero ¿por qué?».

«Porque careces de amor a ti misma».

«¿Te refieres al egoísmo?».

«Solo es egoísmo si lo tenemos en exceso. Hablo de lo que en inglés denominan *impathy*, la empatía por uno mismo. Tú careces de ella, cariño. Temes comprenderte y comprender tus sentimientos. Lo que te sobra de empatía por los demás te falta de empatía propia, que es fundamental para disfrutar de una vida plena y feliz».

«¿Por qué? ¿Por qué soy incapaz de mirarme?», había insistido.

«No lo sé seguro, cariño. Pero manejo una hipótesis».

«¿Y cuál es?».

En el presente, Hannah recordó como si fuera ayer que su padre le tomó la mano y la miró directamente a los ojos.

«¿Te acuerdas de la última frase que te dijo mamá?».

La Hannah del pasado se echó a llorar al contestar la pregunta.

«Me dijo: "No te olvides nunca: tú y yo somos una. Somos iguales, la misma persona"».

Cuando estábamos en las vías. En el frío de nuestra última noche juntas.

«¿Y qué viste en sus ojos?».

Antes de que el tren de mercancías la arrollara.

«Lo contrario a la luz», contestó.

Tantísimos años después, Hannah seguía viendo cómo el tren se le echaba encima. En el último minuto había conseguido apartarse de la vía, sobre la que había yacido tanto tiempo que el frío la tenía casi paralizada. No murió de milagro.

Pero mamá sí.

Su padre explicó:

«Viste en sus ojos algo maligno, diabólico. Y, como te dijo

que erais idénticas, temes encontrar lo mismo en tu interior. Pero debes saber una cosa: tu madre padecía un tumor que la cambió por completo. Su naturaleza nunca fue suicida ni malvada. La enfermedad le alteró el carácter y el lenguaje corporal, que tú sabes leer tan bien. No fue ella quien se suicidó, era otra persona. Tu verdadera madre te quería muchísimo, jamás habría permitido que te pasara nada malo. Por difícil que me resulte decirlo, la mujer que te pidió que te tumbaras en las vías era una completa desconocida. Hannah, tú eres un ser totalmente independiente. Con tu propia esencia, que mereces descubrir».

«Sabias palabras, ¿verdad?». A la Hannah del presente se le pasó por la cabeza aquel verso del grupo de rap Die Fantastischen Vier. Sin embargo, la explicación de su padre no consiguió eliminar el trauma que se había grabado en lo más profundo de su sistema límbico. El miedo a mirarse al espejo persistía hasta ese momento.

No obstante, debía superarlo.

—¿Tienes el DVD? —preguntó a Blankenthal.

La garganta le dolía muchísimo y tenía la voz rasposa.

Él le tendió la caja que ponía: «Votos matrimoniales» y que había recogido del suelo cuando ella se subió al SUV.

Cuando quiso tomarlo para insertarlo en el reproductor, instalado bajo la televisión, su secuestrador lo retiró. Levantando el índice, la advirtió:

—Es tu última oportunidad, Hannah Herbst. Si intentas jugármela otra vez, se acabó. Nada de pamemas.

Ella asintió. *Pamemas.* Aquel loco tenía ya sus años, a juzgar por la elección de aquella palabra anticuada cuando podía decir «tonterías».

—De verdad que no es un truco —aseguró—. Necesito autoanalizarme.

Solo pronunciar aquella frase ya le causó un dolor físico. De pronto comprendió que, si quería sobrevivir a aquella noche y descubrir la verdad, el vídeo de la boda debía ser la segunda parte. Primero tendría que hacer algo mucho peor: examinar su confesión, lo más detenidamente posible, imagen por imagen. Sería como mirarse directamente al espejo. Como si alguien con aracnofobia se pusiera una tarántula en la cara.

Debo estudiar mis propias microexpresiones.

La terapia de exposición había fracasado durante años, pero en aquel momento no le quedaba otro remedio. Su vida dependía de ello, en el sentido más literal.

Si no lo consigo, si fracaso de nuevo, este psicópata me matará.

Prueba de ello era el dolor que sentía en la laringe. Estaba segura de que tenía los dedos de Blankenthal marcados en el cuello.

—¿Y cómo harás ese análisis? —quiso saber él.

Ella tragó saliva y se llevó una mano a la magullada garganta.

Desde luego, no me quedaré mirando para que me dé un infarto como si me hubiera tirado a un lago de agua helada.

Cuando la obligó a ver su confesión apenas había podido mirarse. Había experimentado un malestar físico y emocional, a pesar de que al principio creía estar viendo a otra mujer. Sin embargo, ahora sabía que esa mujer era ella.

«No te olvides nunca: tú y yo somos una. Somos iguales, la misma persona».

El único modo de crear una distancia mental frente a sí misma consistía en generar una distracción. Mediante un estímulo extremo.

—Necesitaré tu ayuda —le dijo a Blankenthal.

—¿Para qué?

—Para hacerme daño.

46

El miedo es bueno, pensó mientras Blankenthal se miraba las manos con aire inseguro, como si dudara de su capacidad para hacer lo que le había pedido. Ya en 1908, los psicólogos Robert Yerkes y John Dillingham Dodson descubrieron que la mente humana era más eficiente bajo un estímulo como el miedo que en condiciones de absoluta calma. Los estudiantes sacaban mejores notas si se presentaban a los exámenes con cierto grado de tensión. Los actores realizaban sus mejores actuaciones gracias al pánico escénico.

El miedo es bueno, se repitió para convencerse. Su objetivo no era perder el temor a su propia imagen, sino mantenerlo dentro de ciertos límites cuando comenzara el autoanálisis. Como con tantas cosas, también con el miedo es la dosis lo que hace el veneno. Y lo que, en situaciones extremas, requiere de un antídoto.

—¿Por qué quieres que te haga daño? —preguntó él, muy extrañado.

—Porque el dolor restará energías al pánico —contestó, sin saber si aquella teoría era cierta.

Esperaba que el estímulo doloroso la distrajera. Además, esperaba que el alivio que sentiría al cesar el estímulo le aguzaría los sentidos.

—Por favor, haz lo que te diga cuando te avise.

Se sentaron en el sofá.

—Humm... —Aunque no parecía muy convencido, buscó el vídeo en el móvil—. ¡Cincuenta y seis millones de visualizaciones! —exclamó—. Parece que ha habido movimiento en las últimas horas...

Ella asintió. Evidentemente, la presa fugada y loca que había acuchillado a su familia era la sensación de internet. Pero solo hasta que una actriz subiera una foto desnuda a Instagram «por error», o hasta el próximo vídeo de un perro con tres patas bailando hip-hop.

—¿Lo pongo? —preguntó él.

Sus rodillas se tocaron y aquel contacto la hizo estremecer.

—Espera a que te avise. Pero antes...

—¿Sí?

—Tienes que pegarme en la herida.

—¿No puedes hacerlo sola?

No, por el factor sorpresa. Incrementará muchísimo la distracción.

—No debo saber cuándo pasará. Hazlo cuando... ¡¡Aaayyy!!

El muy cabrón ni siquiera la dejó terminar la frase y le hizo mucho más daño del necesario. Fue como si, al golpearla en la herida, le hubiera propinado un puñetazo directamente en el bazo.

Hannah se mareó. Se inclinó hacia delante como si fuera a vomitar.

—Ahora... —consiguió decir casi sin aire.

Por suerte, Blankenthal la entendió.

Y puso el vídeo en marcha.

47

TELDA

Cuando Gustav regresó al cuarto de baño era una persona distinta. Parecía que un poder maligno se hubiera apoderado de su cuerpo. Telda creyó ver los ojos incandescentes de un demonio que había tomado posesión del operario.

¿Pero qué...?, gimió desconcertada, aunque en realidad fue solo un pensamiento.

La expresión propia de la deficiencia mental había desaparecido del todo, como borrada por una esponja. Había dado paso a un gesto duro y despiadado.

—Bueno, bueno, contigo no tengo que fingir —dijo en un tono de desprecio y burla muy adecuado para aquella personalidad agresiva.

Telda sintió que un cerco de hielo le oprimía el pecho y otro le estrujaba el corazón, desbocado por el pánico.

—Conseguí este trabajo gracias a la cuota de discapacidad. Joder, qué harto estoy de hacerme el subnormal... —Soltó una carcajada.

—Por favor, escúchame... —trató Telda de llamar su atención. Comprendía que la situación había pasado de ser desesperada a algo mucho peor.

—Nadie vigila lo que dice delante de un deficiente. Por eso sé que no deberíais estar aquí, que tenéis una orden de búsqueda y no podéis llamar a la policía... Pues es mi día de suerte.

Telda sacudió la cabeza y tironeó de las bridas con desesperación. El duro plástico se le clavó aún más en las heridas de las muñecas.

—Te equivocas —contestó angustiadísima—. Yo solo quería ayudar a mi amiga. A mí no me busca nadie.

La versión 2.0 de Gustav ladeó la cabeza.

—Vaya, vaya. Pues más te habría valido no decírmelo.

—¿Por qué?

—Si puedes acudir a la policía, ¿por qué voy a dejarte marchar cuando acabe contigo?

Se bajó la cremallera del mono y empezó a desnudarse con una sonrisa lasciva.

48

HANNAH

«Empecemos por sus datos. ¿Cómo se llama?».

Las palabras de Fadil Matar al comienzo de la grabación fueron la señal para empezar su autoanálisis. Agarró de la muñeca a Blankenthal para que le acercara el móvil y poder ver mejor.

«Soy Hannah Herbst. Tengo cuarenta años y vivo en Berlín».

Allí estaban otra vez la mesa de formica y la pared de ladrillo de la sala de interrogatorios. Y la mujer de pelo oscuro con la blusa blanca. Hannah lo veía todo como tras una ventana azotada por la lluvia, porque las lágrimas le nublaban los ojos. Sin embargo, percibir de manera borrosa a aquella persona la ayudaba a construir una distancia mental. Su mantra cambió de *«El miedo es bueno»* a *«Es una desconocida. No sé quién es»*.

—Pásalo hacia delante —pidió entre jadeos. Seguía inclinada hacia delante.

—¿Dónde lo paro?

Cerró los ojos, que le ardían, e intentó recordar lo que había pensado cuando estaba al borde de la muerte. Cuando, mientras la estrangulaba, distinguió el odio y el ansia de matar en la mirada de Blankenthal.

—Donde menciono lo del rincón infantil —contestó, sin estar segura.

—¿La zona de espera para los niños de la Unidad de Protección contra la Violencia?

—Exacto. Creo que después de eso mencionaba lo mal que está el mundo.

Él había localizado el momento, porque enseguida se oyó la voz de Matar, que decía:

«Esa zona de espera despertó algo en usted».

Hannah sintió un peso terrible en los párpados. Necesitó hacer un esfuerzo sobrehumano para mantenerlos abiertos y observar su respuesta en el vídeo:

«El mundo es un lugar horrible, no apto para la vida. El mal triunfará siempre. Imagínese que usted es el árbitro de un partido de fútbol y que un equipo debe atenerse al reglamento, pero el rival puede saltar al campo armado con hachas y cuchillos. ¿Quién piensa que ganará? Nos engañamos al creer que salvar a un niño sirve para algo. No es así. Nunca ganaremos la guerra, estamos todos condenados. Desde que nacemos, libramos una batalla perdida de antemano».

—¡¡PARA!! —exclamó.

—¿Qué pasa?

—¡Ahí estaba! ¿Lo has visto?

—¿El qué? —Casi se le había caído el móvil a causa del susto y, desconcertado, se rascaba la sien.

—Vuelve a poner la última frase, la de la batalla perdida. Y fíjate en las cejas.

Él necesitó un momento para revisarlo. Después afirmó:

—Me parece que se levantan un poco por el lado interior.

Bien. ¡Se ha dado cuenta!

—Exacto. Eso es una microexpresión.

—¿Quieres decir que resulta imposible fingirla?

—Correcto. Es totalmente inconsciente y dura unos milisegundos, como un parpadeo. —Se sentía eufórica por lo que acababa de descubrir—. Las microexpresiones reflejan emociones ocultas. Ese movimiento de las cejas indica tristeza.

—Es lógico, hablabas de lo mal que está el mundo.

—Ahí está la clave. Si afirmaba abiertamente que el mundo es un lugar horrible, ¿por qué mandaba una señal oculta? Lo normal sería manifestar signos bien visibles de tristeza, pero no los muestro ni en la voz, ni en la expresión facial, ni en el lenguaje corporal. —Hizo un gesto negativo con la cabeza—. No, aquí hay algo que no encaja.

Su secuestrador la miró.

—¿Y qué crees que significa?

Que en ese momento me daba igual el estado del mundo. No era eso lo que me entristecía, estaba desesperada por otra cosa. Por algo que no quería reconocer ante la opinión pública. Y seguramente tampoco ante mí misma.

Consideró hasta qué punto le convenía compartir esa información con Blankenthal y finalmente le explicó:

—Esa microexpresión demuestra que no decía la verdad sobre por qué maté a mi familia.

—Bueno, pues tendrías otra razón para asesinarlos. Y lo que te entristecía no era la inútil lucha contra el mal. A lo mejor te disgustaba no haber podido acabar con Paul. O contigo misma. —Consultó el reloj—. Se ha hecho tarde. Ya has tenido tu oportunidad.

Se levantó y se acercó a un armario lacado que estaba cerca de la puerta.

—¿Se guardan aquí las medicinas de tu padre?

Hannah parpadeó, confusa.

—¿Cómo...? Eeeh, creo que antes sí. ¿Qué pretendes?

Él abrió la puerta y, efectivamente, encontró cajas de medicamentos, unas vacías y otras sin abrir. Las revisó una a una y las fue arrojando al suelo.

—¿Qué buscas?

—Vaya, vaya, ¿qué tenemos aquí?

Se giró y le mostró un líquido transparente dentro de un frasco que, en sus manazas de marinero, parecía una minúscula ampollita.

—¿Qué es eso?

—Lo sabrás enseguida.

Mientras avanzaba hacia ella, Hannah pudo leer en la etiqueta: «NovoRapid».

Se mareó de tal modo que sintió como si el suelo se hundiera bajo cada paso de Blankenthal.

Sufrió un vértigo aún mayor cuando, con absoluta calma, él preguntó:

—¿Eres diabética?

—No. Lo era mi padre.

—Perfecto. Así, cuando te inyecte esto, el corazón se te parará muy deprisa.

Ella hizo un gesto defensivo y le rogó:

—¡No, por favor! Estoy a punto de demostrarte mi inocencia.

Él se encogió de hombros con indiferencia.

—Pues venga. Adelante. Tienes el tiempo que tarde en encontrar una jeringuilla en medio de este revoltijo.

49

TELDA

Miércoles. ¿Hoy es miércoles?

Se había atragantado por el pánico. Con su propia saliva, al tomar aire súbitamente cuando Gustav se disponía a bajarse la ropa interior de color verde. Sobre la bragueta ponía MIÉRCOLES. *¡Dios santo, me va a violar un tío que lleva calzoncillos con los días de la semana!*

Continuaba atada al radiador. Aquella tos era su única defensa contra el agresor. Para su sorpresa, resultó muy efectiva. Ya con la primera expectoración, él se detuvo y torció el gesto, como si le hubieran dado un puñetazo. Con la segunda, incluso retrocedió un paso.

—Eh, ¿qué te pasa? —preguntó, mientras ella luchaba por respirar.

Aunque las lágrimas le nublaban la vista, Telda oía perfectamente. Había preocupación en la voz de aquel hombre. Pero no por ella, sino por sí mismo.

Parece asustado. Pero ¿por qué?

Pestañeó para librarse de las lágrimas porque quería verle la cara. Hannah le había enseñado que el miedo se manifiesta en forma de párpados retraídos o de cejas levantadas y fruncidas, aunque ambas cosas podían darse a la vez. Sin embargo, no fue la zona de los ojos lo que le dio la pista definitiva, sino las manos, que trataba de enfundarse en unos guantes de látex transparentes. Telda se atragantó de nuevo, aterrada. En un primer momento temió que aquel cerdo planeaba matarla después de violarla. No encontraba otra explicación para que se pusiera guantes de cirujano. Sin embargo, luego se fijó en los dedos: los tenía resecos, agrietados y muy enrojecidos, como si hubiera manejado nieve sin guantes. En cuestión de segundos se le ocurrió una hipótesis que relacionaba la repulsión a la tos con el mal estado de sus manos. Y con la desconfianza que destilaba su pregunta: «¿Qué te pasa?».

Por fin consiguió recuperar un poco el aliento. Resollando, contestó:

—¿Por qué crees que estoy aquí?

—¿Eh?

—Que por qué crees que estoy aquí. Te ha tocado limpiar la mierda.

—No sé de qué hablas.

Telda rezó para que su hipótesis fuera acertada.

—Joder, ¿al final te has creído el papel de retrasado? Yo soy la mierda.

Tosió con más fuerza, aunque en realidad no lo necesitaba.

—No sé qué...

—Estoy enferma. Por eso me han dejado aquí.

—¿Pero no acabas de decir que solo estabas buscando a tu amiga?

Sí, maldita sea. Pero entonces no sabía que pensabas violarme, cabrón.

—Quería decirle que se lo he transmitido —contestó, improvisando una historia absurda—. Y que ella también es contagiosa.

Gustav se puso blanco como el papel.

Al verlo retroceder otro paso, Telda comprendió que estaba en lo cierto: padecía una compulsión por la limpieza. Se lavaba tanto las manos que las tenía estropeadísimas. Seguramente por eso era la persona más adecuada para «limpiar la mierda». La otra cara de la moneda era que sentía pavor ante las enfermedades y ante el contacto físico. Se ponía guantes para mantener relaciones sexuales. Era incapaz de compartir espacio con alguien que mostrara síntomas contagiosos. A todas luces, aquello podía suponer la salvación de Telda. Al menos en cuanto a la violación.

—¿Estás enferma? ¿Qué tienes?

—¿Es que no ves las noticias?

Negó con la cabeza. A juzgar por la expresión de sus ojos, se había tragado el numerito.

—Circula un virus nuevo, no se habla de otra cosa. Me han abandonado aquí para que no los contagie.

—Te estás quedando conmigo.

Pues claro, pedazo de idiota.

Quizá no fuera retrasado de verdad, pero desde luego se acercaba mucho al estado que fingía para poder hacer lo que le daba la gana.

—Para nada. Me lo he pillado pero bien. —Se sorbió los mocos haciendo mucho ruido—. Así que venga, adelante. —Abrió las piernas y temió haber exagerado. Así que añadió—: Pero ponte condón y mascarilla, por la cuenta que te trae.

Él le hizo un gesto para indicar que estaba loca.

—Ni muerto. No te toco ni con un palo.

Recogió el mono y la caja de herramientas y salió corriendo del baño.

Telda estaba a punto de suspirar con alivio cuando de pronto comprendió lo mal tramado que estaba su improvisado plan.

—¡Eh! ¿Adónde vas? —gritó.

—¡Lo más lejos posible! —contestó él desde la habitación. Seguramente se estaba vistiendo a toda prisa.

Maldita sea. Había salido de la sartén para caer en las brasas. Y ahora pasaba de la inundación al diluvio universal.

—¡Oye! Necesito un médico, ¡llama a emergencias!

—¡Y una mierda! Espero que no me hayas pegado nada. —Su voz se alejaba.

—¡Tranquilo, no es tan contagioso!

Sufrió otro ataque de tos, ocasionado por el pánico.

Si él se iba, ¿cuánto tardaría en aparecer otra persona? ¿Cuándo la encontrarían y la salvarían?

—¡Eeeeeh! ¿Me oyes? ¡Gustav! ¡Vuelve, por favor! —se encontró suplicándole al hombre que había intentado violarla.

Pero no regresó.

Muy al contrario que la otra amenaza, angustiosa y mortal, que reapareció al instante: la sed.

50

HANNAH

—Necesito tu ayuda.

Su secuestrador, que buscaba una jeringuilla para la insulina, se detuvo antes de llegar al escritorio y preguntó:

—¿Por qué?

—Siéntate otra vez, por favor. Para poder demostrarte que soy inocente necesito que me ayudes con el análisis.

—Es otro teatrillo, querida Hannah. ¿De verdad crees que me vas a engatusar de nuevo?

«Pamema». «Revoltijo». Y, ahora, «engatusar».

Muy en su línea.

Desde luego, aquel hombre sentía debilidad por las palabras anticuadas.

—¿Te piensas que no me doy cuenta? —continuó él—. Estás tocada de la cabeza. ¿O fingir que no puedes mirarte en el vídeo es otro truquito?

Hannah sintió el fuerte impulso de levantarse, pero temió caerse por falta de fuerzas.

—No lo es.

No es un truco.

—Lo has observado bien: padezco eisoptrofobia. Siento

miedo de mí misma debido a un trauma que sufrí en la infancia. Poco antes de que mi madre se suicidara, vi el mal en el fondo de sus ojos. Desde entonces, temo encontrarlo en mi interior.

Él estalló en carcajadas, echando la cabeza hacia atrás.

—Eso te lo acabas de inventar para crear un vínculo conmigo. Aprovechas que te he contado la historia de mi madre.

Hannah se quedó de una pieza.

Cielos, en medio de toda esta locura no había reparado en el paralelismo.

Por primera vez sintió que existía un gran parecido entre ella y aquel psicópata.

«No te olvides nunca: tú y yo somos una. Somos iguales, la misma persona».

—Por favor —rogó una vez más—. Ayúdame a analizar el vídeo. No tienes nada que perder.

Él se pasó las manos por el pelo, miró el frasco que tenía en la mano, se lo guardó en el bolsillo y se dirigió al sofá.

—Está bien. Tienes cinco minutos. Luego retomaré la búsqueda. O pensaré en otro procedimiento para acabar rápido contigo.

Se sentó y de nuevo sus rodillas se tocaron. Fue un momento de perturbadora proximidad que también a él le resultó desagradable.

Ella señaló el móvil.

—Busca la parte en la que hablo de mi profesión.

—¡No! —Levantó el índice en un gesto de prohibición, como si Hannah fuera un niño caprichoso que se llevará un azote si no devuelve la chocolatina al estante del supermercado—. Solo si me dices qué estás buscando. *A posteriori* puedes colarme cualquier justificación. Quiero saber antes en qué te vas a fijar.

Bien. Muy bien. Así lo verá por sí mismo. Y sabrá que no lo engaño.

—Vale. Pues presta atención a los ojos, a las manos y a la velocidad del habla.

Él se encogió de hombros, como dando a entender que no estaba convencido, pero tampoco quería más explicaciones.

Cuando Hannah oyó las palabras: «Soy experta en microexpresiones faciales» se obligó a mirar a la pantalla.

«Mi trabajo consiste en analizar, entre otros aspectos, los gestos minúsculos e involuntarios de la cara para descubrir emociones ocultas. Como, por ejemplo, esa contracción incontrolable de su ceja izquierda causada por el músculo frontal, gobernado principalmente por el sistema límbico. Ese pequeño movimiento me revela su escepticismo».

Blankenthal detuvo el vídeo sin que se lo pidiera.

—Vale, me he estado fijando: manos, ojos, palabras. ¿Y ahora qué?

Ella se apretó la rodilla con las dos manos para detenerla. Había empezado a temblarle en cuanto se miró a sí misma a los ojos.

Casi sin aliento, contestó:

—Vamos a la parte donde confieso el crimen. Como antes, presta atención a la velocidad de las palabras, a los gestos de las manos y a la frecuencia del parpadeo.

Él asintió y tocó varias veces la pantalla. Aunque le costó un poco, al fin encontró el momento.

«Primero maté a Kyra, la adolescente de quince años. La hija del primer matrimonio de Richard. Ni se enteró. Después fui a nuestro dormitorio. Degollé a mi marido con el mismo cuchillo con el que había matado a Kyra. Su agonía fue bastante ruidosa, tanto que temí que Paul se despertara».

«¿Paul es su hijo?».

«Sí, nuestro hijo en común, de doce años. También a él quería ahorrarle una vida en este mundo miserable. Para que nunca sea una víctima. Y para que ni sus hijos ni sus nietos tengan que esperar nunca en un rincón infantil…».

—¡Páralo ahí! —jadeó Hannah, porque no aguantaba más. Y porque no era necesario seguir. Tenía lo que buscaba. La pregunta era: ¿lo habría visto también Blankenthal?

—¿Te ha llamado algo la atención? —le preguntó.

Él acertó de pleno:

—En este trozo hablas más despacio y gesticulas menos.

¡Sí! ¡Sí! ¡¡¡Sí!!!

Casi sintió ganas de aplaudir.

—Exacto. Y también parpadeo menos.

—Vale, ¿y eso qué significa? —No parecía muy impresionado.

Intentó explicárselo lo mejor que pudo. Era plenamente consciente de que su vida dependía de ello. Debía ayudarlo a comprender lo que había visto.

—Significa que estaba mintiendo. Ya es seguro que no he matado a nadie.

—¡Tonterías! —Se levantó y se dirigió al escritorio.

Hannah continuó hablando a toda velocidad. Como si cada palabra corriera para salvar su vida.

—No son tonterías, es ciencia del comportamiento. Cuando hacemos un esfuerzo mental, como al mentir, los movimientos corporales se ralentizan. Se entiende mejor con el experimento del alfabeto: primero se recita normalmente, gesticulando mucho. Después se recita al revés, empezando por la zeta. Entonces los gestos se reducen visiblemente, se habla más despacio y se parpadea menos.

Él se giró para mirarla.

—Eso solo significa que hiciste un esfuerzo para confesar.

—Claro, porque mentía. La mentira requiere más trabajo que la verdad. Cuando decía que había matado a mi familia, no era cierto. Si fuera verdad, los gestos y las expresiones faciales serían los mismos que cuando hablaba de mi profesión, de hechos comprobables. Esa es mi línea base, mi comportamiento normal. Ese es mi lenguaje corporal cuando no necesito esforzarme porque estoy diciendo la verdad.

Él abrió un cajón del escritorio.

—¿Y te crees que me has convencido? —inquirió mientras revolvía el contenido.

Pues claro que no. No sabes nada de lenguaje no verbal.

—Se puede mentir con las palabras, pero no con el cuerpo. —Hizo un último intento por ofrecerle una explicación muy simplificada, comprensible para un lego—: Es científicamente imposible hablar más despacio, gesticular menos y parpadear con menor frecuencia durante mucho tiempo. Y resulta más imposible todavía controlar el lenguaje corporal, las microexpresiones faciales y el habla, todo a la vez. Según los expertos, tres señales por dos canales son suficientes para localizar un *hotspot*. Un «punto caliente», un aviso de que pasa algo raro. En ese vídeo hay tres señales por tres canales. Además de la microexpresión de tristeza que localizamos antes.

Blankenthal paseó la mirada por la habitación y se dirigió hacia una puerta que llevaba a un minúsculo cuarto de baño.

—¿Me estás escuchando? —le preguntó ella mientras lo veía abrirla.

—¡No!

Se detuvo al entrar. A juzgar por el sonido, manipulaba algo cuya existencia Hannah conocía, aunque nunca lo había visto con sus propios ojos: un armarito con espejo colgado sobre el lavabo.

—¡Lo que pensaba!

Se giró hacia ella y con gesto de triunfo le mostró la caja de una jeringuilla desechable.

Hannah sintió fuertes náuseas.

—Por favor, dame una última oportunidad —le rogó.

—¿Para que me marees con más charlatanería?

—No es charlatanería, es ciencia. Me acabo de dar cuenta de otra cosa. Deja que te la enseñe.

Él sacó la jeringa de la caja. Por desgracia, también había encontrado agujas en el armarito.

—Fíjate en el gesto que hago al explicar cómo maté a la hija de Richard.

—¿Llevarte la mano al pecho, como en un juramento?

—Ah, ¿te has dado cuenta?

—Pues sí. Porque lo haces todo el tiempo, querida Hannah. Es una manía tuya. Cuando dices «yo» o «a mí», sueles señalarte a ti misma.

—Pero no como en el vídeo. Normalmente me señalo el pecho con el dedo índice. Es un gesto estándar en Europa. Sin embargo, llevarse la mano al corazón es muy poco corriente.

—Puede ser, son dos acciones distintas. Pero eso no demuestra nada.

—Claro que sí. Los movimientos intuitivos como ese no se modifican tan fácilmente.

Él colocó una aguja en la jeringuilla.

Hannah se esforzó por hablar más deprisa:

—En el vídeo utilizo un gesto que no es propio de mí.

Blankenthal se le acercó. Atravesó con la aguja la tapa del frasco.

—¿Por qué?

—Dudo que fuera de manera inconsciente. No es una microexpresión.

—¿Así que lo hiciste a propósito?

—Sí, para enviar una señal.

—¿A quién?

—Puesto que padezco eisoptrofobia, dudo que pensara que yo iba a ver el vídeo.

A menos que me imaginara que alguien podría obligarme.

—Entonces ¿para quién era la señal?

Notó que el miedo a morir le espoleaba la mente. La jeringuilla se llenó de insulina.

—No estoy segura, ¡pero quizá para el asesino!

Un escalofrío le recorrió la espalda y le tembló todo el cuerpo.

Como aquella vez, cuando yacía en las vías con mi madre.

—Estaba imitando un gesto suyo —continuó—. Y solo podía imitarlo si lo conocía.

—Ajá. ¿Y ese asesino quién es?

—No consigo recordarlo.

Él se aproximó tanto que sus rodillas se tocaron de nuevo.

—¿Y qué pretendías decirle con ese gesto?

—Tampoco lo sé...

—Es una verdadera lástima —lo oyó susurrar.

Hannah había logrado reunir las fuerzas que le quedaban para levantarse, pero ya era tarde.

Sintió como si la aguja se le clavara en un ojo. Intentó gritar, pero no emitió ningún sonido. Todo el calor de su cuerpo se le escapó por la boca, como un géiser. Y mientras en su interior (y también en el exterior) se expandía un frío mortal, una lluvia de imágenes espeluznantes empezó a caer de un cielo oscuro y delirante. Aquellas imágenes compusieron una película onírica de la noche en que su alma murió.

51

HANNAH
LA NOCHE FATÍDICA
VISIONES DE PESADILLA, PARTE I

¡Clac!

Desde que Hannah asesoraba a la Policía de Berlín y a la Policía Criminal Regional en el interrogatorio de testigos y sospechosos, sabía bien que la desgracia podía irrumpir en cualquier momento en una vida normal. El caso del Pescador la había llevado a tomar todas las precauciones posibles para minimizar el peligro. La casa familiar debía ser un bastión que protegiera a los niños de los malhechores. La había equipado con todo tipo de «puentes levadizos» tecnológicos, como detectores de rotura de cristales en todas las ventanas, sensores de movimiento en todas las habitaciones e incluso lectores de huella dactilar en todas las puertas, como el que acababa de activar.

¡Clac! Acceso permitido.

Consultó el reloj mientras entraba en casa. Como de costumbre, llegaba tarde. Richard quería cocinar para ella y para los niños. *Dippelappes*, un plato típico del estado federado de Sarre que ella había probado durante unas vacaciones y que se había convertido en su comida favorita.

Le había prometido a Richard que al menos ese día no llegaría tan tarde, pero el aroma a patatas, jamón y puerro al horno flotaba en el ambiente como un reproche por haber decepcionado de nuevo a su familia.

¿Y todo por qué?

Porque Fadil le había pedido que analizara la declaración de un sospechoso que los colegas de Renania del Norte-Westfalia acababan de grabar. Se trataba de un agente comercial que, curiosamente, siempre estaba en las inmediaciones de Berlín cuando el Pescador atacaba.

¿Y no podía esperar a mañana?

Eran ya cerca de las once, Richard habría acostado a los chicos hacía rato. Aunque seguramente Kyra estaría despierta con los cascos puestos, escuchando Spotify o viendo vídeos en YouTube. Tampoco sería raro que Paul siguiera tocando la guitarra en la cama, una melodía melancólica compuesta por él mismo y que repetía sin cesar con constancia infatigable, hasta rozar el punto de una tortura psicológica propia de Guantánamo.

Sin embargo, aquel día reinaba el silencio, así que probablemente Paul ya dormía y Richard trabajaba en el estudio, revisando de nuevo el catálogo de la galería.

Algunas de sus obras iban a formar parte de una exposición temporal en el MoMa de Nueva York: un verdadero espaldarazo para un artista cuyas enigmáticas fotografías de paisajes ya se vendían por una fortuna. Con la cena especial también querían celebrar ese triunfo. Sin embargo, Hannah había vuelto a dejar bien claro qué actividad consideraba más importante: para ella, embellecer la vida por medio del arte quedaba muchos puestos por debajo de poner fin a los asesinatos del Pescador y salvar la vida de muchos niños.

Así al menos lo creía Richard, y aquel día Hannah se había quedado sin argumentos para contradecirlo.

—¡Ya estoy aquí! —anunció en un volumen que los chicos

no oyeran en sus habitaciones, pero su marido pudiera percibir desde el estudio.

Se disponía a introducir el código de seguridad en el dispositivo situado junto al armario de la entrada, para que la central no avisara a la policía, cuando observó que no era necesario. Richard aún no había activado la alarma, ni siquiera el sensor de movimiento del estudio, donde, oculta tras un cuadro, se encontraba la caja fuerte.

Eso indicaba que seguía trabajando.

Se quitó los tacones y acarició a Kaspar, que apareció de repente y se le frotó contra las piernas. Llamó discretamente a la puerta del estudio. Nada. Entró.

Humm.

Vacío. Aunque el flexo continuaba encendido.

Se planteó comer algo antes de acostarse. Luego pensó que prefería darle un beso a Richard y pedirle disculpas. Quizá después la acompañara mientras recalentaba la ración que le hubiera guardado.

Subió la escalera con sigilo.

El olor de la cena fue perdiendo intensidad en favor de otro que le resultó muy extraño. ¿Había sufrido Kyra una hemorragia nasal, como solía sucederle cuando estaba resfriada? Por la mañana se encontraba bien... Y, aunque fuera eso, ni la peor hemorragia podría propagar semejante olor a hierro por toda la primera planta.

—¡Richard! —llamó, mucho más preocupada que extrañada.

Se dirigió al dormitorio. Abrió la puerta. El débil resplandor del pasillo inundó la estancia. No lo suficiente para vencer del todo a la oscuridad, que solo muy poco a poco reveló su secreto.

—¡Richard! —repitió.

Yacía boca arriba en la cama, en una postura muy extraña.

Con el cuello casi descoyuntado y la cabeza echada muy hacia atrás en la almohada. Hannah temió encender la luz. En el mejor de los casos, lo despertaría. En el peor, no se despertaría nunca más.

Ese último pensamiento la paralizó.

¡No, por favor! Que no le haya pasado nada. Que haya una explicación lógica para esa postura. Para el olor a sangre.

—¿Richard?

No estaba segura de si había oído un gemido.

¿Aún respiraba? ¿Su pecho subía y bajaba? ¿Y por qué de pronto su propia sombra tenía un aspecto tan extraño?

Los ojos se le quedaron clavados en la negra silueta que se proyectaba en el suelo. Y habría chillado aterrorizada si el miedo no la hubiera dejado sin habla.

Porque la sombra era doble. Como si alguien se hallara detrás de ella.

Logró girarse, saliendo con esfuerzo de aquel estado de parálisis. Lo hizo tan bruscamente que sintió que se partía en dos, como una muñeca recortable que se rasga por la mitad. La invadió un dolor insoportable.

Sufrió un ataque de tos y descubrió que estaba escupiendo sangre. El olor a hierro se intensificó porque su origen estaba muy próximo. ¡El origen era ella misma!

—Lo siento. Lo siento de verdad —oyó susurrar al asesino.

Perdió el equilibrio. Física y mentalmente.

Se derrumbó mientras la sombra extraía el cuchillo que le había clavado en el costado izquierdo, bajo las costillas.

¿Cómo que lo siente?

Sangre nueva y fresca goteó desde la hoja a la alfombra de color claro, sobre la que cayó de rodillas.

Esto no desaparecerá nunca, pensó, y no se refería a las manchas, sino a la desesperación que se apoderó de ella.

Desorientada, estiró los brazos tratando de agarrar al asesino, que se alejaba descalzo.

A toda prisa, como huyendo.

Hannah se apretó el costado con las dos manos.

Cielo santo, al final ha sucedido. Han entrado en casa. Nos han agredido y...

Al cerrar los ojos, vio de nuevo el cuerpo de Richard.

Dios mío. ¡Paul! ¡Kyra!

¿Qué les había hecho?

Ojalá haya interrumpido al asesino antes de...

Ni siquiera en sus pensamientos podía expresar aquel horror.

Por favor, que este silencio tenga una explicación, rogó mentalmente.

Intentó levantarse y lo consiguió apoyándose en una cómoda. Necesitó descansar un momento, entre jadeos. Hasta que el dolor disminuyó un poco y reunió las fuerzas suficientes para dirigirse a la habitación de Paul.

A la puerta por la que el asesino acababa de salir.

Allí, cayó otra vez de rodillas.

Avanzó a gatas.

Hacia la cama, en la que...

¡Paul! ¡Dios mío! ¡Mi Paul!

52

HANNAH

REALIDAD

El sueño continuó hasta que, entre gritos, logró emerger a la superficie de la consciencia. Aún medio dormida, braceaba con desesperación en busca de un salvavidas entre las olas del mar en que se ahogaba. Encontró una mano que la agarró con energía. Se oyó a sí misma gritar cada vez más fuerte el nombre de su hijo.

—Conque Paul, ¿eh? —le preguntó Blankenthal cuando, tras lo que le pareció una eternidad, al fin comprendió dónde se encontraba.

Otra vez en el SUV del secuestrador. Otra vez circulando por una carretera en un viaje que atravesaba la noche. Otra vez con las manos atadas.

—Has estado hablando en sueños —informó él.

Hannah necesitó un buen rato para que su mente se activara y lograr expresar sus pensamientos.

—¿En sueños? ¿No ibas a matarme?

—Prefiero otra cosa —contestó, como quien cambia de opinión sobre una bebida que ya ha pedido.

Ella se tocó el cuello.

—No te puse la inyección, si es lo que te estás preguntando.

—¿Y entonces qué...?

Él la miró de soslayo.

—Te levantaste tan deprisa que te desmayaste. Al caer, tiraste de la mesita el DVD de la boda. Me lo tomé como una señal.

—¿Para no asesinarme?

—Para ver el vídeo. —Puso los ojos en blanco con ironía—. Menuda cursilada, todo ese despliegue en una playa de Split. Tus votos matrimoniales no pueden ser más empalagosos: «Querido Richard, a las seis horas de nuestra primera cita me dijiste: "No podemos enamorarnos"». —Hizo una mueca, como si no soportara tanto azúcar, y continuó imitándola—: «Pero ya era tarde, porque me enamoré de ti a los doscientos milisegundos. Justo lo que dura un parpadeo».

Hizo ademán de meterse los dedos en la boca para vomitar. Hannah sintió un nudo en la garganta. Aquellas palabras la conmovieron en varios sentidos. Por un lado, levantaron un poco la niebla del olvido. Por otro, eran como guijarros capaces de desencadenar una avalancha si rodaban por la pendiente de su alma entristecida. *¡Richard!* Ya jamás podría dirigirle frases como esas. Nunca más lo abrazaría ni lo tocaría. Ni a su padre. Ni a sus hijos, a su familia.

—Por cierto, tenías razón —añadió Blankenthal. Pasaron un cartel que indicaba pocos kilómetros hasta Berlín—. En ese vídeo cada vez que dices «yo» te señalas con el dedo. Nunca te llevas la mano al corazón.

—Entonces ¿ahora me crees?

Se giró hacia ella.

—Y me ha llamado la atención otra cosa.

—¿Cuál?

—Mientras dormías, he repasado tu confesión.

—¿Y qué has descubierto?

—Espera, mejor te lo enseño.

Dio un volantazo y en el último momento se metió por un camino forestal. Se internó en el bosque y detuvo el coche junto a una pila de troncos cortados. Apagó el motor.

—¿Qué hacemos aquí? —preguntó ella.

Él se puso a toquetear la pantalla del ordenador de a bordo.

La tal Cammy no había escatimado con el vehículo para la huida. El SUV contaba con el equipamiento tecnológico más moderno. Al momento, la pantalla mostraba el móvil de Blankenthal.

Hannah revisó la información del salpicadero: «Hora: 1.09», «Temperatura exterior: 4 grados». La calefacción fue incapaz de derretir el bloque de hielo que le oprimió el pecho al ver que su secuestrador ponía en marcha el vídeo de la confesión. Apartó la cabeza al instante. Sin embargo, también oírse le resultaba insoportable. La calidad de los altavoces era tan buena que le parecía distinguir cada vibración de las cuerdas vocales. En el móvil no se apreciaba lo ronca que tenía la voz, pero ahora, al escucharse, sintió la necesidad urgente de carraspear, que seguramente se debía también al intenso ardor que aún le quemaba la garganta.

—¡Ahí! —Blankenthal detuvo el vídeo cuando explicaba su trabajo como asesora para la policía.

—No pienso mirar.

—Qué pena, porque es muy interesante.

—¿Qué quieres enseñarme?

—Cada vez que mencionas el caso del Pescador, haces lo mismo.

—¿El qué?

—Ponerte la mano en el pecho. El mismo gesto que haces cuando dices «yo» o «a mí» en esta grabación.

—¿En serio?

No se había percatado. Aunque, en realidad, la primera vez apenas logró mirarse.

—Sí. Y hay algo aún más llamativo —añadió, con una soberbia insoportable—. Debo reconocer que esto del lenguaje corporal es muy entretenido. Podría convertirse en mi próxima ocupación.

—¿De qué se trata? —lo interrumpió Hannah con impaciencia.

Él no se hizo de rogar y, lleno de orgullo, le contó al instante su descubrimiento:

—En este vídeo dices treinta y dos veces «no», dos veces «parar» y una vez «nada».

—¿Y qué?

—Pues que al decir esas palabras siempre mueves el índice de la mano izquierda. —Imitó el gesto sobre el volante—. A veces das toquecitos casi imperceptibles en la mesa. Otras veces, lo levantas de manera bien visible en gesto negativo.

Hannah reflexionó. Eran gestos de atención. Si Blankenthal decía la verdad, en el vídeo trataba de llamar la atención sobre algo.

¿Pero sobre qué?

¿Qué intentaba decir?

—A lo mejor es otra prueba —aventuró en voz alta.

—¿De qué?

—Quizá me estaba indicando a mí misma que la declaración es falsa. Que no es cierta.

Por cómo la miraba, con una ceja levantada en señal de escepticismo, comprendió que aquella teoría no lo convencía nada.

—O que tienes que parar de hacer algo, no seguir —sugirió él.

Entonces Hannah notó una sensación extrañísima, como si la piel se le quedara pequeña y se le tensara en todo el cuerpo. Era la consecuencia de un pensamiento electrizante.

—¡Me estoy avisando para no analizar la grabación!

Aquello convenció aún menos a su secuestrador.

—Eso no tendría ninguna lógica. Como bien hemos comprobado, por nada del mundo la verías voluntariamente. No te hacen falta avisos.

—Claro que sí —lo contradijo—. En caso de que previera que podrían obligarme a verla. O que contaría con ayuda para analizarla, como ahora mismo.

Él asintió con la cabeza, pensativo.

—Bueno, supongamos que es así. ¿Por qué razón no deberías ver la grabación? ¿De qué intentabas advertirte a ti misma?

—Me temo que si conociera la respuesta no estaría aquí ahora —contestó ella. Su voz reflejaba la confusión que sentía.

Él arrancó el motor. Los faros se encendieron y el camino forestal se iluminó como si hubiera salido el sol. Al contrario que los pensamientos de Hannah, que continuaban sumidos en la oscuridad.

—¿El Pescador? —preguntó de repente.

—¿Perdona?

—¿Era al mencionar el caso del Pescador cuando me llevaba la mano al pecho?

—Así es.

—Quizá van por ahí los tiros. La causa por la que debo parar de analizar mi confesión está relacionada con el Pescador. —Cansada, se frotó los ojos y luego añadió—: Creo que lo que he visto dormida era mucho más que un sueño.

—¿Por qué lo dices?

—Porque encaja de manera inquietante con lo que acabas de descubrir.

—¿En qué sentido?

Entonces Hannah le resumió todo lo posible la primera parte del sueño:

—Llegaba a casa y encontraba a mi familia muerta. Asesinada por un criminal al que sorprendía.

—Déjame adivinar: él te acuchillaba y luego huía.

—Exacto.

—¿Y eso qué relación tiene con el Pescador?

—Para entenderlo, tengo que contarte la segunda parte del sueño.

53

HANNAH
LA NOCHE FATÍDICA
VISIONES DE PESADILLA, PARTE II

—¿Qué ha pasado? —preguntó Fadil.

Tras recibir su llamada, no había tardado ni veinte minutos en cubrir el recorrido de media hora entre el barrio de Tempelhof y el de Lichtenrade. Mientras tanto, ella había bajado al botiquín y se había puesto un vendaje compresivo. Después se esforzó por mantener la cordura. Dio rienda suelta a su dolor ahogando los gritos en un cojín del sofá.

Al abrirle la puerta, leyó en los ojos de Fadil un nerviosismo totalmente impropio de aquel investigador experimentado.

—Están muertos —contestó. Sintió que iba a sufrir otro ataque de histeria y se propinó varios cachetes para evitarlo.

Él se precipitó escaleras arriba y regresó con el rostro desencajado. A pesar de su piel oscura, estaba blanco como el papel.

—¿Les has tomado el pulso? —preguntó ella, con el último asomo de esperanza.

Él asintió y sus lágrimas fueron respuesta suficiente. La ayudó a sentarse en el sofá y después se arrodilló a su lado y se apoyó con desesperación en su regazo. Pasado un momento, se incorporó y sacó el móvil.

—¡No, no! —gimió Hannah—. Ni una palabra a nadie.

—¿Por qué? —preguntó confundido.

—Tengo un plan. Escúchame y no me interrumpas, aunque te parezca descabellado.

Mientras lo esperaba, se le había ocurrido una idea que podía asemejarse a un plan. De hecho, ya había dado los primeros pasos. Era absurdo, irracional y muy peligroso. El riesgo superaba con mucho las posibilidades de éxito. Pero Hannah no veía otra opción, tan solo aquella idea nacida del dolor físico y emocional más extremo.

—No, ni hablar. No cuentes conmigo —se negó él, tras escucharla.

—¿Por qué no?

—No funcionará. Para empezar, porque estás herida. Debo llevarte al hospital, podrías tener hemorragias internas o sufrir una septicemia. No hay tiempo para ese plan demencial.

Ella se secó el sudor de la frente, seguramente producido por su organismo como una señal de alarma que se sumaba al terrible dolor del costado.

—Sí que hay tiempo. Conozco mi cuerpo, me he vendado la herida y por ahora estoy bien. Tenemos tiempo de sobra para grabar el vídeo. Te necesito para que resulte creíble, debe parecer oficial.

Fadil se pasó las manos por el denso cabello negro.

—Estás en shock. De lo contrario, no me propondrías esta locura.

—Es verdad. Estoy en shock, por eso mantengo la calma. Soy como un pollo que sigue corriendo tras cortarle la cabeza. Ahora solo me importa continuar en movimiento. No solo he perdido la cabeza, también me he quedado totalmente sola. Ya no tengo nada que perder.

—Claro que sí, podrías perder la vida —replicó él.

Al contestar, a Hannah se le quebró la voz.

—¿Y qué? ¿De qué me sirve la vida si todo lo que me importaba ha desaparecido? ¿Somos amigos, Fadil? —le preguntó al verlo sacar de nuevo el móvil.

—Sí.

Ella extendió las manos en su dirección.

—Pues vamos a la comisaría y me detienes. De manera completamente oficial.

—No saldrá bien.

—Eso no lo sabemos. No nos queda otra opción para atraer al Pescador.

Él señaló la escalera, hacia el ensangrentado piso de arriba.

—Ni siquiera sabemos si ha sido él.

Hannah soltó un quejido de impaciencia.

—¿Y quién va a ser si no? Le estoy pisando los talones. Quería acabar conmigo y con mi familia.

Él se paseaba nerviosamente delante del sofá. Hannah sabía que le pedía algo casi imposible. El padre de Fadil le había inculcado desde niño que, si querían permanecer en Alemania, debían cumplir a rajatabla la ley y el orden. Aunque su hijo poseía pasaporte alemán, seguía temiendo que los deportaran al Líbano si se metía en problemas con las autoridades.

—Vale. ¿Y qué crees que pasará cuando el Pescador vea tu falsa confesión, que, me imagino, quieres difundir por las redes sociales?

Ella le tomó la mano.

—Acuérdate del perfil que hemos establecido: es un narcisista que juega a ser Dios. Utiliza un test perverso para decidir sobre la vida y la muerte de los niños que secuestra.

Fadil se soltó.

—¿Y cómo esperas que se vengue de ti si estás en la cárcel?

Porque ahí te van a encerrar en cuanto recibas asistencia médica.

Hannah asintió. Contaba con ello.

—Ya pensaremos en algo: un régimen abierto hasta el juicio, permisos, libertad bajo fianza, lo que sea. Además...

—¿Qué?

—Me parece que en realidad yo no le interesaré tanto. Más bien creo que se esforzará por demostrar a la opinión pública que el verdadero asesino es él. Que yo solo soy una farsante. Entonces cometerá un error y podremos detenerlo.

Se enderezó en el sofá. Al apretarse la herida, necesitó morderse la lengua para no chillar.

—Fadil, concordábamos en nuestro análisis. Ese hombre considera que le hace un favor a la sociedad. Juega a ser Dios cuando decide a quién libera y a quién asesina. Aunque no conozcamos del todo sus motivos, nos consta que es un egomaniaco violento.

—¿Y de verdad quieres arriesgarte con un tipo así?

—Sí.

De pronto, la abandonaron las fuerzas. Sintió que necesitaba respirar tres veces más deprisa para no desmayarse o morir asfixiada.

—Vamos a intentarlo —insistió—. Mi vida ya no importa. No puede sucederme nada peor.

—Has perdido el juicio.

—Así es. Precisamente por eso tenemos que darnos prisa y actuar antes de que recupere la cordura. Cuando eso suceda, solo podré pensar en quitarme la vida lo antes posible.

—No vas a morir, no pienso permitirlo —afirmó Fadil.

—Ya estoy muerta —repuso ella fríamente—. Así que vamos a grabar ese vídeo. No permitas que mi muerte sea en vano.

—Está bien —cedió Fadil, pasándose de nuevo las manos

por el pelo—. Pero antes tienes que decirme una cosa: ¿qué ha sido de él?

—¿De Paul?

Él asintió.

—¿Dónde está?

54

HANNAH

REALIDAD

Continuaban atravesando la noche. Acababan de dejar atrás el antiguo paso fronterizo de Dreilinden, que marcaba el límite de la ciudad. Hannah sollozaba tan amargamente que no podía hablar. Su desconsuelo era como una criatura que se hubiera apoderado de su cuerpo y quisiera abandonarlo en forma de torrente de lágrimas.

Richard, mi padre, Kyra y... ¡Paul!

Estaba convencida de no haberlos matado. Pero sabía que los había perdido para siempre.

De nuevo deseó que apareciera la niebla que ocultaba todos los recuerdos. Cuando por fin logró recomponerse, Blankenthal la miró con desconfianza y le preguntó con sequedad:

—¿Esa es tu versión de la verdad?

Ella meneó la cabeza.

—¿Quién sabe? Es solo un sueño. Pero resulta mucho más verosímil que tu teoría de que soy una asesina.

—Lo has confesado tú misma.

—Solo en el vídeo. Además, recuerda lo que hemos descubierto: oculto algo, imito un gesto del asesino y me envío advertencias para dejar de analizarlo.

—Eso no lo entiendo, ¿por qué?

—Porque el análisis demostraría que no soy la asesina. Si la intención es atraer al Pescador, no deben quedar dudas de mi culpabilidad.

Sin darse cuenta, se había señalado a sí misma con el índice.

Blankenthal se giró un poco para mirarla.

—A ver si lo he entendido bien: ese tipo, que supuestamente te odia, al final ha matado a todo el mundo menos a ti.

Hannah se llevó la mano a la herida.

Eso aún está por ver. Hay muchas probabilidades de que no supere esta noche.

De pronto se le cortó la respiración. Porque le habían venido a la mente las palabras de Fadil en la segunda llamada telefónica:

«Tu plan para atraerlo ha funcionado. Pero ahora debes ponerte a salvo».

A salvo del Pescador, que:

- Estaba dispuesto a todo para vengarse de ella
- Era un psicópata de manual

Exactamente igual que...

Casi no se atrevió a mirar a Blankenthal. Bajo la luz roja de las distintas luces del salpicadero, su rostro parecía bañado en sangre. La estática sonrisa no tenía nada de amable. Las manos sobre el volante, nada de suaves. Y seguramente su aparición (a juzgar por cómo se habían desarrollado los acontecimientos) no tenía nada de casual.

—¿Adónde vamos? —se atrevió a preguntar.

—¿No te lo imaginas? —Empezó a enumerar con los dedos, comenzando por el pulgar—. Primero: estás bastante mal de la cabeza. Segundo: padeces amnesia y un miedo rarísimo a los espejos. Tercero: has dejado la medicación. Cuarto: lo último que hizo tu padre fue localizar al radiólogo que te examinó ese cerebro averiado.

—Pfahl —recordó Hannah.

—Exacto. —Entonces levantó el dedo meñique—. Todo esto nos lleva al quinto punto: el doctor Lennert Pfahl.

Pisó el acelerador y se pasó al carril izquierdo.

—Disfruta del viaje. Llegamos en diez minutos.

55

Conocía aquella casa. De modo que el recuerdo debía de ser bastante antiguo, dado que la niebla del olvido era menos densa cuanto más retrocedía en el tiempo.

No hay duda.

Había pasado por delante muchas veces. Ante el tejado, para ser exactos.

A menudo se había preguntado quién demonios permitió construir un edificio tan cerca de la autopista, hasta el punto de que parte del tejado sobresalía por encima de la valla casi hasta el arcén de la A115 en el tramo que había sido el Avus, el viejo circuito de carreras. Siempre que circulaba por allí, cerca del antiguo paso fronterizo de Dreilinden, se proponía tomar algún día una de las salidas del nudo de Zehlendorf para buscar la calle en la que estaba aquella casa, cuya fachada le encantaría contemplar. Hasta donde podía juzgar circulando a ochenta kilómetros por hora, no se trataba de un edificio de infraestructuras, por ejemplo de suministro de agua o de electricidad, o de la empresa de ferrocarriles. Era una vivienda unifamiliar completamente normal.

Sin embargo, aquella ubicación tan peculiar siempre espoleaba su fantasía. Como lectora apasionada de novela negra (lo acababa de recordar), le gustaba imaginarse que se cometían crímenes espantosos tras aquellos muros, ante los que circulaban a diario miles de personas que no podían ni figurárselos.

¿Quién vive en un sitio así? No está ni a dos metros de la autopista, los coches pasan a la altura de las ventanas.

Ahora ya lo sabía.

«Dr. Lennert Pfahl, neurorradiólogo», anunciaba una placa esmaltada en la entrada de un jardín de la calle Alemannenstraße, ante el que acababan de aparcar. Un sauce llorón sobresalía por encima de la valla metálica. Su copa parecía bailar en trance al son del estruendo de la autopista. Incluso a aquella hora de la noche, el ruido incesante resultaba tan atronador que tapó el chirrido de la manilla cuando Blankenthal abrió la portezuela.

Hannah se ahorró preguntar por qué no llamaban. Evidentemente, su secuestrador quería aprovechar otra vez el factor sorpresa.

—¿Qué hacemos aquí? —preguntó en cambio.

Él le había permitido tomar algunas gotas de codeína y otros tres comprimidos de paracetamol, así que el dolor había remitido bastante. Sin embargo, sentía un picor insoportable bajo el apósito.

—Quizá sepas aprovechar tu última oportunidad, Hannah Herbst.

Atravesaron el jardín delantero, invadido por la maleza y tan extenso que la casa de color gris y tejado a dos aguas habría cabido allí cuatro veces. El terreno parecía pantanoso a derecha e izquierda del camino lleno de hojas secas, lo que no era extraño dada la cercanía del lago Nikolassee.

—¿Y en qué consiste esa oportunidad?

Él señaló la casa con el tubo de las resonancias magnéticas.

—Lo último que hizo tu padre fue localizar esta dirección. Poco después lo asesinaron de manera espantosa. Yo creo que fuiste tú. Estoy bastante convencido, aunque no puedo asegurarlo al cien por cien.

Bueno, al menos tiene dudas. No muchas, pero algo es algo.

—Sin embargo, sí estoy seguro de que las resonancias guardan relación con su muerte, alguien le pisaba los talones. Esta visita puede ofrecerte el último clavo ardiendo al que agarrarte. O puede convertirse en el primer clavo de tu ataúd. Dependerá de si el tal Lennert Pfahl te incrimina o te exculpa.

Habían llegado a la puerta. Era de madera corriente. El marco estaba muy estropeado en la parte de abajo, como si el gato de la casa tuviera costumbre de arañarlo para que lo dejaran entrar.

—¿Por casualidad no sabrás dónde está la llave de emergencia?

Aunque la pregunta no iba en serio, Hannah sintió náuseas al pensar que quizá había estado allí alguna vez y era incapaz de recordarlo, como tantas otras cosas.

Él tironeó del pomo y soltó un gruñido de satisfacción. Hannah supuso que sabía cómo forzar la cerradura y que sacaría de la chaqueta una navaja, una tarjeta de crédito o cualquier otro objeto útil. Pero lo que hizo fue retroceder unos pasos y reventar la puerta de una patada.

Pues aquí acaba el factor sorpresa.

El estrépito de la madera astillada fue ensordecedor. Quien durmiera en la casa se habría despertado con un sobresalto tremendo. Sin embargo, todo permaneció en silencio. No se encendieron las luces ni apareció nadie pidiendo auxilio.

¿Quizá el doctor Pfahl era lo bastante inteligente para esconderse y avisar a emergencias sin llamar la atención?

Hannah rezó para que así fuera. Si acudía la policía, podría entregarse por fin.

—¡Puaj, aquí se fuma! —exclamó Blankenthal arrugando la nariz.

Un reloj digital sobre una cómoda iluminaba con resplandor azul un estrecho pasillo que llevaba al salón. También Hannah percibió el olor a humo frío, a tabaco y a madera húmeda. Le costaba respirar, no solo por el aire viciado, sino también como reacción de su cuerpo a los espacios pequeños. Aquel salón estaba invadido por montañas de libros médicos y revistas especializadas. Los inestables montones tan solo dejaban un estrecho pasillito por el que avanzar.

—¡Qué frío hace aquí! —exclamó.

Era evidente que la calefacción llevaba mucho tiempo sin funcionar. Deseó cruzar los brazos para darse calor, pero las bridas se lo impedían. También deseó tener fuerzas suficientes para echar a correr, para huir de aquella casa, de aquel instante, para marcharse lejos, tan lejos que ni ella misma ni su miserable existencia pudieran alcanzarla jamás.

Porque la linterna del móvil de Blankenthal no solo iluminó el vaho de su respiración. También un cuerpo tirado al fondo del salón, ante la chimenea apagada.

56

¡Otra vez no!, pensó Hannah. *Por favor, que no sea otro cadáver.*

Impasible, Blankenthal observaba aquel cuerpo encogido. Luego accionó un interruptor que había en la pared. La luz amarilla proveniente de la sucísima lámpara de techo confirió un aire de irrealidad a la escena. Era como si se hubiera salido del tiempo, como el flashback de una película.

Pero es real.

Su secuestrador dio una patadita en el costado del cuerpo.

—¡Eh! ¡Despierta!

Lo golpeó de nuevo, con más fuerza. Con éxito.

¡Gracias a Dios! Se mueve.

El doctor Pfahl, si es que era él, se agarró la cabeza e incluso abrió los ojos. Aun así, seguía pareciendo un cadáver. La impresión se acentuó cuando, tras maniobrar a gatas, se sentó despatarrado con la espalda apoyada en el cristal de la chimenea.

Es un muerto viviente, pensó Hannah.

No solo tenía la cara del color blanquecino propio de los cuerpos rescatados del agua. Además, su cabeza parecía hecha de una cera que se derretía.

Como si se tratara de los famosos relojes de Dalí, la parte superior mantenía más o menos su forma, mientras que la cara parecía desmoronarse por momentos. Las flácidas ojeras se descolgaban mejillas abajo y las orejas le caían a ambos lados como las de un perro salchicha. Pero lo peor era la mandíbula inferior, tan proyectada hacia delante que solo mirarla causaba dolor.

—Doctor Pfahl —lo llamó Hannah. Habría querido arrodillarse a su lado, pero la herida se lo impedía—. ¿Qué ha pasado?

—Está bastante claro —afirmó Blankenthal.

—Ah, ¿sí?

—Aquí el amigo es adicto a los opioides.

Ella examinó de nuevo el triste saco de huesos que tenía delante. Vestía un traje gris demasiado grande, le faltaba un zapato y el otro lo llevaba sin calcetín.

—¿Cómo lo sabes?

—¿Además de por los temblores y por los botes de jarabe?

Señaló un sofá situado más allá de las montañas de libros, completamente cubierto de archivadores y revistas. Sobre una caja de cartón que hacía de mesita se apilaban medicamentos, pastilleros, frascos de jarabe para la tos y muchas cosas más.

—Por la mandíbula desencajada —continuó, señalando el indicio fundamental para su diagnóstico—. Ha bostezado demasiado. Es un síntoma típico de la abstinencia.

A Hannah le pareció recordar que lo había oído alguna vez.

—Pues, si es así, necesita ayuda.

—¡La ayuda ya está aquí!

Blankenthal se situó entre las piernas del médico, que empezó a gimotear en cuanto lo tocó.

—¿Qué haces? —preguntó Hannah horrorizada al ver que le metía en la boca el índice y el pulgar, uno en cada comisura.

—Quiero hablar con él.

—¿Rompiéndole la mandíbula?

Pfahl intentó defenderse levantando débilmente los brazos, pero él se los bajó sin encontrar resistencia. La nueva víctima del Cirujano continuaba lloriqueando. Una mancha oscura se extendió por la entrepierna del pantalón.

—¡Deja de torturarlo!

—Mira y aprende. —Como si estuviera impartiendo una clase, explicó—: Primero empujamos la mandíbula hacia delante... —Soltó un gruñido de esfuerzo—. Y luego hacia abajo.

Pfahl chilló con toda su alma. Al repetirse el procedimiento, gritó más fuerte aún. Hannah percibió un crujido: tras aquellas manipulaciones, la mandíbula había recuperado su lugar.

—¿Has prestado atención? —la interpeló Blankenthal—. Pues ahora ya sabes cómo tratar una dislocación mandibular—. ¡Eh! ¡Vuelve!

Le propinó a su paciente, que parecía al borde del desmayo, una bofetada perfectamente calibrada. Lo bastante fuerte para hacerlo gritar, pero no tanto que lo dejara sin sentido. El hombre se hallaba extremadamente debilitado. Se le caía la cabeza, le temblaban los párpados y tenía la respiración muy acelerada.

Increíble. Lo ha ayudado de verdad.

Hannah se dio cuenta de que, cuanto más tiempo pasaba con su captor, más incomprensible le resultaba.

—¡Tráeme agua! —le ordenó él.

Desanduvo el camino por entre las pilas de libros y encontró la entrada de una cocina minúscula. La vajilla sucia se acumulaba en el fregadero. Cogió el vaso menos mugriento que encontró, lo enjuagó y lo llenó de agua. Antes de volver, se planteó si salir corriendo por la puerta. Pero la casa estaba tan aislada y ella se encontraba tan débil que su captor la atraparía antes de alcanzar la valla. De modo que se concentró en llevar el vaso hasta el salón con las manos atadas y sin derramarlo. Blankenthal lo cogió y le echó el agua en la cara al médico.

Y para eso lo he lavado...

Pfahl se sacudió como un perro, levantó la cabeza y hasta consiguió mantener los ojos abiertos mientras abría y cerraba la mandíbula con la cara descompuesta de dolor.

—¿Quiénes sois? —preguntó, transcurrido un rato. Hablaba como si estuviera anestesiado.

—Deberías descansar un par de días, doctor. Y tomar solo sopas, nada de alimentos sólidos. —Blankenthal se había metido a fondo en su papel. Ejercía la autoridad de un médico jefe haciendo la ronda—. A partir de ahora, solo contestarás a mis preguntas, ¿estamos?

El radiólogo se saltó la orden. Tembloroso y con la respiración acelerada, preguntó a los intrusos:

—¿Qué queréis de mí? ¿Por qué...? —Señaló las manos de Hannah—. ¿Por qué está atada?

—Lo que te interesa saber es: ¿qué te hemos traído? —corrigió Blankenthal.

Sacó de la chaqueta el frasco de codeína. Al médico se le abrieron unos ojos como platos. Le temblaba todo el cuerpo mientras escuchaba como hipnotizado.

—A ver si lo adivino... Perdiste la autorización para extenderte recetas y te has quedado sin nada. Por eso me imagino que nos contestarás unas preguntas a cambio de este frasquito. Por cierto, también tenemos paracetamol. No tengo que explicarte lo bien que potencia el efecto de la codeína.

—¿Qué preguntas son esas? —contestó Pfahl al instante.

Ya no le importaba por qué Hannah estaba maniatada. Solo tenía ojos para la codeína. Y para el tubo que Blankenthal le había puesto delante y del que iba sacando las resonancias magnéticas una por una.

—¿Reconoces algo de esto? —le preguntó.

Él asintió y a Hannah le dio un vuelco el corazón.

Su padre tenía razón.

—¿Hiciste tú estas pruebas? —intervino.

El radiólogo la miró como si le hubiera preguntado si podía viajar en el tiempo.

—Pero, mujer, ¿tú has visto esto? —contestó débilmente. Hizo un gesto con el brazo que parecía decir «¡arriba el telón!», como si el salón fuera un escenario y la estrella del espectáculo estuviera a punto de aparecer—. ¿Acaso te parece la Clínica Mayo? Estoy en la ruina. Hace mucho que vendí todo el equipamiento médico.

Hannah y Blankenthal se miraron. No hacía falta preguntar adónde había ido a parar el dinero.

—Pero conservas la casa —observó el segundo.

—Es de mi hermana. Ni os imagináis el dineral que le debo.

A lo mejor deberías dejar de drogarte, pensó Hannah. Pero quién era ella para dar lecciones a nadie. Si existiera un premio a la vida más fracasada, tendría casi tantas posibilidades de ganarlo como él.

—Nos han proporcionado una pista: estas pruebas las hiciste tú —afirmó entonces Blankenthal.

—Espero que no pagarais por esa pista.

—¿Estas son tus iniciales? —Le plantó la lámina más grande ante el rostro sin afeitar.

Él la apartó de un manotazo y exigió:

—Primero la codeína. La necesito para poder pensar.

Hannah se quedó de una pieza al ver que su secuestrador le daba el frasco y el blíster de los comprimidos.

Yo no habría soltado mi baza hasta obtener las respuestas.

Su captor incluso se molestó en desenroscar el tapón, porque a aquel hombre acabado le temblaban tanto las manos que no podía abrirlo. Con ansia, se llevó el frasco a la boca, arrancó con los dientes el dispositivo cuentagotas y se tragó todo el contenido con cuatro pastillas de paracetamol.

Después mantuvo los ojos cerrados unos segundos. Si aquella mezcla conseguía algún resultado sería únicamente por efecto placebo. De todos modos, se le normalizó la respiración y los temblores remitieron un poco.

—Empecemos de nuevo —sugirió Blankenthal—. ¿Por qué están tus iniciales en todas estas pruebas?

El médico logró sonreír, dejando al descubierto unos dientes sorprendentemente sanos aunque mal alineados.

—Si no tienes más jarabe, me temo que no podré ayudarte.

¡Lo sabía! Hannah le lanzó a su captor una mirada que parecía indicar: «¡Te lo dije!».

Sin embargo, él se mantuvo impasible y sacó la cartera.

—¿Esto bastará para soltarte la lengua?

Agitó un billete de cien euros ante los ojos de Pfahl.

El radiólogo se apresuró a echar mano del dinero, pero él lo apartó justo a tiempo.

—Solo cuando me contestes.

—Está bien. —Se rascó la barbilla e hizo un gesto de dolor—. ¿Qué queréis saber?

—Si tú no hiciste estas resonancias, ¿por qué llevan tus iniciales?

L. P.

—Para que me esté calladito y no le cuente a nadie que las he revisado.

Hannah frunció el ceño y dijo:

—No lo entiendo.

—Se nota que no sabes nada de medicina. Yo comprendí al momento que era un asunto turbio. Si cualquiera tuviera otra elección, ¿por qué iba a acudir a mí para interpretar unas pruebas? Pero, en fin, me hacía falta el dinero y ellos lo sabían. Para evitar que después vendiera la información al mejor postor, se aseguraron de incriminarme.

—¿Por qué dices que era un asunto turbio?

—¿Tampoco lo sabes? —replicó Pfahl con los ojos apagados, como si en un instante hubiera perdido toda esperanza—. Porque está prohibido.

—¿A qué te refieres? —insistió Hannah.

—No se pueden hacer pruebas como esas sin un consentimiento informado. —Hablaba muy bajito, como si le costara reconocerlo ante sí mismo—. Y menos a pacientes de esa edad.

—¿De esa edad? —repitieron Hannah y Blankenthal casi al unísono.

—Joder, no tenéis ni idea del asunto, ¿verdad?

Pfahl levantó la cabeza y los miró con unos ojos aún más cadavéricos que cuando los abrió por primera vez.

—Esas imágenes... Son resonancias de un cerebro infantil.

57

—Pero entonces...

¿Las resonancias mostraban el cerebro de un niño?

Hannah le arrebató a Blankenthal una de las láminas y se la puso delante de las narices al radiólogo adicto.

—... ¿qué pasa con esto? ¿Qué significan las iniciales H. H.?

¡Pensaba que eran imágenes de mi cabeza!

Por culpa de las bridas no podía señalar la esquina en la que aparecían las dos letras.

—Ni idea.

—Son las iniciales de Hannah Herbst —informó Blankenthal.

—¿Y esa quién es?

—Esta señora de aquí. Su padre, un reconocido psiquiatra, descubrió que tienes algo que ver con estos escáneres cerebrales.

—Ah, muy bien. Y, como creíais que las pruebas eran de la señora, pensasteis alegremente: «Vamos a colarnos en casa del viejo Pfahl».

Se quedó observando a Hannah y se rascó el pecho metiéndose la mano por el cuello desabrochado de la camisa.

—Mira, lo que está claro es que esas imágenes no son de tu

cerebro. La verdad, me interesaría que pasaras el test, en vista de que no te disgustan ni el allanamiento de morada ni la extorsión.

—¿Qué test es ese?

—Además de hacerles las resonancias, a los niños les mostraban varias imágenes.

—¿Qué clase de imágenes?

—Fotos de personas en distintos estados de ánimo. Gente que se ríe, que llora, que tiene miedo, que se mantiene indiferente... Qué sé yo.

¿Un test de expresiones faciales?, pensó Hannah.

Se acordó de las notas que había encontrado en su casa:

- Ludwig Voscherau, once años
- No lo maltrataron
- Lo obligaron a observar fotos de muchas personas. Algunas se reían, otras estaban tristes o lloraban

—Además de enseñarles las fotos, ¿les formulaban preguntas mientras les hacían las resonancias?

El radiólogo la miró perplejo. Parecía a punto de desvanecerse, pero aquel giro inesperado de la conversación lo espabiló al instante.

—¿Cómo sabes lo de las preguntas?

Porque está en mis notas.

—La verdad es que sí —admitió Pfahl—. Tenían que contestar a cosas como: «¿Qué prefieres: apilar cien latas en forma de pirámide o quitar una para que se caiga todo el montón?». —Carraspeó—. Pero en realidad no era durante la resonancia, sino después. En una segunda ronda.

—¿En una segunda ronda? —repitieron los dos casi a la vez.

—No lo sé seguro. Lo he supuesto. Quien me pagaba me

aseguró que los niños se sometían a las resonancias voluntariamente, que no debía preocuparme. Y me ofreció el doble de dinero por hacer un segundo escáner durante el que se formularían las preguntas. Pero me negué.

—Pues claro, porque no tienes los equipos necesarios. No porque seas el tío más legal del mundo —sentenció Blankenthal, que parecía a punto de estrangularlo.

Hannah se sumió en sus pensamientos.

El Pescador hace un escáner cerebral. Pero no para decidir si mata a su víctima, sino ¡para decidir si la secuestra!

Y entonces llega la segunda ronda.

Cuando los niños deben realizar un test de expresiones faciales.

Fotos. Preguntas.

Un procedimiento para medir su sensibilidad y empatía de cuyo resultado depende la absolución o la condena a muerte.

Dios santo…

Sintió que por fin había resuelto el enigma en torno al móvil del Pescador.

Le costaba respirar y le sudaban las palmas de las manos.

Miedo. Huir.

De mí misma.

Cerró los ojos.

Por supuesto…

De todos los recuerdos que iba recuperando poco a poco, tenía que ser precisamente ese, tan terrible, el que la ayudara a descifrar al Pescador. A comprender sus motivos casi a la perfección.

La mayoría de las personas sería incapaz de entenderlo.

Pero esas personas no se habían visto en su situación. Siete años atrás.

58

HANNAH
SIETE AÑOS ATRÁS

Margarete Zimwald adoraba las Navidades. Eso era tan indiscutible como que aquel chico había tenido mucha suerte de no congelarse ahí fuera. Las temperaturas bajaban de cero y estaba cayendo la noche. Llevaba una parka fina y zapatillas deportivas. Sin gorro, bufanda ni guantes.

—Estábamos haciendo un muñeco de nieve en el jardín —explicaba Steffen.

El chico de once años tenía la cara de un rojo langosta. Había pasado mucho tiempo expuesto al frío, buscando a su abuela durante horas, hasta que unos vecinos lo encontraron llorando en la calle.

Eran casi las seis de la tarde del tercer domingo de Adviento. Por la ventana del salón, Hannah miró al jardín, iluminado como un campo de fútbol por infinidad de renos fluorescentes y de figuritas navideñas centelleantes. El árbol de Navidad, adornado con tres tiras de luces de distintos colores, se bastaba él solo para conseguir que la oscura tarde pareciera pleno día.

Hannah pensó que los adinerados vecinos de aquella zona se pasarían el día criticando a la «loca de la Navidad», siguiendo la idea de que, cuanto mayor es la cantidad de adornos, más baja es la clase social. Recordó los comentarios de uno de sus primeros novios de la universidad, que se había criado en aquel próspero distrito de Zehlendorf. Según él, los renos luminosos, los papás Noel colgados de las chimeneas, los elfos fosforescentes y las tiras de lucecitas en los tejados se podían tolerar en el barrio obrero de Marzahn o en el suburbio de Gropiusstadt, pero no en los refinados alrededores del lago Wannsee. *Menudo clasista.* Aunque a ella los adornos de Margarete le resultaban un poco excesivos, admiraba su entusiasmo para embellecer la espera del Adviento.

—¿Y te dejó solo? —preguntó Laura Klatt, la agente a la que Hannah acompañaba aquel día. Fuera, su compañero Jürgen interrogaba a los vecinos por si habían visto algo.

Steffen, a quien Laura dirigía su pregunta, lanzó una mirada triste al jardín. Nevaba. Gruesos copos caían sobre el muñeco, que necesitaba un poco más de trabajo. De las tres grandes bolas que lo formaban, la inferior resultaba desproporcionada y la que hacía de cabeza estaba torcida.

—Se fue a recoger leña para los pobres —explicó. Miró a Hannah, que en realidad se encontraba presente por casualidad.

El jefe de la brigada de homicidios de Berlín había leído un artículo suyo sobre errores de interpretación en los interrogatorios de testigos y sospechosos, y le había propuesto poner sus conocimientos al servicio de la policía. Acordaron un breve periodo «para conocerse» durante el que Hannah podía presenciar cualquier momento de las investigaciones. Aquel día se había desplazado con una patrulla a la aristocrática zona del lago Wannsee donde, según la llamada de los vecinos, habían encontrado a un «niño vagabundo».

—¿Y dónde se fue?

—Solo me dijo que no se alejaría.

—¿Y no volvió?

Él negó con la cabeza.

—Últimamente se ha perdido varias veces. Dice que tiene la cabeza como una maraca.

—¿Sabes a qué se refiere?

—Según ella, si la mueve muy deprisa, todo se le descoloca. Creo que tiene alzhéimer o algo parecido.

Hannah asintió. El chico era consciente de que su abuela sufría un grave problema de salud.

—¿Has venido a visitarla? —le preguntó Laura.

—No, vivo aquí.

Las mujeres intercambiaron una mirada de sorpresa. ¿Un niño de once años que vivía solo con una anciana con demencia?

—Mis padres murieron hace dos años en un robo con homicidio. La abuela me recogió.

Pobre chaval. Todo apuntaba a que le esperaba otro cambio de domicilio, seguramente a un centro de menores. Era muy improbable que apareciera una familia de acogida, un bien muy escaso en Berlín.

—¿Y no viste por dónde se iba? —insistió Laura.

—No, me quedé haciendo el muñeco de nieve. Al ver que no volvía, la busqué por las calles cercanas. Y más lejos. La he buscado por todas partes.

Eso era lo que los vecinos habían considerado «vagabundear».

Hannah se levantó mientras la agente continuaba con las preguntas. Revisó la estancia. Observó una estantería con los libros muy bien clasificados por autores. Había sobre todo novelas negras y thrillers. A la abuela Margarete le gustaba el suspense. Hannah pensó que las personas que no conocían el género tendían a considerar a sus lectores como gente morbosa e insensible. En un mundo lleno de horrores reales, no entendían que alguien quisiera dedicar su tiempo libre a leer historias ficticias sobre actos violentos. Pero se equivocaban. Si los horrores del mundo resultaban tan perturbadores era porque los titulares de los periódicos o las noticias de la televisión no ofrecían ninguna explicación. Por el contrario, las novelas negras y los thrillers se preocupaban por exponer los motivos e intentaban esclarecer hasta lo más incomprensible. Y a menudo tenían un final feliz. Una diferencia abismal con la realidad.

Se acercó a la puerta de cristal que daba al exterior, esforzándose por eludir su reflejo.

El muñeco se levantaba en medio del jardín, triste y sin terminar. Seguramente nunca sería completado. De pronto, una capa de nieve se le desprendió de la cara. Mientras caía, a Hannah se le ocurrió inesperadamente una idea muy extraña.

—¿Cuándo empezasteis el muñeco? —preguntó, de espaldas a Steffen y a Laura.

—No lo sé. ¿Qué hora es ahora? —contestó el chico.

Hannah abrió la puerta y salió al jardín. Hacía frío, mucho frío.

Y sin embargo...

—Eh, ¿qué haces aquí? —La agente se había reunido con ella.

—¿A cuántos grados crees que estamos?

—Pues no sé. A tres o cuatro bajo cero... ¿Por qué?

Es mucho frío. Y sin embargo...

Avanzó hasta el muñeco. Se detuvo ante él y esperó.

¡Ahí estaba! Había sucedido otra vez. ¿Pero cómo era posible si...?

Le pasó la mano por la cabeza, apartando la capa superior de nieve. Debajo apareció una superficie plástica. ¿Una lona?

Desprendió uno de los ojos, que estaban hechos con trozos de carbón. Y retrocedió con un chillido de espanto. Intentó agarrarse a algo, pero no encontró nada.

Nada, salvo la certeza de no haberse equivocado. El muñeco se estaba derritiendo.

A pesar del frío.

Lo que el calor del cuerpo no había conseguido desde dentro lo había logrado la mano de Hannah al dejar al descubierto las heridas.

Heridas que se encontraban donde Steffen había colocado los trozos de carbón. Sobre los ojos de su abuela.

Se los había sacado. Después de envolverla en una lona y de cubrirla de nieve. Capa por capa, hasta convertirla en un muñeco.

—Mierda. Eres muy buena. —Oyó Hannah decir a sus espaldas.

Sobresaltada, se giró y se encontró con el niño.

Se pasaba la lengua por los labios. La perversa sonrisa lo hacía parecer muy viejo. La voz se le había vuelto más profunda y había perdido cualquier rastro de amabilidad o timidez. Añadió:

—Pues se acabó la diversión. Habrá que sacarla de ahí.

Hannah no reaccionó a tiempo. Tampoco Laura, que en realidad no sabía muy bien qué sucedía porque se encontraba un poco apartada. Ninguna de las dos pudo impedir que Steffen le propinara una patada al muñeco y lo tirara de espaldas.

En aquel momento, Margarete aún estaba viva.

Murió dos horas después, de hipotermia.

Aún en el jardín, Hannah le había preguntado al chico: «¿Por qué?». Y después, ya en el psiquiátrico donde lo internaron, volvió a preguntarle durante el interrogatorio:

—¿Por qué has hecho una cosa así?

Cuando por fin llegó, su respuesta la dejó tan conmocionada que nunca había podido olvidarla. Una respuesta tan simple como cruel:

—¿Y por qué no?

59

HANNAH

PRESENTE

—¿Quién te pagaba? —insistía Blankenthal.

—¿Quién es el Pescador? —preguntó Hannah, casi sin pensar.

Acababa de emerger de las arenas movedizas del pasado, que le habían recordado de la peor manera posible una idea crucial: no todos los niños eran buenos por naturaleza, había excepciones. Precisamente esos eran los niños que buscaba el Pescador. Para matarlos antes de que se convirtieran en asesinos.

—¿El Pescador? —repitió el radiólogo, sin mostrar sorpresa.

Seguramente Pfahl ya imaginaba que era cómplice de aquel asesino en serie. Si le quedaba alguna duda, Hannah estaba a punto de despejarla.

—Tú interpretabas las resonancias y le indicabas a ese criminal qué niños mostraban respuestas atípicas. Porque, al hacerles los test de expresiones faciales mientras estaban dentro de la máquina, su amígdala cerebral no mostraba señales de empatía ante el dolor ajeno.

Pfahl asentía con cada frase. Luego explicó:

—Cuando vemos algo que nos conmueve, algunas áreas del sistema límbico reciben más riego sanguíneo y eso se refleja en los escáneres cerebrales. Sin embargo, la amígdala de algunos sujetos no responde de manera normal.

—Pues esos «sujetos» murieron asesinados como consecuencia de tu análisis.

Mientras que los pececillos inocentes fueron devueltos al agua y pudieron seguir con su vida.

—¿Quién es? ¿Para quién trabajabas? —reiteró Blankenthal.

Por un momento, Hannah temió que la respuesta contuviera su propio nombre.

El médico pidió más codeína, pero el frasco estaba vacío. Así que exigió doscientos euros a cambio de continuar hablando. Blankenthal le dio el primer billete y sacó otro, que mantuvo lejos de su alcance.

El habla de Pfahl se ralentizó, balbuceaba como si estuviera borracho. Parecía a punto de sumirse en un desmayo nervioso. Aun así, el contenido de las frases sorprendía por su coherencia, aunque necesitaba mucho tiempo para formularlas y a menudo tenía que empezarlas de nuevo.

—Jamás vi a esa persona. Me escribían por Telegram, la aplicación de mensajería. —Se frotó los ojos como un niño agotado que necesita irse a dormir—. Nada más leer el mensaje, la cuenta se desactivaba. Me indicaban dónde recoger las resonancias, cada vez en un sitio distinto. Solía tratarse de taquillas automáticas situadas en centros comerciales o estaciones de tren, que se abrían con un código. Yo tenía que mandar por e-mail los resultados de mi análisis, a una hora concreta.

—Déjame que lo adivine: las cuentas de correo también eran temporales —intervino Blankenthal.

—Exacto.

Es un callejón sin salida. Son cuentas imposibles de rastrear, pensó Hannah. No sabía si sentirse aliviada o desilusionada.

Aunque temía enfrentarse a la verdad, también deseaba obtener las certezas que tanto necesitaba.

De manera totalmente inesperada, el radiólogo añadió:

—Pero hubo una ocasión distinta a las demás. Y diría que fue precisamente con estas resonancias. —Señaló con gesto débil las láminas que Blankenthal estaba reuniendo.

—¿Qué fue diferente?

En espera de la recompensa, o quizá para tranquilizar su conciencia, Pfahl explicó:

—En lugar de destruirlas, como siempre hacía, me ordenaron que las enviara por correo.

—¿A quién? —preguntaron los dos a la vez.

—No me dieron el nombre. Solo la dirección.

—¿Aún la tienes?

Pfahl tragó saliva. Volvieron a temblarle las manos.

—Si os lo digo, soy hombre muerto.

Ya eres hombre muerto, pensó Hannah.

—Si nadie se entera, no te pasará nada —lo tranquilizó Blankenthal, creándole falsas expectativas.

El médico sufrió un ataque de tos. Se le quedó la mirada fija.

—¿Cómo me habéis encontrado?

Ya no parecía atemorizado, sino resignado a su destino. Como si acabara de comprender que su miserable vida había llegado a su fin. Lo habían descubierto. Ya no podría dedicarse ni siquiera a asuntos ilegales.

—Gracias a mi padre —contestó Hannah.

De pronto, le sobrevino un ataque de tristeza tan intenso que le cortó el aliento. Temió caer en un estado como el de Pfahl, que parecía a punto de perder la conciencia.

Sin embargo, el radiólogo logró espabilarse de nuevo y sacó fuerzas de flaqueza. Intentó levantarse, pero le fallaron las piernas.

—Ayudadme.

Blankenthal lo sujetó por debajo de los brazos y lo llevó hasta la entrada de un estudio. Los recibió una oleada pestilente que intimidaba tanto como un portero de discoteca.

Hannah necesitó taparse la nariz porque el olor a basura le produjo ganas de vomitar. Desde la puerta comprobó que la estancia se encontraba aún en peor estado que el resto de la casa. Entre las montañas de libros y carpetas asomaban cajas con restos de pizza y bolsas de basura reventadas. El escritorio estaba desbordado. Por suerte, había luz. No la habría sorprendido que las ratas y ratones que sin duda campaban por allí hubieran roído los cables.

Pfahl avanzó como un borracho, tambaleándose, arrastrando los pies y apoyándose en lo que encontraba por el camino: una estantería, una pila de libros y el escritorio, donde finalmente se sentó.

Encendió un portátil y tecleó algo. Luego abrió un cajón del escritorio.

—La contraseña —murmuró.

Si se le ha olvidado, vamos a estar aquí un buen rato, pensó Hannah. El médico jamás encontraría nada en aquella pocilga. Sin embargo, a los pocos segundos afirmó:

—Aquí está.

—¿La contraseña?

Él esbozó una sonrisa y eso fue lo primero que la hizo sospechar.

—No, la contraseña me la sé. Y también la dirección que queríais.

—¿Y entonces qué buscabas? —preguntó Blankenthal.

Mierda, tiene un arma. El pensamiento la asaltó como un relámpago.

Atravesando el invisible muro de pestilencia, Hannah entró corriendo en la habitación, se resbaló con algo escurridizo como un montón de hojas mojadas, logró esquivar los obstáculos y trató por todos los medios de frenar a Pfahl. A pesar de sus esfuerzos por ignorar el dolor, no lo consiguió.

Él fue más rápido.

—Dadle el dinero a mi hermana —llegó a decir.

Luego se clavó en el cuello un abrecartas que sacó del cajón, sin que a Hannah le diera tiempo de impedir su suicidio.

60

—¡No! ¡No te mueras!

Con las manos atadas, Hannah intentaba presionar la herida como podía. Pero Pfahl, que era un médico experimentado, sabía bien cómo seccionar la carótida para que la hemorragia resultara imposible de cortar sin medios sanitarios.

En su agonía, se había derrumbado de la silla y, como enajenado, se había arrastrado por el suelo, tirando a su paso libros y carpetas , que manchaba de sangre. Finalmente se detuvo entre dos cajas de cartón. Cuando Hannah, aguantando fuertes dolores, se arrodilló a su lado, ya era tarde. Pfahl incluso se había extraído el abrecartas para acelerar la muerte. A los dos minutos, su corazón había dejado de latir y el suelo estaba inundado de sangre.

—¡Cabrón! ¿Por qué no lo has ayudado? —le gritó Hannah a Blankenthal. Tenía la cabeza del radiólogo en el regazo.

Él la miró impasible desde la silla del escritorio, donde se había acomodado para contemplar la agonía.

—No se podía hacer nada por él, en ningún sentido. Estaba ya más muerto que vivo, antes o después iba a sufrir una sobredosis. Además, a su empleador no le gustan los jueguecitos: lo habría quitado de en medio en cuanto hubiera descubierto que no podía confiar en él.

Hannah se levantó. La sangre le chorreaba de las manos como si acabara de asesinar al médico.

—No me mires así. Solo intentaba salvarlo.

—Sí, sí, «salvarlo» —la remedó él—. Todo esto forma parte de tu teatrillo.

Aquella burla actuó como un líquido inflamable que prendió la cólera de Hannah.

—¿Que yo hago un teatrillo? ¡Eres tú quien va contando historias del todo inverosímiles! Quien supuestamente me tiene secuestrada para proteger a la infancia porque su propia madre intentó asesinarlo. ¡Qué montón de mentiras! Ya no me engañas. Ahora lo sé todo.

—Ah, ¿sí? —Esbozó una sonrisa de suficiencia—. ¿Qué pasa, de pronto has tenido una inspiración divina?

Aunque sabía que era un error provocar a su captor, no logró contenerse y le soltó la sospecha que la había asaltado en el coche.

—¡Eres tú! —Inspiró profundamente—. ¡Tú manejabas a Pfahl!

Él estalló en carcajadas y luego replicó:

—¿Y cómo has llegado a esa conclusión, si se puede saber?

—Porque… —Se acercó un poco al escritorio—. La persona que hace los test necesita algunos conocimientos médicos, de lo contrario no comprendería el funcionamiento cerebral ni podría examinar la amígdala. —Lo señaló con el índice—. En definitiva: es una persona que tiene acceso a equipos radiológicos, pero sin formación. Si la tuviera, podría interpretar las pruebas por sí misma.

—Ya veo por dónde vas. —Al parecer, el razonamiento no le resultaba descabellado.

Una vez lanzada, Hannah ya no podía contenerse.

—Es curioso, ¿no? El vídeo de la confesión pretendía atraer al Pescador. ¡Y de pronto apareces tú! Me secuestras y me llevas atada de escena del crimen en escena del crimen, cosa que resulta bastante sospechosa. Lo que quieres es usarme de chivo expiatorio, cargándome con tus asesinatos. Que, por cierto, tanto desde el punto de vista de los conocimientos necesarios como de la capacidad física, son mucho más propios de ti que de mí.

Él asentía. De hecho, parecía tomarse en serio aquellas acusaciones.

—¿Así que yo soy el Pescador?

Su expresión cambió al instante. Tenía la mirada despejada y centrada. No manifestaba el menor signo de estar realizando un esfuerzo y, por lo tanto, de estar mintiendo.

Se mostraba totalmente convencido de sus palabras.

—Solo por curiosidad, querida Hannah: ¿para qué querría yo descubrir si unos niños se convertirán en asesinos? A mí solo me preocupan las madres que, como tú, ya han matado a su propia descendencia.

—¡Para que nunca puedan ser padres! —contestó ella a gritos. Cuanto más hablaba, más creíbles encontraba sus suposiciones—. Primero compruebas si tienen predisposición a la psicopatía. Y después asesinas a los que, según tu sistema demencial, serán personas perversas. Así evitas que en el futuro maten a sus hijos.

Él se rio, meneando la cabeza.

—No está mal. Si no supiera nada del asunto, hasta me tomaría un momento para considerar tus razonamientos. Pero te olvidas de una cosa.

—¿De cuál?

Él cruzó las manos detrás de la nuca y se echó hacia atrás en la silla del doctor Pfahl.

—De que me he pasado los últimos meses en la cárcel. ¿Cómo iba a cometer los crímenes?

Mierda. Hannah se quedó con la boca abierta. Debía de ser consecuencia del dolor y de los medicamentos que había tomado para calmarlo. No pensaba con claridad. ¿Cómo había perdido de vista algo tan obvio?

—Quizá... —reflexionó en voz alta. Se aturulló y tuvo que volver a empezar—. Quizá... tenías un cómplice.

—Hummm. Podría ser. ¿Y qué crees? ¿Que vive en la dirección a la que el doctor Pfahl envió las resonancias?

Hannah parpadeó con sorpresa.

—¿Qué has encontrado en el ordenador?

Blankenthal lo giró para enseñarle la pantalla.

Imposible.

—«Egestorffstraße, 119» —leyó en voz alta—. «12307, Berlín».

Su hogar.

Ahora convertido en cementerio.

—Pues sí, mi querida Hannah. —El desprecio era más que patente en la voz de Blankenthal—. Parece que esta noche todos los indicios apuntan a que el Pescador es más bien una Pescadora.

61

SIMONE

Pacíficos e inocentes.

Por insoportables, lloricas o gruñones que fueran durante el día, dormidos todos parecían unos angelitos.

Niños.

Como si jamás les echaran la sopa encima a sus hermanos. Como si nunca montaran una pataleta por no poder irse a dormir con las tijeras de podar.

Simone se encontraba ante la cama de su hija de tres años. Damla todavía usaba chupete, que deberían haberle quitado hacía mucho tiempo. Pero, en realidad, ¿para qué? ¿Qué más daba que se le torcieran los dientes, si dentro de varias décadas no le quedaría ninguno?

—Nadie os pregunta si deseáis venir a este mundo. Si queréis que seamos vuestros padres —susurró.

No pudo reprimir un profundo bostezo. El recorrido desde el hospital hasta su piso en el distrito de Pankow había agotado sus reservas. Ahora que por fin se había librado de la niñera, se sentía débil, enferma y cansadísima.

Muerta de fatiga, literalmente.

—Ojalá pudiera preservarte de la muerte. Protegerte de la

tristeza desoladora al contemplar la tumba de un ser querido. De la desesperación ante el dolor físico que no desaparece. De eso no te hemos contado nada.

La niña se dio la vuelta sin soltar el elefantito de peluche. Para no despertarla, Simone continuó mentalmente el monólogo. Aun así, sus pensamientos eran tan estruendosos que temió que la niña pudiera oírlos y abriera sus grandes ojos negros, llenos de lágrimas.

Te hemos cantado bonitas canciones para ocultar el silbido del diablo. Te hemos enseñado las florecillas del camino, pero no el abismo oculto unos pasos más allá.

Dios había tenido la oportunidad de crear el paraíso en la tierra para que los humanos vivieran eternamente, felices y en paz. En lugar de eso, decidió crear la muerte. *Menudo cínico.*

Sintió un extraño dolor en la cabeza. Como si unos dedos huesudos y de largas uñas le estuvieran hurgando el cerebro.

Esto no puede seguir así.

—Lo siento —murmuró, con los ojos arrasados en lágrimas.

Sacó del bolsillo interior del abrigo la jeringuilla que le había proporcionado el repugnante auxiliar del hospital. Se acercó un paso a la camita y se inclinó sobre ella.

Con un beso, susurró:

—Buenas noches, mi vida.

Por última vez.

62

FADIL

Nada.

Ni rastro de Simone. No cogía el móvil, no había leído los mensajes de WhatsApp y tampoco contestaba a los avisos que le había dejado en el buzón de voz. Fadil había regresado a casa hacía tres cuartos de hora, pero solo encontró a la niñera dormida. Ahora se encontraba ante la habitación 217, entre otras cosas para distraerse y dejar de pensar.

«Ven enseguida. Habitación 217. En el Qual…».

Eso fue todo lo que llegó a oír antes de que la llamada de Telda Sahms se cortara.

Según Google, en Berlín había dos hoteles y un motel que tenían las letras «Qual» en el nombre. Los hoteles no sobrevivieron a la crisis del coronavirus, tal como comprobó en sus páginas desactualizadas. Eso los convertía en un buen escondite para el Cirujano, que además huía con una persona secuestrada. Sin embargo, el motel Quality-Inn se hallaba mucho más próximo al hospital penitenciario de Buch.

«Si los criminales son listos, no huyen muy lejos», solía decir un profesor de Fadil. Poco después de una fuga, la población se mantiene muy alerta. Eso lo sabía bien Blankenthal. Quizá estuviera desequilibrado, pero era muy inteligente y no se mostraría en público más de lo estrictamente necesario. Por eso, el comisario había decidido empezar por el motel en las cercanías de Birkenwalde. Cuando se encontró en la galería exterior, ante la puerta de la habitación 217 y con el arma desenfundada, comprendió que había tomado la decisión correcta.

La puerta solo estaba entornada. La cama aparecía toda revuelta y al cabecero le faltaba un trozo, que estaba roto y tirado en el suelo. Fadil observó que en la barra quedaban restos de bridas para cables. Avanzó en dirección al baño.

—¡Telda! —llamó.

Abrió con el pie la puerta del baño, que también encontró entornada.

—¡Busco a Telda Sahms!

Lanzó una mirada al espejo para inspeccionar el extraño hueco de aquella estancia en forma de L.

Nada. Nadie acechaba en la ducha. Al menos no a la altura de los ojos.

—¿Hay alguien aquí?

Pisó un trozo de plástico y le vinieron a la mente las piezas de Duplo de su hija, que solían clavársele en los pies cuando por las mañanas iba descalzo a la cocina. Aquellas piezas marcaban el radio de actuación de la niña por el piso.

—¡Telda! —llamó de nuevo.

Dobló la esquina con el arma dirigida al suelo, el único lugar donde podría agazaparse alguien sin que lo hubiera visto en el espejo.

Y allí estaba.

—¡Mierda! —exclamó, enfundando la pistola—. ¡Eh! ¿Me oyes? ¿Estás bien?

Qué pregunta más absurda. ¿Cómo iba a estar bien si parecía como muerta, con las manos atadas al radiador, las muñecas en carne viva y la cara llena de sangre?

Era un verdadero milagro que hubiera conseguido llamarlo.

Cielo santo, ¿pero qué había pasado?

Cuando se agachó a su lado, le crujieron las rodillas. Comprobó que respiraba: una buena señal. En cambio, el movimiento incesante de los ojos bajo los párpados resultaba preocupante.

—Aguanta, voy a pedir ayuda.

Entonces la sacudió una convulsión. Su cuerpo se estremeció como si hubiera recibido una descarga eléctrica.

—Tranquila, tranquila, ¡chis! —Intentó calmarla, igual que hacía con su hijita cuando se despertaba por una pesadilla.

Cuando cesaron los temblores, cometió el error de tocarla. Ella abrió los ojos y cayó presa del pánico.

—¿Qué...? ¿Quién...? ¡No!

Estaba aterrorizada.

—Soy policía —trató de tranquilizarla, sin éxito.

Telda parecía dispuesta a atravesar el radiador. Empujando con los pies, intentaba alejarse de él. Al ver que no lo conseguía, comenzó a lanzarle patadas.

—¡Lárgate! ¡Déjame en paz!

—¡Tranquila! Soy Fadil Matar. Hemos hablado por teléfono.

Le agarró un pie para inmovilizarlo, pero ella se soltó y continuó pataleando.

—¡Quieta! ¡Para! Soy policía, vengo a ayudarte. Estás a salvo.

Tuvo que repetir la frase muchas veces hasta que por fin obtuvo una reacción.

—¿Qué...?

—Soy policía. Estás a salvo, no voy a hacerte daño.

Ella lo miró con expresión de extrañeza. Después paseó la vista por el cuarto de baño, como si no lo reconociera.

—¿Eres Fadil?

Él asintió.

—¿Cómo...? ¿Cómo me has encontrado?

—Lo importante es: ¿qué haces tú aquí?

Le cortó las bridas con la navaja que llevaba en el cinturón cuando estaba de servicio. Al verse libre, ella gateó a toda prisa hasta el lavabo. Se levantó, abrió el grifo, se mojó la cabeza y luego bebió directamente del chorro.

—Perdona. La sed casi acaba conmigo.

El agua la había reanimado. Se le escapó un eructo, se disculpó y luego siguió bebiendo. Ya saciada, se lavó la sangre de la cara y, buscando la mirada de Fadil en el espejo, dijo:

—Gracias.

—No hay de qué, es parte de mi trabajo. La otra parte consiste en interrogar a testigos y sospechosos. Por eso tengo que insistir: ¿por qué has acabado aquí?

—Porque me creo muy lista, pero soy imbécil.

Entonces Telda propuso que pasaran a la habitación y él accedió. Agotada, se sentó en la cama. Él se quedó de pie, observándola con desconfianza.

—Estaba muy preocupada por Hannah —comenzó—. Anoche me dejó un mensaje en el buzón de voz.

—¿Qué decía?

—Que fuera corriendo a su casa porque había pasado algo horrible. No daba detalles. La llamé al momento. Acababa de salir del Instituto Forense porque a última hora nos mandaron un caso urgente. Iba a tardar al menos media hora en llegar a su casa. —Se frotó las muñecas—. Intenté localizarla en sus dos móviles, pero no los cogía.

Fadil asintió. Hasta el momento, aquellas declaraciones concordaban con la investigación.

—Cuando llegué, me encontré a la policía. No me dejaron pasar y nadie me explicó lo que había sucedido. Me enteré por la mañana, lo oí por la radio. —Dirigió la mirada al cabecero destrozado, el único signo de lucha que había en la habitación—.

Nada más oírlo, salí camino de la cárcel. Quería estar con ella, ayudarla. Pero al llegar a Moabit me informaron de que la habían trasladado al hospital penitenciario de Buch para operarla. Así que fui para allá.

El comisario inspeccionaba la habitación de arriba abajo, en busca de algún indicio. Mientras tanto, ella le contó que, al presentarse en el hospital sin cita previa ni permiso de ninguna clase, le impidieron pasar de la entrada principal.

—Sin embargo, al poco rato apareció una ambulancia. Oí que el conductor le decía al policía de la puerta: «La que ha matado a su familia ya está operada. Nos la llevamos de vuelta a Moabit».

—¿Y decidiste seguir a la ambulancia? —Fadil se detuvo ante el televisor.

—Eso es. Pero inesperadamente se salió de la carretera y paró en medio del bosque. Vi bajarse a un hombre. Era un tipo algo mayor, aunque en buena forma. Para nada parecía el sádico que luego resultó ser.

—Ese es Blankenthal.

Ella se encogió de hombros como si el nombre le resultara desconocido.

Era lógico. Llevaba horas prisionera, no sabía nada de la rueda de prensa ni de lo que decían sobre él las noticias. ¿Cómo iba a conocer el nombre de aquel psicópata?

—En ese momento, Hannah seguía inconsciente —continuó ella—. El tipo se la cargó al hombro como un saco y la metió en un SUV.

—¿Lo esperaba alguien en ese vehículo?

—No. Encontró las llaves ocultas en una rueda. Abrió la puerta, colocó a Hannah y se largó.

—¿Y tú los seguiste?

—Sí, hasta este motel.

El comisario enarcó una ceja.

—¿Y en ningún momento se te ocurrió llamar a la policía?

Ella asintió, mientras soltaba un suspiro.

—Hannah es mi mejor amiga, sé que no ha cometido los crímenes que ha confesado. La conozco muy bien, sería incapaz. No quería ponerla en manos de la policía.

—Claro, era mucho mejor dejarla en manos de un psicópata.

Había tocado un punto sensible, porque Telda se puso en pie de un salto y contestó furiosa:

—¡Entonces no sabía que ese Blankenthal era tan peligroso! Parecía un modelo madurito, de los que anuncian ropa masculina o planes de pensiones. —Tomó aire y lo exhaló con fuerza—. Pero es verdad, cuando vi que la metía en este motel aislado pensé que debía pedir ayuda. Sin embargo, quería asegurarme de que no me estaba entrometiendo en ningún plan de Hannah. Al ver que el tipo salía, me colé por la ventana. Pensé que tardaría más en regresar.

Fadil se acercó a las cortinas y las abrió un poco. La tela parecía plastificada.

—¿Cómo conseguiste entrar?

—Ese lado de la izquierda no estaba bien cerrado. La ventana es corredera, puedes comprobarlo. Resulta muy fácil abrirla desde fuera. —Aunque lo había seguido hasta allí, guardaba las distancias—. Al entrar, me asusté. Hannah solo llevaba el camisón del hospital y estaba atada al cabecero.

—¿Qué pasó después?

—¿Por qué me haces tantas preguntas?

—Porque necesito tener al menos una idea aproximada de lo sucedido. No te preocupes, nos iremos enseguida. Pero dime qué pasó después.

—Está bien. —Se pasó las manos por el pelo, húmedo de agua y de sudor.

—Intenté romper las bridas, pero sin herramientas no podía. Y entonces regresó el tipo. Entró sin hacer ruido. Tenía algún arma de electrochoque y me soltó una descarga sin que me diera tiempo ni a girarme. Caí de cabeza y me mordí la lengua. Al recuperar la conciencia, me encontré atada a ese maldito radiador.

Fadil miró a su alrededor. Registró la cómoda y las mesillas de noche.

—¿Tu móvil dónde está?

Ella se encogió de hombros.

—Si no lo encuentras, es que se lo ha llevado. Como las llaves del coche. —Apartó la cortina para revisar el aparcamiento—. Mierda. Mi coche no está.

—¿Cuál es tu número? —preguntó él.

—¿Qué número?

—El del móvil. ¿Te lo sabes de memoria?

Ella se lo recitó, él lo fue marcando y pulsó la tecla de llamada. Daba señal, pero en la habitación no se oyeron melodías ni zumbidos.

—Bueno, pues aquí no está.

Ya se disponía a colgar cuando del altavoz surgió la voz de Blankenthal.

Hannah, en el estudio del doctor Pfahl

—¿Quién es? —contestó Blankenthal.

Hannah hizo un esfuerzo por recordar de qué le sonaba aquella melodía melancólica. Provenía de un móvil que su

Fadil, en el motel

captor se había sacado del bolsillo de la chaqueta.

—¿Hola? —Fadil se tapó la otra oreja. La cobertura era mala, se oía mucho ruido. Sin embargo, reconocía perfectamente aquella voz funesta—. ¿Eres Lutz Blankenthal?

—¿Quién lo pregunta?

Premio.

Aquello daba aún más credibilidad al relato de Telda. Blankenthal tenía su móvil, lo que parecía indicar que se lo había arrebatado con violencia.

—¿Sigues ahí?

El olor a muerte también se había extendido por el estudio de Pfahl, pero Hannah lo había percibido tantas veces aquella noche que ya no lo notaba. Exhausta, se había sentado en el suelo con la espalda apoyada en una pila de libros y solo deseaba no levantarse nunca más.

—Eeeh... Sí. Soy Fadil Matar, de la brigada de homicidios. Le has robado el móvil a una mujer. Estoy con ella en la habitación de un motel.

He tenido que liberarla porque la dejaste atada.

—Precisamente por eso he contestado al móvil, para saber cómo le va.

Hannah oyó aquella respuesta sin saber a quién se refería.

—No muy mal, dadas las circunstancias. ¿En qué estado se encuentra Hannah?

—Podría estar mejor. Pero cuenta con el mejor asesoramiento médico.

—¿Qué quieres de ella?

—Justicia. Es una asesina.

Ajá, están hablando de mí. A pesar de ello, se sentía como si espiara una conversación ajena.

¿Justicia?

Fadil se planteó salir a la galería para que Telda no oyera los detalles del caso. Pero no parecía buena idea dejarla sola después de todo lo que le había pasado.

—La justicia es cosa nuestra. Entréganos a Hannah.

—Claro que sí, porque el sistema judicial funciona a la perfección. Mira, lo conozco en mis propias carnes: aunque mis cirugías mejoraban la sociedad, acabé injustamente en la cárcel. Mientras tanto, los verdaderos criminales campan libres y a sus anchas.

—Escúchame, esta noche aún no ha sucedido nada grave.

Sintió una mirada atónita de Telda clavada en el cogote.

—Bueno, yo me sé de unos señores que no opinarían igual. Tengo uno delante ahora mismo.

Hannah lo vio lanzar una mirada hacia el cadáver.

—Si te entregas, se considerará como circunstancia atenuante —mintió.

—Y en mi cafetería preferida por cada diez cafés me regalan el siguiente. ¿Por qué será que me interesa tan poco una oferta como la otra?

Fadil reflexionó un momento.

—Dame una prueba de vida. Déjame hablar con Hannah.

—¿Por qué iba a hacerlo? No puedes darme nada a cambio. Así que no.

No se oyó nada más, ni siquiera el ruido de fondo.

—¿Quién tenía mi móvil? —preguntó Telda.

—Vamos a la comisaría, te lo explicaré por el camino.

—¡Levanta! —le gritó Blankenthal a Hannah nada más cortar la llamada. Impaciente, tamborileaba en el escritorio con las llaves del SUV.

—No, por favor —contestó ella, que se sentía sin fuerzas para otro viaje. Incluso para llegar hasta el vehículo—. ¿No podemos acabar con todo de una vez?

Él chasqueó la lengua con desaprobación.

—Pero qué ocurrencias tienes. Esta es la escena perfecta, es un suicidio de manual. No vamos a estropearlo con tu sangre, querida Hannah.

63

Fadil comprobó si tenía notificaciones en el móvil, pero Simone seguía sin dar señales de vida.

Muy preocupado, sostuvo la puerta para que Telda pudiera salir.

La temperatura se había desplomado, así que le había prestado su abrigo. Él tendría que apañárselas con el grueso jersey de cuello alto hasta llegar al coche, que, con un poco de suerte, conservaría cierto calor.

—¿Hablabas con el loco ese? —inquirió ella mientras bajaban las escaleras del motel—. ¿Con Blankenthal?

—Sí. Pero ya te has enterado de demasiadas cosas. No puedo contarte más detalles de la investigación.

—Lo entiendo.

Se subieron al Volkswagen. Telda temblaba de pies a cabeza, y no solo por el frío, sino también por la conmoción de haberse visto al borde de la muerte. Fadil tuvo que abrocharle el cinturón porque no lo conseguía ella sola. Luego le ofreció una botella de agua, que aceptó con agradecimiento. Aún no habían salido del aparcamiento y ya se había bebido la mitad.

—¿Cuánto tiempo ha pasado? —preguntó, secándose los labios—. Quiero decir: ¿cuánto tiempo lleva Hannah en manos de ese sádico?

—Demasiado —contestó Fadil, sin concretar.

—Pues no aguantará mucho. —Le castañeteaban los dientes.

El comisario subió la calefacción, pero el aire aún salía frío. Ella tuvo que abrazarse las rodillas para que dejaran de temblarle.

—Hannah no solo es mi mejor amiga, en realidad es la única que tengo. ¿Crees que sigue viva?

—Eso espero.

Puso el intermitente para incorporarse a la autopista en dirección a Berlín.

—Las cuchilladas enseguida provocan septicemias... —reflexionó ella.

Fadil aceleró y la miró de reojo. Oyó que el motor se quejaba como un perro atropellado. Debía llevar sin falta el coche a revisión, pero en los últimos meses se había volcado con el Pescador y había descuidado todo lo demás.

—Dime una cosa, Telda, ¿le contaste a alguien que ibas a buscar a Hannah?

Aparte de un motorista aparentemente insensible al frío, a aquellas horas estaban solos en la carretera.

—¿A quién se lo iba a contar? Mis padres ya no viven y no tengo pareja.

—Entonces ¿nadie sabe dónde estás? —Adelantó a la moto.

Ella esbozó una sonrisa, avergonzada.

—Por eso tenía tanto miedo de morirme de sed. Nadie me echaría de menos.

—¿O sea que nadie lo sabe?

Lo miró con extrañeza.

—Eso es. Nadie sabe dónde estoy. ¿Por qué te interesa tanto?

—Por nada —contestó, propinándole un fuerte golpe.

Con la culata de la pistola.

Repitió el culatazo, justo en la sien. La cabeza rebotó por segunda vez contra la ventanilla y, al instante, Telda Sahms quedó inconsciente.

64

HANNAH

En una ocasión había asistido al interrogatorio de un asesino que enterraba vivas a sus víctimas. Como si no fuera brutalidad suficiente, antes las obligaba a cavar sus propias tumbas.

En aquel entonces se preguntaba si ella habría obedecido a aquel sádico. Quizá, sabiendo que la muerte era segura, se habría negado para ahorrarse la humillación antes del inevitable final.

Ahora sabía que la esperanza no solo es lo último que se pierde. También nos engaña hasta el último segundo. Nos hace creer que el cáliz se apartará de nosotros, aunque no haya ninguna razón para creerlo. El rostro de Blankenthal mostraba la firme determinación de llegar hasta las últimas consecuencias, de matarla cuando se le antojara. Y, a pesar de ello, lo había seguido obedientemente hasta el SUV y se había sentado a su lado. Le costó un esfuerzo sobrehumano.

Estaba extenuada. Ya nada podía aliviarle el dolor. El doctor Pfahl se había acabado la codeína. Y a ella se le agotó el instinto de supervivencia en cuanto se subió al vehículo para su último viaje a través de la noche.

Entonces sonó la notificación de un mensaje. Blankenthal echó un vistazo a un móvil dorado, más propio de una chica joven que de un señor de su edad. Hannah recordó la melodía que había oído en casa de Pfahl. Aquel tono de llamada melancólico que le había resultado familiar.

—¡Qué sorpresa! —murmuró su captor, guardándose el teléfono.

Ella no respondió. Permaneció con la vista clavada en la ventanilla, con la mirada perdida en el oscuro y lluvioso Berlín. Atravesaban el barrio de Lichterfelde y avanzaban hacia el este. Las calles se encontraban tan vacías como la mañana de Navidad. Se planteó tirarse del coche en marcha para acabar con todo de una vez. Pero sin duda el bloqueo de puertas estaría activado.

—¿No te pica la curiosidad? —le preguntó Blankenthal.

No. Ya estoy muerta, ya nada me importa. Ni dónde vamos ni qué piensas hacer conmigo cuando lleguemos.

—¿No quieres saber con quién hablaba antes?

No. Sí. Quizá.

Le resultaba imposible pensar con claridad. La conversación había girado en torno a ella, su captor la había llamado asesina y había asegurado que quería justicia. También parecía que el interlocutor intentaba cerrar un acuerdo, aunque no tenía nada que ofrecer.

—Era tu amigo.

Ella apartó la vista de la ventanilla para mirarlo.

—¿Qué amigo?

—Tu amiguito el comisario.

—¿Fadil Matar?

—El mismo.

Habían dejado atrás la calle Hindenburgdamm y cruzaban el canal de Teltow a la altura de Barnackufer.

—¿De dónde ha sacado tu número? —Estaba muy confundida.

—Este móvil no es mío. Se lo quité a la mujer que viste en el baño del motel.

—A la que mataste.

Él sonrió con arrogancia.

—Nada más lejos de la realidad. Fadil acaba de decirme que se encuentra bien. Por cierto, la conoces.

Hannah se tocó las mejillas, que le ardían como si acabara de recibir una bofetada.

—¿Cómo puede ser?

—Porque es tu mejor amiga, Telda Sahms. Intentaba salvarte. Me ha caído bien. ¿Sabes?, la señora Cammy también es muy valiente. Sería muy útil contar con más gente así.

¡Oh, no! Telda. El ardor se volvió aún más abrasador debido al sentimiento de culpa. Al intentar rescatarla, su fiel amiga había caído en las garras de aquel loco.

Y la dejé allí abandonada. Sin pedir ayuda, aunque tuve la oportunidad cuando hablé con Fadil.

—¿Y qué decía su mensaje?

—No era suyo, sino del comisario. La verdad, tu colega escribe de una forma un poco rara. —Recitó el wasap de memoria, sin siquiera sacar el móvil—: «Voy a casa de Telda. Te espero allí. Trae a Hannah. Quiero proponerte un trato».

—¿A qué se refiere?

—Vamos a averiguarlo —contestó él, mientras paraba en un semáforo situado antes del paso inferior que cruzaba las vías del tranvía de Lichterfelde Ost.

Aunque cada movimiento le producía sudores fríos, Hannah se dispuso a apagar la calefacción. Se sentía tan sofocada que no soportaba la corriente de aire tibio en la cara. Por error, tocó la pantalla del ordenador de a bordo y cambió la configuración del GPS, en el que Blankenthal había introducido la dirección de su amiga.

—Perdón —murmuró.

Entonces se le ocurrió una cosa. Una idea que la dejó tan pensativa que se olvidó de la calefacción. Ya no necesitaba apagarla porque, en cuestión de segundos, el acaloramiento desapareció y el fuego de las mejillas se esfumó. De pronto sentía frío y mucho malestar.

—Eeeh... —Se aclaró la garganta. Buscaba la manera de parecer lo más ingenua posible—. ¿Y Fadil no decía nada más?

—No.

—¿Seguro que no añadía algo para mí? ¿Alguna advertencia?

—Compruébalo tú misma.

Por suerte, su captor reaccionó exactamente como ella deseaba, aunque no había esperado que sucediera. El mensaje apareció en el ordenador de a bordo.

> Voy a casa de Telda. Te espero allí. Trae a Hannah. Quiero proponerte un trato.

Era cierto, se lo había recitado palabra por palabra.

Sintió aún más frío y preguntó:

—¿Adónde vamos?

—Ahí lo pone: a casa de Telda. Ahora pensaré cómo acercarnos sin que Matar nos vea, no me apetece caer en una trampa. Tengo curiosidad por averiguar de qué es capaz con tal de recuperarte.

Hannah lo observó. Buscaba una explicación razonable que la librara del miedo. Pero no encontró ninguna.

Porque... ¿Cómo era posible?

Si necesitaba una prueba tangible de que Blankenthal jugaba sucio, la tenía allí mismo, en la pantalla.

El mensaje de Fadil.

No indicaba la dirección.

Sin pensarlo, se le escapó una pregunta que él dejó sin contestar.

—¿Cómo sabes adónde ir?

—¿Perdona?

—¿Cómo sabes dónde vive Telda?

65

Se sentía como en trance. De forma totalmente irracional, hizo un último intento desesperado. Tiró de la manilla de la puerta. Trató de abrirla justo cuando el semáforo se ponía verde.

¡Sí! ¡Sí!

No estaba bloqueada. Al instante saltó un pitido y en el salpicadero se encendió un piloto para indicar que la puerta del acompañante se había abierto en marcha. Por desgracia, no sucedió lo mismo con el aviso de que el cinturón estaba desabrochado.

¡No! ¡No!

En su nerviosismo, se había olvidado de soltarse. De modo que a su secuestrador le resultó muy sencillo retenerla tirando del cinturón.

—¡Nooooo...! —Su grito se transformó en un lastimoso ataque de tos.

Sintió que literalmente se le abría la herida cuando Blankenthal se le echó encima para cerrar la puerta. En esa maniobra, apretó sin querer el claxon con el codo. De no ser por eso, los tres trasnochadores que pasaban por la calle en ese momento habrían seguido tranquilamente su camino. Armaban jaleo y cantaban himnos de fútbol a pleno pulmón, cada uno con su botella de cerveza en la mano. Seguramente iban a tomar el que podría ser el último o el primer tranvía del día.

Pero, al oír la bocina, se detuvieron. Eran tres chavales flacuchos y vestidos de negro. Llevaban chaquetas bómber, vaqueros y botas. Y el pelo rapado. En un primer vistazo (Hannah no tuvo tiempo para más) solo los distinguía la barba. Uno la llevaba completa, como un hípster, el segundo lucía una perilla larga trenzada, y el tercero iba afeitado.

—¡Eh! ¿Todo bien? —preguntó el de la trenza.

Hablaba a gritos, quizá porque mantenía el volumen de sus cánticos previos. O quizá porque, a pesar de la borrachera, se daba cuenta de que un tono de voz normal no penetraría en aquel vehículo casi insonorizado.

—¡Todo bien, todo bien! —indicó Blankenthal por señas a través del parabrisas.

Entretanto, el semáforo cambió a rojo. El trío se acercó con desconfianza. Habían visto a aquel hombre cerrar la puerta del SUV y la extraña escena los tenía escamados.

—¿Qué pasa con vosotros? —vociferó el afeitado.

Hannah intentó gritar. Tendría que haberle resultado muy sencillo porque se había llevado la mano al lugar donde antes se encontraba el apósito, que se había desplazado y dejaba la herida abierta directamente en contacto con la tela del mono. Pero la gran cantidad de sangre que empapaba el tejido y le corría por los dedos la dejó paralizada.

—Nada, nada, todo bien —trató de tranquilizarlos Blankenthal cuando se acercaron. Entonces ella aprovechó su única y última oportunidad.

A toda prisa, pulsó un botón de la puerta. Cuando la ventanilla bajó un poco, gritó con todas sus fuerzas:

—¡Socorro! ¡Me está pegando!

Al mismo tiempo, se pasó los dedos por la cara y logró el efecto deseado. Al ver las manchas de sangre, los jóvenes reaccionaron como los toros ante el color rojo.

—¡Joder, tíos! ¡Vamos a reventar a ese cabrón!

Blankenthal quiso arrancar, pero ella frustró sus planes al pulsar el botón «OFF» antes de que pudiera pisar el acelerador. Los segundos necesarios para volver a arrancar el coche calado los aprovecharon los jóvenes para abalanzarse sobre la puerta del conductor.

Resonó un estrépito. El impacto contra la ventanilla la dejó convertida en una tela de araña. Los trocitos de cristal de seguridad que le cayeron encima a Blankenthal eran inofensivos. No así la botella rota que el de la barba usaba para arrancar del marco el cristal resquebrajado.

Uno de sus colegas metió la mano por el hueco y desbloqueó las puertas, con lo que Blankenthal quedó sentenciado. Varias manos lo agarraron, lo sacaron del coche y lo tiraron al suelo. Una vez allí, los jóvenes lo molieron a patadas: en el estómago, en el pecho, en la espalda.

Hannah vio al afeitado coger impulso y prepararse para propinarle un patadón en la cabeza, como si fuera a chutar un penalti.

No esperó para saber si de verdad lo hizo.

Tras cambiarse trabajosamente al asiento del conductor, salió disparada con un chirrido de neumáticos. Atravesó el paso inferior y giró en cuanto pudo, de modo que la imagen de Blankenthal tirado en el asfalto desapareció para siempre del retrovisor.

66

FADIL

Estaba aparcando el Volkswagen directamente sobre las vías del antiguo almacén ferroviario cuando le sonó el móvil.

—No he podido —dijo una voz de mujer, tan frágil y delicada como la porcelana antigua.

Alá, eres grande. Elevó una plegaria al cielo.

—¿Dónde estás?

—Quería hacerlo, pero no he podido.

Se notaba que Simone había estado llorando. Continuaba muy congestionada y seguramente tendría los ojos hinchados.

—¿Qué querías hacer?

—Estaba... en el cuarto de Damla.

Fadil se bajó del coche porque era incapaz de seguir sentado. Se llevó la mano al pecho. Le costaba respirar, y no se debía al aire gélido de la noche.

—¿Qué hacías allí?

—Despedirme.

La respuesta lo dejó sin aliento. Sintió que el corazón le iba a estallar, era como si quisiera bombear toda la sangre de su cuerpo de un solo latido.

—¿Por qué no estás en el hospital?

A ella se le rompió la voz.

—¿Es que no me has oído? Estoy en casa. Quería ver a mi hija por última vez. Tú me lo habrías impedido.

Él se metió la mano en el bolsillo del pantalón, tratando de controlar el temblor.

—¿Qué es lo que te habría impedido, cariño?

Saberlo era una cosa. Era muy distinto oírselo decir sin rodeos:

—Suicidarme.

Apoyó la espalda contra el coche. Miró al limpio cielo estrellado. Desesperado, hizo un agujero en la grava con el pie. Se le llenaron los ojos de lágrimas, igual que a su esposa.

Simone sollozaba.

—No podré soportarlo todo otra vez, el tratamiento, las operaciones... Saqué del hospital un fármaco para la eutanasia.

Él se apartó del coche.

—Salgo para allá. No te muevas, voy enseguida.

—No tienes que correr. Soy incapaz, lo he sabido nada más ver a Damla. —Carraspeó, aunque sin éxito. Tenía la voz igual de tomada cuando añadió—: A ti quizá habría podido dejarte solo, tienes el consuelo del trabajo.

—No digas eso.

—Pero a nuestra niñita...

Él empezó a gesticular como si la tuviera delante, de pie en las vías abandonadas.

—Ahora lo hablamos, ¿vale? Enseguida estoy en casa.

—Termina lo que estés haciendo, cariño. Yo no me muevo de aquí. —Y colgó.

Fadil permaneció un rato con el móvil en la oreja. A la luz de la luna, veía ascender el vapor de su respiración, que se perdía en la inmensidad de la noche.

—Enseguida estoy contigo, Simone —susurró en el aparato. Solo entonces dio la conversación por concluida.

En marcha.

De manera instintiva, inspeccionó la zona en busca de testigos. Tras asegurarse de que no había nadie por los alrededores, quitó el seguro de la pistola.

Con ella en la mano, abrió el maletero. Justo cuando Telda volvía en sí.

67

HANNAH

Sin duda había lugares en Berlín que resultaban bonitos en la oscuridad. Pero no era el caso de aquel sitio.

Hannah creía recordar que había estado allí antes y que sus sensaciones habían sido muy distintas. En otra vida, en una existencia pasada que seguía oculta por la niebla del olvido.

La grava crujía bajo los neumáticos del SUV mientras avanzaba por el camino que llevaba al almacén ferroviario, cuya dirección Blankenthal había introducido en el GPS.

Se encontraba junto a la estación de Lichtenrade.

A un paso de mi casa.

Los faros del vehículo eran la única fuente de luz en las inmediaciones. Le permitieron distinguir unas balizas eléctricas que flanqueaban el camino y que estaban apagadas, al igual que las ventanas del edificio.

En el pasado, los trenes paraban ante el almacén y allí se cargaba la mercancía. Hacía un tiempo, los terrenos se sacaron a la venta y el edificio se transformó en una vivienda unifamiliar. De pronto, Hannah recordó que Telda había invertido cada minuto libre que le dejaban los turnos en Medicina Forense para conseguir, con sus propias manos, que aquella construcción de ladrillo color mostaza resultara tan agradable por dentro como por fuera. Con un tejado nuevo bien aislado, ventanales hasta el suelo adornados con cuarterones y la plataforma de carga convertida en una terraza ajardinada.

¿Ese es el coche de Fadil?

No estaba segura, como de nada en aquella noche. Sin embargo, deseó que las dos personas en quienes más confiaba se encontraran allí y pudieran arrojar luz en la oscuridad.

Entonces se fijó en un trozo de cristal que destacaba en el suelo del vehículo. Se distinguía en forma, color y tamaño de las múltiples esquirlas de la ventanilla, porque provenía de la botella que los matones habían usado para romperla. Le costó más esfuerzo y habilidad agacharse para recogerlo que usarlo para liberarse de las bridas que le ataban las manos.

Después se bajó del SUV. La recorrió un escalofrío al distinguir las viejas vías. Telda había utilizado los raíles para delimitar el sendero, sin imaginar las asociaciones que despertaban en la mente de Hannah.

«Tengo frío, mamá».

«Se te pasará enseguida».

«Las piedras me hacen daño».

«Cierra los ojos».

Tuvo que esforzarse para no oír, entre el murmullo incesante del tráfico, el rugido de un tren que se acercaba. Que atropellaba a su madre y arrastraba su cuerpo varios cientos de metros.

Muy despacio, apretándose la herida, se dirigió a la escalera de metal que daba acceso a la plataforma de carga.

Tardó mucho en subir, porque necesitaba adelantar siempre el mismo pie y hacer un gran esfuerzo para que el otro lo siguiera. Una vez en la terraza, comprobó que se había equivocado.

Sí que había luz en la casa, y eso la animó a recorrer los últimos metros.

¡Había alguien allí!

Al fondo del todo, un débil resplandor salía por la ventana de la cocina. Si no se equivocaba, la puerta principal estaba al lado. Cuando llamara al timbre, sus amigos la acogerían y terminarían con aquella pesadilla contándole la verdad...

No...

Se quedó petrificada. Luego retrocedió. Se apartó del cristal donde se había visto reflejada, aunque por una vez la causa de su horror no fue esa.

Sino la imagen que había vislumbrado tras el reflejo.

Telda. En la cocina. Atada a una silla.

Con una cuerda o con un cable.

¿Cómo puede ser?

Es físicamente imposible. ¿O no?

Blankenthal no puede haber llegado antes que yo. ¿Cómo ha conseguido adelantarme, meterse en la casa e inmovilizar a Telda en este tiempo?

—¡No! —exclamó entre dientes.

Se acercó para mirar otra vez. Al reconocer a la persona que tenía a Telda en su poder necesitó taparse la boca para no gritar.

Fadil Matar.

Había recuperado lo suficiente la memoria a largo plazo para que verlo desencadenara una oleada de recuerdos. Sin embargo, en ninguno se comportaba de manera tan brutal. Empuñaba una pistola y le había puesto a Telda el cañón entre los ojos.

¡Dios mío! ¿Fadil? ¡El comisario que dirigía las investigaciones en el caso del Pescador!

Lo vio apartar el arma y propinarle a su amiga tal bofetada que le giró la cara.

Cerró los ojos.

¿Acaso era el propio Fadil el criminal al que fingía buscar? Eso tenía cierto sentido. Aunque fuera de tipo patológico.

En el vídeo de la confesión, me mandaba a mí misma una señal.

De que había atraído al asesino.

Al que me había acercado demasiado.

Más que a nadie, pues habían trabajado juntos día y noche.

Por eso nunca conseguimos atraparlo.

Por eso quería librarse de mí y de toda mi familia.

¡Dios mío!

Se tambaleó y necesitó agarrarse a una columna del porche que cubría la plataforma.

¿Y si en la realidad los acontecimientos habían sucedido como en su sueño?

Al llegar a casa, había sorprendido al Pescador. Tras su huida, había llamado a Fadil para proponerle grabar la confesión.

Si realmente fue así, convertí al asesino en mi aliado. Y lo exculpé por completo al declararme culpable.

No era de extrañar que Fadil hubiera permitido a Blankenthal que la secuestrara.

Me serví a mí misma en bandeja de plata.

De repente todo le dio vueltas, a pesar de que se agarraba con todas sus fuerzas a la columna. Sentía que en cualquier momento el suelo se abriría bajo sus pies y se precipitaría al infierno en una caída infinita.

Le costaba respirar. Contuvo el aliento. Para no hiperventilar.

¡Contrólate!, se ordenó, luchando contra el deseo de huir.

No puedes dejarla tirada otra vez, como hiciste en el motel.

Se dirigía al vehículo para activar la llamada de emergencia cuando oyó los gritos de Telda. Desgarradores y aterrorizados.

De modo que se dio la vuelta.

Entonces se percató de que la puerta principal estaba entornada. Al parecer, Fadil no la había cerrado del todo al llegar.

Entró con precaución y se quitó las zapatillas. Descalza, avanzó sigilosamente por el frío suelo de cemento. En el estrecho pasillo que llevaba a la cocina, una caja antigua de madera servía como mueble para dejar cosas. Allí encontró una linterna, muy cerca del cuadro eléctrico. La cogió y continuó avanzando.

—¡Te voy a matar! —oyó a Fadil amenazar.

Parecía fuera de sí. Hannah temía oír un disparo en cualquier momento. ¡Y ella solo disponía de una linterna para defenderse! Con sumo cuidado, se asomó a la cocina.

Fadil estaba de pie, tras una isla sobre la que colgaban ollas y sartenes de cobre. Se había situado a espaldas de Telda, que lloraba con desesperación. Tenía las manos y los pies atados con un alargador y el cañón de la pistola apuntándole a la cabeza.

—¡Para! ¡Me haces daño!

—Pues esto es solo el principio.

Fadil agarró la silla y la arrastró. Hacia una trampilla, como Hannah recordó de pronto.

Si no se equivocaba, a un lado de la cocina había una especie de carbonera. Una parte subterránea del antiguo almacén que, con muchísimo esfuerzo, Telda había transformado en un sótano utilizable.

—¡Te voy a tirar por la escalera!

—¿Pero por qué? ¿Qué te pasa, Fadil?

El comisario agarró la silla por el respaldo y la inclinó hacia delante, enfrentando a Telda al vacío.

Su cara mostraba la expresión de Hinckley.

Hannah comprendió que era cuestión de segundos. Solo tenía una cosa a su favor: el factor sorpresa. No podía desaprovecharlo.

68

Así que irrumpió en la cocina. Encendió la linterna y rezó para que la silla no superara el punto de equilibrio y Telda no se precipitara escaleras abajo.

—¡FADIL! —gritó con todas sus fuerzas.

Él se sobresaltó. Soltó la silla, que, gracias a Dios, cayó hacia atrás y se quedó inmóvil. Como Hannah esperaba, el comisario levantó el arma, de modo que ya no encañonaba a su amiga. Sino a ella.

—¿Quién anda ahí? —preguntó.

Hannah le apuntaba a los ojos con el haz de luz. Era muy intenso, de modo que solo podía reconocerla por la voz.

—¿Eres Hannah?

Pero la última sílaba se convirtió en un aullido. Porque Telda había aprovechado la distracción para volcarse sobre él y hacerlo perder el equilibrio. Fadil braceó y soltó un disparo al aire.

Después cayó a plomo, como los trozos de yeso que se desprendieron del techo.

De espaldas.

Se golpeó la cabeza con el borde de la trampilla. Y, gritando, rodó por las escaleras. Se estrelló contra cada uno de los escalones de hierro, como Hannah pudo comprobar al acercarse.

—¡Hannah! —oyó exclamar a su amiga. Parecía a la vez aliviada, histérica y eufórica.

—Ya voy.

—¿Cómo has...? ¿Qué...? —balbuceaba—. Dios mío, casi me...

Sufrió un ataque de tos mientras Hannah abría un cajón tras otro buscando unas tijeras.

—Ya estoy aquí. Todo irá bien.

Con mucha dificultad, logró cortar el alargador que ataba las manos y los pies de su amiga. Se moría de ganas de agacharse y abrazarla, pero sabía que, si lo hacía, se vendría abajo. La energía que la mantenía en pie desaparecería y se desmayaría al instante.

Por eso esperó a que Telda se levantara y la abrazara. Aunque le hizo bastante daño, porque la tela del mono le arañaba la herida como papel de lija.

—¡Gracias por salvarme!

Cuando le pidió que no la apretara tan fuerte, retrocedió con gesto asustado.

—¡Es verdad! ¡La herida! ¿Cómo estás?

—Pues... Fatal. —Miró al hueco de la escalera y se frotó las muñecas—. ¿Qué estaba pasando aquí? —Revisó la cocina en busca de un teléfono para llamar a la policía—. ¿Qué pretendía Fadil?

—Eso me gustaría saber a mí. Ni me lo imagino.

Hannah se quedó paralizada. Del todo. Estaba segura de que el mundo jamás recuperaría el movimiento. Todo se congelaría para siempre, resultaría frío e insoportable, como el sentimiento que se expandía en su interior.

Porque Telda había dicho «me» dos veces.

Y en cada ocasión se había llevado la mano al pecho.

69

—¿Qué te pasa? —preguntó Telda.

Siempre había sido muy perspicaz y, además, su amiga le había enseñado algunas nociones del análisis de microexpresiones. De todos modos, en aquel momento, hasta la persona más ignorante habría notado el cambio en el lenguaje corporal de Hannah.

Se mostraba muy tensa, con el semblante rígido y los ojos muy abiertos. Los labios apenas se movieron cuando, con los dientes apretados de rabia, exclamó:

—¡Tú!

—¿Qué?

—Tú eras quien estaba en mi casa. Quien mató a mi familia.

—¡Alto ahí! ¿Pero qué dices? ¿Te has vuelto loca? ¿Qué te ha dado de pronto? —Se secó el sudor de las manos en la blusa manchada de sangre, la misma que llevaba en el motel—. Deja que te lo explique, estás equivocada. Seguramente no lo recuerdas, pero fuiste tú quien me llamó. Tú me pediste que fuera a tu casa.

—¡Porque no sabía que ya habías estado allí! Con Kyra, Richard y Paul.

¿Y con mi padre?

—¡Claro que no! —Telda se pasó las manos por el corto cabello, que se le quedó de punta, cargado de electricidad estática—. Al salir del trabajo vi que me habías dejado un mensaje en el contestador. Lo escuché por el camino, pero ya no pude localizarte.

Aquella voz. Cálida, sensual. Creíble.

Hannah la había oído antes.

¿Cómo era posible? Cuando la encontró en el motel estaba inconsciente...

¡Ya lo tengo!

De pronto recordó el mensaje que había oído en el estudio de su casa.

«Solo una cosa más, cariño: somos almas gemelas... No sé lo que ha pasado esta noche, pero puedes contar conmigo. Lo superaremos».

—¡La del mensaje en el móvil de mi marido eras tú!

¿Tenía una relación con Richard?

La cara de Telda solo mostraba confusión.

—Richard no tiene móvil, los odia. Por eso tú le haces de secretaria. Te llamé a todos los teléfonos, también al que usas para coordinar sus exposiciones.

—¡No me vengas con mierdas! —replicó Hannah cortante—. Decías claramente que no querías causar una crisis matrimonial.

—Solo era una broma. —Sonó extrañamente creíble—. A Richard no le gusta que tú y yo quedemos después del trabajo. Te quiere mucho, quiere estar a solas contigo.

Me quería. En pasado. Porque tú lo has matado, ¡asesina!

Avanzó hacia ella con los puños apretados. Furiosa, apartó la silla de una patada.

—¡Cuánto te habrás reído de mí mientras te contaba mi plan

para atraer al asesino culpándome falsamente de sus crímenes...!

—¡Pero si me enteré por las noticias! Fui a buscarte para descubrir quién te había obligado a hacer esas declaraciones. ¡El culpable de todo es ese tipo de ahí abajo!

—Ese tipo —señaló al pie de la escalera, donde Fadil yacía inmóvil en una postura imposible— me ayudó a grabar el vídeo para atraerte a ti. Y funcionó. Apareciste. Me seguiste hasta el motel.

—¡Como Blankenthal! —replicó Telda. Levantó las manos en gesto apaciguador—. Piénsalo un momento. Lo que dices no tiene lógica. Yo os quiero, a ti y a tu familia.

—Eres incapaz de sentir afecto.

—Eso no es cierto. Pretendía salvarte, no acabar contigo.

Las lágrimas le corrieron por la cara, que de pronto reflejó un enorme cansancio. Hannah se esforzó. Se esforzó de verdad. Pero es imposible dominar las microexpresiones. No se pueden controlar mediante la voluntad. Nada puede impedir que delaten los secretos más íntimos si se sabe cómo interpretarlas. Así sucedía en aquel momento decisivo. Hannah intentaba con todas sus habilidades descubrir en el rostro de Telda un atisbo de inseguridad o duda, o cualquier otra señal que la acusara de mentir. Pero no encontró nada. Sus últimas frases eran completamente ciertas.

Se tambaleó.

—¡Cuidado! —exclamó Telda, sujetándola.

Había estado a punto de perder el equilibrio y de caer al vacío, en cuyo fondo...

Dios mío.

Se aferró al delgado pasamanos para asomarse.

—¿Qué haces? —le preguntó su amiga, mientras ella ponía el pie descalzo en el primer escalón.

—¿Dónde está la pistola?

—¿Cómo?

—¿La llevaba al caerse?

—Mierda.

Se habían descuidado demasiado rato.

Fadil había desaparecido.

70

«¡No lo hagas!».

«¡Quédate aquí!».

«Es demasiado peligroso».

Tres advertencias de Telda. Hannah hizo caso omiso.

¿Qué más podía pasarle aquella noche? Que la matara un policía traidor en el sótano de su amiga probablemente sería la mejor solución para todos sus problemas. Porque era la más rápida.

Casi se cayó al resbalar en los últimos escalones de la estrechísima escalera. Después avanzó tambaleándose por un pasillo. Un amasijo de cables recorría el techo pintado de blanco. El polvo y la suciedad se le pegaban a la planta de los pies. El pasillo daba acceso a una especie de trasteros. Hannah empujaba con el pie las toscas puertas de contrachapado, siempre temiendo que el comisario se abalanzara sobre ella. Pero no se hallaba en aquellos cuartos.

En el primero había varias bicis y un árbol de Navidad de plástico con los adornos puestos. El segundo estaba atestado de material eléctrico y de cajas de mudanza.

—¡Fadil! —llamó. Por supuesto, no obtuvo respuesta—. ¡Sal de donde estés! ¡No tienes escapatoria!

El pasillo hacía un recodo, como el corredor del Instituto de Medicina Forense. Pero en aquel sótano no encontró un rincón con juguetes. Sino a Fadil.

Había logrado arrastrarse hasta allí probablemente buscando una salida, pero se había desmayado. O quizá pretendía atrincherarse y tirotear a quien se atreviera a acercarse.

—¿Fadil?

Se inclinó sobre él y notó que apenas respiraba. Recogió la pistola, que se le había caído de la mano.

—¡Lo tengo! —le gritó a Telda. Tampoco en esa ocasión obtuvo respuesta. *Qué raro.*

Le pareció oír pasos en el piso de arriba, aunque no estaba segura. ¿Había alguien más en la casa?

Volvió hasta la escalera y pensó en esconderse en un trastero. El que tenía delante no lo había revisado al principio porque estaba cerrado por fuera con cerrojo y era imposible que Fadil se ocultara allí.

Descorrió el cerrojo, preocupada por el fuerte chirrido que el metal produjo. En realidad, su cautela carecía de sentido, ya que acababa de llamar a gritos a Telda. Quien, por cierto, seguía sin contestar.

Oyó pasos que bajaban por la escalera metálica.

—¿Telda?

Sin respuesta.

A toda prisa, abrió la puerta y se metió en el cuarto. Lo primero que le llamó la atención fue un colchón en el suelo. Después vio una mesa con un flexo dirigido hacia un archivador.

Los pasos resonaban más cerca.

Sin embargo, por alguna extraña razón, aquel archivador le resultaba aún más inquietante.

Encendió el flexo y abrió la tapa. Sacó el primer documento.

¡Dios santo!

La resonancia magnética de un cerebro temblaba en su mano como una vela hinchada por el viento.

Miró de nuevo el archivador. Página dos.

Preguntas generales:

1. Tienes dos posibilidades: o bien haces un muñeco de nieve con tus amigos, o bien esperas a que terminen para destrozárselo. ¿Cuál prefieres?
2. Un niño de tres años se despierta de noche y sus padres no están en casa. Han ido a visitar a unos amigos que viven al lado y el vigilabebés no funciona. Buscando a mamá y a papá, el chiquillo sale de casa y muere de frío en una tormenta de nieve. ¿Quién tiene la culpa? ¿El niño, los padres o el fabricante del vigilabebés?
3. Un coche sufre un accidente. En una parada de autobús esperan...

Le temblaban las manos. En el archivador encontró una fotografía. Una polaroid que mostraba a un niño sentado a aquella misma mesa, como si estuviera haciendo un examen o redactando un trabajo.

La segunda ronda.

En el recuadro blanco de la polaroid, escrito en rotulador, aparecía su nombre.

Ludwig Voscherau

Era el niño que había superado el test y a quien el Pescador había liberado.

Pero... ¿cómo era posible?

Hannah examinó con calma el cuarto y descubrió una barbacoa portátil. Recordó que, según las autopsias, las víctimas del Pescador morían a causa de una intoxicación por monóxido de carbono.

Su mirada se posó en el colchón. Y luego otra vez en la barbacoa.

Los niños se asfixiaban mientras dormían.

Pero, si el asesino era Fadil, ¿qué hacía todo aquello allí? Se lo estaba preguntando cuando la puerta se abrió y el Pescador entró en el trastero.

71

—¿Tú?

—Nunca debiste ver esto.

Dirigió la pistola hacia la persona que, a pesar de encontrarse desarmada, se mantenía perfectamente tranquila. Y que preguntó:

—¿Por qué no has dejado las cosas como estaban?

—¡El Pescador eres tú!

La mujer que había considerado su mejor amiga asintió con la cabeza.

—Nunca he dicho lo contrario, Hannah.

Dios mío. Telda había enloquecido. Realmente creía cada palabra que pronunciaba. En su enajenación, habría superado un detector de mentiras dijera lo que dijera. Tan solo unos minutos atrás había sostenido con absoluta credibilidad que no había tocado un pelo a la familia de Hannah.

Y de pronto reconocía abiertamente que era una asesina en serie.

—La pena de muerte no sirve para nada cuando los asesinos ya han actuado —afirmó—. Todos los días me llegan víctimas a la mesa de autopsias. Cuando ya es demasiado tarde.

¡Pues claro! Su puesto de asistente de disección le daba acceso a una máquina de resonancia magnética que se utilizaba para examinar los cuerpos con todo detalle.

Por otro lado, la Unidad de Protección contra la Violencia le permitía conocer a los niños.

—Pero… ¿cómo conseguiste usar la máquina de resonancia sin que nadie se enterara? —preguntó Hannah, con la esperanza de que no fuera cierto. De que, entre risas, Telda le confesara que todo era una broma pesada.

Sin embargo, su respuesta corroboró la espeluznante verdad.

—Los médicos forenses son muy madrugadores. La jornada empieza a las siete de la mañana y a mediodía todo el mundo se marcha. Es muy normal que a partir de las cuatro de la tarde me quede totalmente sola en la Unidad de Protección contra la Violencia. Dos días a la semana, la Facultad de Psicología utiliza la máquina de resonancia, que compartimos con ellos para reducir costes. Sus experimentos con pacientes vivos me dieron la idea de escanearles el cerebro a ciertos niños que me llamaban la atención.

—¿Y qué pasa con los policías que los acompañaban? ¿Esperaban fuera?

Ella negó con la cabeza.

—Te olvidas de que allí puede acudir cualquiera. Por ejemplo, una madre que quiere descartar que el padre u otro pariente esté maltratando al niño.

Telda se había especializado en esos casos. Seleccionaba a personas que, por vergüenza o por miedo, ocultaban que iban a la Unidad de Protección contra la Violencia.

—¡Pero tú no eres médica! Solo eres asistente de disección. —Hannah trataba de encontrar alguna contradicción que demostrara que su amiga era una mentirosa, pero no una asesina.

—Eso no lo sabían quienes me traían a los niños. Los parques también eran un lugar excelente para reclutar a mis objetos de estudio.

Increíble. Telda estaba llena de soberbia. Su lenguaje corporal y sus microexpresiones encajaban a la perfección con el perfil que habían establecido: era una narcisista. Se creía tan inteligente, tan superior, que seguramente llevaba mucho tiempo reconcomiéndose por no poder presumir ante nadie de su genialidad.

—En ningún sitio se puede estudiar tan bien el comportamiento social como en los parques de las grandes ciudades. Les daba mi tarjeta a las madres de niños especialmente salvajes, esos que siempre están llenos de moratones.

Claro, porque a esas madres les preocupa mucho que el origen de tantas lesiones no sea normal.

—Si al final me llamaban, las citaba en miércoles, porque ese día la Unidad solo recibe casos de urgencia. No hay nadie en la recepción y se alegraban de no tener que rellenar ningún papeleo. Creían que era médica...

—... y no una asesina capaz de manejar la máquina de resonancia, pero no de interpretar las imágenes. ¡Y para eso tenías a Pfahl!

—Exacto. Pfahl había sido encausado por abuso de drogas. Debía acudir periódicamente al Instituto de Medicina Forense para someterse a exámenes toxicológicos. Así fue como lo conocí, y le ofrecí un trato.

—A cambio de que analizara las resonancias, le prometiste que los resultados saldrían negativos para que pudiera conservar la libertad condicional...

—Seis muertos —dijo Telda con tristeza a modo de respuesta—. Es la media de una noche normal en Berlín. Nos los llevan a Medicina Forense: seis víctimas de actos violentos cada noche.

Multiplícalas por un año, por muchos años. La mayoría de los asesinatos se evitarían si se eliminara a los criminales antes de que comiencen a maltratar, a violar y a matar.

—Estás completamente trastornada.

—Yo no. Pero sí las pobres criaturas de las que he tenido que ocuparme. —Se cruzó de brazos—. Con los años he aprendido que existe la maldad pura. No todos los niños son producto de su entorno, algunos son crueles y sádicos por naturaleza.

Hacen muñecos de nieve.

Con su abuela dentro.

—¿Y quién te da el derecho?

—¿El derecho a localizarlos? ¿A separar el grano de la paja antes de que sea demasiado tarde? ¿Antes de que las víctimas acaben en la mesa de autopsias, asesinadas por psicópatas que podríamos haber suprimido en la infancia? —Señaló el archivador—. Aunque no quieras admitirlo, sabes que mis test se basan en conocimientos científicos. Si la resonancia indicaba un funcionamiento anormal de la amígdala cerebral...

—Secuestrabas a los niños.

Para la segunda ronda.

Seguramente dejaba pasar un tiempo prudencial para que la coincidencia no llamara la atención.

—No los secuestraba. Los traía a mi consulta.

Esto es una celda. En tu sótano.

—Los niños mentalmente sanos muestran una empatía muy concreta durante el test de expresiones faciales. Ludwig, por ejemplo...

—¡Cállate! —la interrumpió Hannah, gritando—. ¡No se puede jugar a ser Dios!

Telda asintió con la cabeza. Se metió las manos en los bolsillos del vaquero.

—Si no te lo conté nunca fue por esa forma tuya de pensar.

Y porque jamás te mancharías las manos por una buena causa. Sigues creyendo que el amor lo rige todo, ¿verdad? Y que las personas se vuelven malas influidas por las circunstancias.

—Así es. Nadie nace malvado. También a ti debió de pasarte algo, Telda.

Ella se rio con tristeza.

—¿Cómo puedes ser tan ingenua? Precisamente tú deberías saber que existen asesinos que causan dolor y miseria sin ningún motivo.

—¿Y esos son los que pretendes desenmascarar con tus test?

—Estoy haciéndole un favor a la sociedad.

De pronto, Hannah se encontró tan mal que sintió ganas de vomitar. Afirmó:

—Solo eras mi amiga para saber cómo progresaban las investigaciones.

—No es cierto. Nos conocemos de mucho antes. Te quiero de verdad, eres mi mejor amiga.

De nuevo, todas sus microexpresiones indicaban que decía la verdad. ¿Cómo era posible?

—Por eso he bajado, para decirte cuánto lo siento y lo difícil que me resulta todo esto. Se me parte el corazón, pero no me has dejado otra salida. Os voy a encerrar en este sótano. Para cuando encuentren vuestros cuerpos, estaré bien lejos.

También aquellas frases resultaban totalmente creíbles. Dos posturas diametralmente opuestas. Ambas verdaderas. Al igual que su siguiente afirmación:

—De verdad quería liberarte de las garras de Blankenthal. Y mira cómo hemos acabado.

Se disponía a darse la vuelta para marcharse.

—¿Qué has hecho con Paul? —Hannah sintió que el sudor le resbalaba por la mano que empuñaba la pistola.

La respuesta la golpeó como el retroceso de un disparo.

—Todo esto es una lástima. Aún no había terminado con él.

No. No es cierto.

—¿Lo has sometido al test?

Hannah revisó aquel cuarto, que no era un trastero sino la celda en la que una asesina desequilibrada encerraba a sus víctimas.

—Pues claro que sí. Tú eres su madre y yo lo cuido muy a menudo. Nos conviene saber a qué nos enfrentamos.

Se dio la vuelta.

—¿Adónde crees que vas? —gritó Hannah.

Con cierta melancolía, Telda se giró en la puerta para mirarla.

—Me temo que nunca volveremos a vernos.

Hannah levantó la pistola, que había bajado a lo largo de la conversación.

—¡Quédate donde estás!

Telda suspiró.

—¿Sabes qué es lo bueno de nuestra relación? Que te conozco perfectamente. Sé que eres incapaz de matar.

Hannah agarró el arma con las dos manos, intentando controlar el temblor.

—La gente cambia.

—Ah, ¿sí? —Inesperadamente, volvió a entrar en el trastero—. Pues abre ese cajón y hagamos una pequeña prueba.

—Ni hablar.

—Venga, ábrelo. Te prometo que no hay sorpresas dentro.

—Tu palabra no vale nada —replicó Hannah, pero hizo lo que le indicaba.

—Sácalo.

Enseguida comprendió a qué se refería. Sobre varios papeles y resonancias había un espejo de mano, del tamaño de una pala de ping-pong.

—A ver si te atreves a mirarte. ¡Ja! ¡Lo sabía!

De manera instintiva, Hannah había retrocedido nada más ver el espejo.

Telda suspiró.

—¿Lo ves? Eres incapaz. Temes encontrar el mal en tu interior. Sin embargo, te equivocas totalmente: no eres tu madre, sino justo lo contrario. Tú eres buena en exceso. Jamás le tocarías ni un pelo a nadie. Tampoco a mí, Hannah.

Se despidió:

—¡Adiós!

Y se marchó, dejando a Hannah sola en la celda.

72

—¡Eh! ¡Quieta ahí!

Aunque con dudas, Hannah la había seguido. La alcanzó al pie de la escalera.

—¿Qué pasa?

—¡Mira esto!

Para su propia sorpresa, le resultó muy sencillo. Al contrario que en la consulta de su padre, no la asaltaron las náuseas ni el pánico. Se miró en el espejo, que sentía pesado y frío en la mano. Se vio la cara manchada de sangre. Y no se mareó. No sintió ganas de gritar ni de salir corriendo.

—¡La gente sí cambia! —exclamó, arrojándole a Telda el espejo.

Aquel movimiento sacó de la niebla del olvido una oleada de recuerdos terribles. De pronto la inundó una tristeza infinita.

Se acordó de la sangre de Richard, formando un charco en la cama. Del olor a hierro en la habitación de Kyra. De la cabeza de su padre en un cuenco sangriento. De la guitarra destrozada.

Y, por supuesto, de Paul.

¡Paul, mi queridísimo hijito!

—Por mucho que hayas superado tu fobia, no puedes escapar de tu esencia —afirmó Telda, dirigiéndose a los primeros peldaños.

—¿Dónde está Paul? —le gritó, apuntándola con la pistola—. ¿Dónde te lo llevaste aquella noche?

Ella se detuvo.

—No me lo llevé a ningún sitio. Solo hice lo que me dijiste.

—¿Quién, yo?

—Exacto. Me pediste que fuera a tu casa. Intenté hablar contigo sin conseguirlo. De camino, te mandé tres mensajes. A los diez minutos, me entró uno tuyo.

—¿Y qué decía?

Se lo repitió palabra por palabra, sin dudar ni un momento:

—«Paul dormirá hoy en tu casa. Cuida de él».

—No es verdad.

—Claro que sí. Tú lo mandaste conmigo. Ni se escapó ni murió en tu casa.

Hannah apenas podía contener las náuseas.

¿Mandé a mi hijo con su asesina?

—Se sabía perfectamente el camino, incluso en plena noche —explicó Telda—. Estamos a un paso.

—¿Qué le hiciste?

—Nos quedamos mucho rato hablando y luego...

—¿Qué pasó?

Dudó un momento y después contestó:

—Créeme, es mejor que no lo sepas. —Soltó una carcajada, satisfecha.

Aquella asesina se había hecho pasar por su mejor amiga, se había colado en su vida y ahora pretendía arrebatársela.

—Siento que las cosas hayan acabado así —se despidió por fin.

Ya se había agarrado al pasamanos cuando sonó el disparo. El primero del cargador, que Hannah vació sobre su cuerpo.

73

Y así acabó todo.

Sin decir una palabra, Telda se desplomó ante ella. A unos centímetros del primer escalón.

Ese fue el final.

Disparar fue la última acción que Hannah logró llevar a cabo. Luego percibió el frío que se expandía por su interior como un alivio definitivo. Ya no sentía dolor, las punzadas y el ardor de la herida desaparecieron. Esa era la señal más clara de que todo había terminado.

La habían abandonado por completo el ánimo y la voluntad. Ni siquiera intentó subir la escalera. Todo su cuerpo reflejaba una única microexpresión, imposible de gobernar. Ya solo era una marioneta en manos de la muerte.

Ante sus párpados cerrados bailaban lucecitas de colores. Se derrumbó en el polvo del sótano y esos puntos brillantes se transformaron en una experiencia cercana a la muerte.

Se vio a sí misma en su antiguo piso del barrio de Wilmersdorf, poniéndole el pañal a Paul en un cambiador portátil de Ikea extendido sobre la lavadora. Le hacía cosquillitas en la barriga para provocarle la risa.

—Mi Paul —se oyó decir. Y se alegró de que su último pensamiento en este mundo fuera para su hijito.

—¡Mamá! —respondía él, desde un lugar muy lejano al que ella se disponía a acudir—. ¿Dónde estás?

Enseguida voy contigo, contestó ella en silencio.

—Mami, no quiero seguir solo.

No te preocupes, cariño. Nunca más te dejaré solo, pensó.

Y luego todo se volvió negro.

74

Aquel hombre no parecía Dios. Ni tampoco el diablo ni la muerte, aunque se lo veía más muerto que vivo. Estaba lívido, como un vampiro sediento. Tenía la cara de un blanco enfermizo que contrastaba con los oscuros mechones de cabello que se escapaban de un vendaje con aspecto de turbante. El brazo, que estaba roto por varios sitios, lo llevaba en cabestrillo, y una férula le inmovilizaba una pierna.

—¿Ha llegado nuestro fin? —preguntó Hannah a aquella figura apoyada en una muleta que, como el resto de la escena, no encajaba en absoluto con la idea que se había hecho de la muerte.

Siempre había creído que se despertaría en una balsa en medio de un mar infinito donde aparecería un barco que la transportaría al lugar de sus mejores sueños. Jamás había imaginado que se encontraría en una cama de hospital entre el pitido de los monitores. Y, menos aún, con la cámara de un móvil apuntando hacia ella. El aparato estaba instalado en un trípode situado a dos metros de distancia.

Puesto que continuaba sin sentir ningún dolor, inquirió:

—¿Estamos muertos?

—No —repuso el hombre. Lo reconoció por la voz.

—¿Eres Fadil?

Él asintió lentamente, por las grandes dificultades que le causaba cualquier movimiento. Hannah no entendía cómo podía sonreír en semejante estado.

En realidad, no comprendía nada.

—¿Cómo...? ¿Cómo logramos escapar? —preguntó.

—Con algo de suerte y con mucha ayuda.

—¿Fuiste tú quien...?

Él negó con la cabeza, muy lentamente debido al dolor.

—Estaba inconsciente, igual que tú.

—¿Fue Telda?

—No. —Con la mirada le dio a entender que había muerto en el sótano—. Actuaste en defensa propia —aseguró, aunque en realidad seguía desmayado cuando Hannah apretó el gatillo. Una vez. Y otra. Y otra.

Ella se quedó muy sorprendida al comprobar que no sentía remordimientos. Probablemente se presentarían más adelante. De momento, el shock paralizaba todas las emociones negativas. No dudaba de que en algún momento la arrollarían, como el agua de una presa que se rompe. El primer golpe sería la tristeza de haber perdido todo aquello por lo que merecía la pena vivir.

—Entonces ¿quién nos salvó?

—La policía. Llegó justo a tiempo.

—¿Y cómo sabían dónde estábamos?

—Por una llamada a emergencias. Alguien dio el aviso.

—¿Pero quién...?

Fadil sonrió. La sonrisa le sentaba bien, mucho mejor que la palidez mortal.

—No se identificó. Era un hombre con la voz distorsionada que llamaba desde un teléfono público. He oído la grabación, dijo cosas muy interesantes.

—¿Qué dijo?

—Afirmó que había un policía herido de bala y con eso consiguió que la llamada se clasificara como máxima prioridad. Después indicó la dirección y, antes de colgar, añadió: «¡Dense prisa! Díganle a Hannah que la dirección de su amiga estaba en el cuaderno. Y que la pamema con aquellos matones era totalmente innecesaria».

Hannah sonrió.

«Pamema».

—Qué cabrón —dijo para sí.

—¿Era Blankenthal?

Ella asintió y preguntó:

—¿De verdad me había secuestrado?

—Así es.

—¿En el hospital penitenciario?

—Sí, después de grabar el vídeo de tu confesión.

—En el que declaro que soy una asesina. Es falso, ¿verdad?

Fadil acercó una silla y se sentó en el borde con mucho cuidado. Después apoyó la muleta en la cama. Por fin, pronunció la palabra salvadora:

—Sí.

¡Gracias a Dios!

—Pero...

El comisario le cogió la mano.

—¿Pero qué?

De nuevo lo comprendió por su mirada.

—No todo lo que decías en el vídeo era falso.

75

Kyra, Richard, Paul. Mi familia.

—Los mató Telda —dijo Hannah, sin fuerzas. La presa empezaba a resquebrajarse. La riada de tristeza estaba a punto de desencadenarse.

En ese momento, un médico o un enfermero (no llegó a distinguirlo) se asomó a la puerta y anunció:

—Enseguida vengo a buscarla, señora Herbst.

—¿Para qué?

—Para la intervención.

Ajá. Así que aún no se había sometido a la operación de bazo.

Claro, si me hubieran anestesiado no recordaría nada de la locura de anoche.

El médico, que seguramente era más bien un enfermero, se aproximó a la cama. Era el doble de ancho que Fadil, aunque ni se acercaba a la estatura del comisario. Manipuló un gotero.

—Le acabo de poner algo para el dolor. Notará que se tranquiliza y que le entra sueño.

¿Más aún?

—En un momento vengo a recogerla.

El hombre se marchó entre el rechinar de sus zuecos. La puerta se cerró tras él. Hannah señaló el trípode y preguntó:

—¿Por eso estás grabando?

Fadil asintió.

—Para que puedas verlo después, dado que la anestesia te causará una nueva amnesia. Pero en esta ocasión nos atendremos a la verdad, ¿de acuerdo?

Lo cierto era que Hannah solo deseaba formular una pregunta, pero su miedo a la respuesta era inmenso. Por ello, se alegró de que el comisario comenzara una especie de monólogo.

—Efectivamente, Telda acabó con ellos. Con los niños a los que, en su delirio, consideraba peligrosos. Y con quienes se interpusieron en su camino. Ella era el Pescador. La policía científica ha descubierto pruebas inequívocas en el sótano.

Escáneres cerebrales. Los test. El archivador. Hannah recordó el trastero y el pasillo en el que casi perdió la vida. Fadil continuó:

—La noche de los asesinatos, la descubriste. Seguramente creyó que la cuchillada te había matado. De lo contrario, no entiendo que te dejara allí.

Ella asintió.

Qué sorpresa debió de llevarse al recibir mi mensaje pidiéndole ayuda.

—Luego me llamaste. Fui a tu casa y encontré los cadáveres en el piso de arriba.

Al comisario le temblaba la voz. La espeluznante experiencia era aún muy reciente. Impresionaba incluso a un investigador curtido como él, que creía haberlo visto todo.

—Estabas fuera de ti, Hannah. Es comprensible, porque lo habías perdido todo. Insistías en que tu vida solo tenía un sentido: encontrar al asesino de tu familia. Para sacarlo de su escondite, se te ocurrió adjudicarte sus actos.

Hannah se frotó las sienes. Sentía la boca muy seca por la medicación que le habían administrado. Pensó en lo desesperada que debía de haberse sentido para tramar un plan como aquel.

—La idea era que tu falsa confesión provocara al Pescador. Esperabas que fuera incapaz de controlarse y que terminara por contarle la verdad a alguien. En el mejor de los casos, a los medios de comunicación.

Hannah no se había equivocado: todo había sucedido como en su sueño, Fadil lo estaba corroborando.

—Traté de disuadirte, pero no querías entender que era una locura. Tanto me rogaste y me suplicaste, y fuiste tan convincente, que acabé por creer que podía merecer la pena intentarlo.

Aquellas explicaciones no despejaban del todo la niebla del olvido, pero, de todas las versiones de la verdad, era la que menos interrogantes dejaba sin responder y la que más pruebas aportaba que permitían reconstruir una historia creíble. Además, Hannah percibió algo en el lenguaje corporal de Fadil.

Detectó cierto brillo en sus ojos y se fijó en que ladeaba ligeramente la cabeza.

La clara señal de un profundo interés que desbordaba los límites de la mera simpatía.

Un sentimiento del que (estaba segura) el comisario se avergonzaba y que, como hombre casado y padre de familia, no quería confesarse a sí mismo. Sin embargo, ahora Hannah comprendía por qué no solo le sujetaba la mano, sino que además se la acariciaba. Gracias a ese sentimiento había logrado convencerlo para grabar el vídeo. Exclamó:

—¿Cómo pude asumir un riesgo tan grande? No solo para mí... También a ti te puse en peligro al provocar a Telda. Y a mi padre... ¡Oh, Dios mío!

Se tapó la cara con las manos.

—Ya lo hemos encontrado —informó el comisario con tristeza—. Se acercó demasiado a Telda con sus averiguaciones. Pero...

—¿Pero qué?

Hannah sintió de repente un cansancio abrumador. Los fármacos empezaban a surtir efecto.

—Tu plan no buscaba tanto atraer al asesino como hacerlo salir. El Pescador debía abandonar su escondite. Yo creía que en la cárcel estarías a salvo: terrible error. Mierda, sabía que el plan apenas tenía probabilidades de éxito. Pero que las cosas se descontrolaran hasta tal punto con Blankenthal...

El Cirujano. Con su locura letal. A pesar de todo, era el único que le había dicho siempre la verdad. Y al final incluso la había salvado llamando a la policía.

Bostezó profundamente. De pronto recordó un detalle y preguntó:

—¿No sabrás por qué escondí mi segundo móvil debajo del sofá?

—Sí. Es el que usabas para coordinar las citas de tu marido y también para fotografiar a tu familia. Sabías que, si te operaban, no recordarías nada y no querías perder las fotos de los tuyos cuando los de la científica confiscaran todos los aparatos electrónicos.

Así que, al menos en eso, Telda no había mentido. No tenía una relación con Richard. Los mensajes del contestador eran de verdad para Hannah.

—Luego fuimos a Moabit y grabamos la «confesión» —prosiguió Fadil, dibujando unas comillas en el aire— antes de que te trasladaran al hospital penitenciario. De forma extraoficial, como es lógico. Oficialmente, nadie habría autorizado esa misión suicida.

—¿Por eso intentaste que Telda confesara en su casa?

Haciendo uso de la violencia.

El comisario le contó que había recibido la llamada de Telda y que la había sacado del motel. Luchando contra el sueño, Hannah necesitaba esforzarse para mantener la concentración.

—¿Y qué te hizo sospechar de ella? —preguntó.

—Varios indicios. Por ejemplo, sabía que tu herida se debía a una cuchillada. Eso no lo habíamos filtrado a los medios. En el motel llevabas el camisón del hospital y, aunque se te hubiera subido, solo habría visto un vendaje.

—A lo mejor se lo dije en el mensaje que le dejé en el contestador...

—Quizá... En cualquier caso, tú me habías contado que mandaste a Paul con ella.

Con su asesina.

—Sin embargo, de eso no dijo ni una palabra cuando la liberé. Lo normal sería que me hubiera dicho: «Que alguien vaya a mi casa a buscar a Paul. Lleva muchas horas solo». Lejos de eso, se prestó a acompañarme a comisaría. Quizá creía que no me habías contado nada. O a lo mejor estaba exhausta y no podía pensar con claridad, después de la descarga eléctrica que le soltó Blankenthal y de haberse pasado horas atada en el cuarto de baño...

A Hannah le pesaban los párpados y no logró reprimir otro bostezo. No debía perder más tiempo. Lo había estado evitando, pero ya no podía postergarlo más.

—¿Lo habéis encontrado?

—¿El qué?

—El cadáver de mi hijo.

Fadil hizo un gesto afirmativo con la cabeza.

—Pensé que nunca lo preguntarías.

Tomó la muleta, se levantó, fue cojeando hasta la puerta y la abrió.

Allí estaba el único ser humano por el que Hannah volvería a matar.

El dueño de las adorables risitas cuando le hacía cosquillas.

Ahora lloraba mientras se acercaba a la cama.

Paul. De doce años.

Su Paul.

76

En las novelas, los personajes se pellizcan para saber si están soñando. Hannah se quitó del índice la pinza del oxímetro y oyó el pitido del monitor, que cesó al volver a colocársela.

—¿De verdad eres tú? —preguntó, tratando de incorporarse entre tubos y cables. Por un momento, la somnolencia se esfumó.

—No te levantes, mami —contestó Paul, sorbiéndose la nariz.

Si era una visión, resultaba perfecta. Al abrazarlo sintió el calor de su cuerpo. Al acariciarle el pelo percibió su olor de siempre, aunque mezclado con un regusto a polvo y a madera húmeda.

El mismo olor de allí abajo. Del sótano de Telda.

Un momento.

El corazón le dio un vuelco.

«¡Mamá!».

¿La conversación del sótano había sucedido de verdad? ¿No era una alucinación de un cerebro moribundo?

«Mami, no quiero seguir solo».

—¡Estás vivo! —exclamó casi sin aliento.

—Por suerte —explicó Fadil—. Ni se me ocurrió que ese pudiera ser el punto débil de tu plan. Creía firmemente que Paul estaría a salvo con tu mejor amiga. No puedes imaginarte cómo me sentí al comprender que nos la había jugado.

Lo he visto. Te vi maltratarla para que te dijera dónde escondía a mi hijo.

—¿Estuviste todo el tiempo en casa de Telda? —preguntó Hannah a Paul.

—Tú me mandaste con ella —repuso el niño, dudoso, como excusándose. Pero la única culpable era ella por haberlo enviado a la boca del lobo—. Lo siento, lo siento de verdad.

Ella lo abrazó con todas sus fuerzas.

—Cuánto te quiero. Dios mío, te quiero tanto...

—Y yo a ti, mami.

—Bueno, yo me voy —anunció Fadil en voz baja—. Hannah, voy a tomarme un descanso, estaremos una época sin vernos. Simone se encuentra muy mal. La he dejado sola demasiado tiempo.

El comisario desenganchó el móvil del trípode, salió y cerró la puerta con cuidado.

—Lo siento mucho, mamá. —Paul se secaba las lágrimas.

—No, soy yo la que lo siente. Te he puesto en peligro.

Le secó las mejillas. Sintió que el sueño se apoderaba otra vez de ella.

—Estoy muy triste —dijo el niño.

—Yo también.

Se abrazaron largo rato. De pronto, su adorado hijito afirmó:

—El abuelo fue muy malo.

77

Se espabiló de golpe.

Abuelo. Malo.

Dos palabras que, aunque solo por un momento, surtieron el efecto de un chute de cafeína.

—¿Cómo? —Tragó saliva—. ¿A qué te refieres, cariño?

Avergonzado, Paul se miró las delicadas manos.

—Me apetecía un montón pasar la noche en su casa. Pero luego... No sé... Él tuvo la culpa de todo.

—¿Qué hizo?

A Hannah le temblaban las manos. Su cuerpo vibraba como si lo atravesara una descarga eléctrica.

¿Qué te hizo el abuelo?

—Se enfadó muchísimo conmigo porque no quería tomarme las pastillas.

—¿Qué pastillas?

—La paroxetina.

Hannah recordó la receta que había encontrado en su cuaderno de la memoria. Pero su padre le había prescrito el antidepresivo a ella, ¿no? Indicaba claramente «Hannah Herbst». *Aunque...* Paul estaba incluido en su seguro privado. *Las facturas, y por lo tanto también las recetas, van a mi nombre.*

—Cogió un libro para enseñarme lo que me podía pasar si dejaba la medicación. No me dio la gana escucharlo. Por eso lo empujé.

El temblor de Hannah se cortó de repente. La vibración también. Fue como si la hubieran desconectado de la electricidad. El amor y el cariño que sentía se transformaron en un vacío absoluto.

—¿Lo..., lo empujaste?

—Sí, en la galería de la biblioteca. —Torció la boca—. Ya es mala suerte, fue a caer justo encima de la guitarra. Me la había llevado para practicar.

—Fue un accidente... —intentó mentirse a sí misma.

—Sí, claro. Pero fue superemocionante. No podía parar de mirar.

—¿El qué?

—Cómo se apagaba. Primero temblaba y levantaba los brazos hacia mí. Después vi algo en sus ojos. Y luego ese algo desapareció para siempre.

La somnolencia que volvía a apoderarse de Hannah tenía algo en común con la confesión de su hijo. Caía sobre ella como un pesado manto que amenazaba con asfixiarla.

—Me pareció muy guay. ¿Tú has visto algo así? Quise sentirlo otra vez.

¿Otra vez?

—Volví a casa en autobús. Me llevé la guitarra, pero no creo que se pueda reparar, ¿verdad, mamá?

No. Ya nada tiene arreglo. Todo ha quedado destruido.

—El autobús tardó muchísimo. Cuando llegué a casa, ya se habían acostado.

Kyra. Richard.

—¿Y qué hiciste? —preguntó Hannah, aunque en realidad ya lo sabía.

—Kyra fue muy fácil, ni siquiera se defendió. Con papá fue distinto, los ruidos eran muy divertidos, como con el abuelo. En cuanto a ti… Bueno, lo siento mucho. No quería clavarte tanto el cuchillo. Además, ya se me habían pasado las ganas…

Hannah no lograba mantener los párpados abiertos. Lo último que vio antes de cerrar los ojos fue un gesto de Paul.

—Te pones… —balbuceó— la mano… en el corazón.

—Como siempre, mami —oyó la respuesta—. Ya lo sabes. Hasta se lo pegué a Telda.

Cada vez que se había referido a sí mismo se había señalado. Llevándose la mano al pecho. Como en un juramento, que de hecho formuló.

—Si el abuelo no hubiera sido tan malo, nada de esto habría pasado. Mamá, te juro que no lo haré más. —Sonrió—. Bueno, no a ti. No sé por qué te ataqué, fue una tontería. Estaba muy cansado. La cama era mi último objetivo. Cuando te oí llegar, me dio mucho miedo que te enfadaras y me escabullí del cuarto.

La sombra. En mi sueño. El cuchillo.

Se acordó del móvil instalado en el trípode, pero Fadil se lo había llevado. No quedaban testigos, ni humanos ni electrónicos, y ella estaba perdiendo el sentido.

Si lo que el médico o el enfermero le había suministrado era diazepam, perdería el conocimiento incluso antes de que le pusieran la anestesia, porque siempre le producía un efecto muy fuerte.

—Lo siento mucho, mami. ¿Sigues enfadada? Me gritaste un montón cuando me descubriste. Lo entiendo, la verdad. No soy como los demás, ya me lo dijo Telda. Me hizo unas pruebas, ¿sabes? Ella quería contártelo. Le pidió a ese médico que te mandara mis resonancias, para que vieras con tus propios ojos qué me pasaba.

Hannah había dejado de sentir la mano de Paul sobre la suya. De pronto, le sobrevino un pensamiento atroz.

Pues claro.

¿Quién comete la locura de hacer pública una falsa confesión al encontrar asesinados a su marido y a su hija? Solo una madre desesperada que se sacrifica por su hijo. Era lo único que tenía sentido. Hannah pretendía culpar al Pescador de los actos de Paul.

Para proteger a mi hijo. Para impedir que mi Paul acabara encerrado para siempre en un psiquiátrico.

Aquello explicaba la microexpresión oculta que había descubierto en el vídeo. No era el estado del mundo lo que la entristecía, sino Paul, perdido sin remedio por mucho que ella se empeñara en encubrir sus terribles crímenes.

Algo que no quería reconocer ante la opinión pública. Y seguramente tampoco ante mí misma.

Y también explicaba el gesto de advertencia en el que se había fijado Blankenthal. El movimiento del índice de la mano izquierda cada vez que decía «no», «parar» o «nada».

Para que no analizara el vídeo, para que no demostrara a la opinión pública que la asesina no era yo.

No solo porque entonces fracasaría su plan de atraer al Pescador. Sino porque además correría el riesgo de que se descubriera al verdadero asesino. *Paul.* Cuyo gesto había imitado en el vídeo al llevarse la mano al corazón.

—Gracias por ponerme ropa limpia y mandarme a casa de Telda. —El niño se rio y la sacó de sus reflexiones—. Temías que la atacara también a ella, pero te aseguré que estaba demasiado cansado. Tú contestaste que no tenías otra opción, de lo contrario me meterían en una institución para enfermos mentales o algo así.

De pronto, su voz se volvió aniñada, adecuada para su edad. Totalmente incongruente con sus palabras.

—Aunque no le dije nada, Telda se dio cuenta de que algo sucedía. Así que se lo confesé todo. Se volvió loca, porque ya había averiguado lo que me pasaba gracias a las pruebas. Pero te tenía tanto cariño que no quiso hacerme daño. Por eso salió corriendo a buscarte.

Telda.

Su «amiga» le había dicho la verdad.

«¡El Pescador eres tú!».

«Nunca he dicho lo contrario, Hannah».

Y, sin embargo, no era la responsable de los asesinatos de su padre, de Richard ni de Kyra.

«Yo os quiero, a ti y a tu familia».

Hannah notó una ligera corriente.

—Vaya noche, ¿verdad, mamá? Pero al final todo ha salido bien. Tu plan ha funcionado de maravilla, eres genial. Sin tu confesión, me habrían mandado a un reformatorio o algo así. Ahora todos están convencidos de que la asesina es Telda.

La puerta se abrió.

—Bueno, nos vamos —anunció el médico o el enfermero que había pasado antes, entrando en la habitación—. Chico, me llevo a tu madre al quirófano. Podrás verla dentro de unas dos horas.

Hannah notó que la cama se movía.

¡No! ¡Por favor! ¡No me operen!, quiso gritar. O decirlo. O al menos susurrarlo. Pero no logró pronunciar ni una palabra.

Oyó el chirrido de las ruedas en el linóleo. Al detenerse la cama un momento, notó un aliento cálido en la oreja.

—Mamá, no te preocupes —le susurró Paul—. Telda ya me dijo que te negabas a saberlo todo de mí.

Dios mío.

Lo había tenido constantemente ante los ojos y había sido incapaz de darse cuenta.

Su Paul. En la guardería, le había clavado a Wolle una navaja en el muslo. Y muy probablemente había iniciado los falsos rumores sobre aquel inestable cuidador.

¡Y yo que creía haber salvado a mi hijo de las garras de un loco!

Menuda ironía. Hannah Herbst, la mejor experta en microexpresiones faciales de toda Alemania, no había sabido identificar a la persona clave. ¡No había querido saberlo!

—Telda dijo que te niegas a ver cómo soy en realidad. Porque me quieres demasiado.

Oyó sus risitas.

—Pero no pasa nada. Lo bueno es que ahora te van a operar y, cuando despiertes, te habrás olvidado de todo.

¡No! ¡Parad! ¡Por favor! ¿Me oye alguien? ¡Esperad, por favor! No podéis operarme sin...

Pero no la oía nadie. Nadie trataba de tranquilizarla. Porque no decía nada. Ni intentaba incorporarse.

Hannah Herbst se internaba ya en un densísimo banco de niebla donde los recuerdos de las últimas horas se desvanecían y se iban haciendo cada vez más borrosos hasta desaparecer. Como las palabras de su hijo, que sonaban cada vez más distantes:

—Todo caerá en el olvido.

Oyó su característica risita infantil.

—Hay que saber olvidar y perdonar, mami.

UNAS PALABRAS SOBRE EL LIBRO Y AGRADECIMIENTOS

Cuánto me gustaría estar en tu cabeza mientras lees este libro. Solo para «ver» si las imágenes que tengo en mente al escribir se corresponden con las que se evocan al leer. A falta de una máquina que me permita contemplar las imágenes mentales ajenas, mi única opción es observar las expresiones faciales de las lectoras y los lectores. Al pasar las páginas, ¿reflejan nerviosismo, emoción, conmoción o aburrimiento?

Esta curiosidad mía no está exenta de problemas. Porque, evidentemente, no puedo importunar a todo el que lleve un libro de Fitzek en la mano, ya sea en la playa, en el tranvía o en cualquier otro lugar. Y menos aún si ese «otro lugar» es Berlín, donde en algunas zonas el más leve contacto visual se considera acoso y la mirada fija de un desconocido puede ganarse una buena dosis de gas pimienta.

Por eso, debo limitar mis observaciones a los lectores de prueba que ya conozco y que en ocasiones también sienten ganas de sacárseme de encima usando espráis irritantes. Por ejemplo, mi esposa Linda conoce de sobra mi tendencia a acercarme cada vez más en el sofá mientras lee el primer borrador porque no quiero perderme un fruncido de cejas ni el más leve temblor de sus labios. Qué significan esas expresiones ya es otro cantar...

Eso nos lleva al siguiente problema: mi capacidad para «leer» los semblantes está al nivel del reconocimiento facial de mi móvil, que todas las semanas fracasa estrepitosamente cuando quiero desbloquear el teléfono con mi mala cara de lunes. Si me resulta dificilísimo reconocer a las personas, no hablemos de llegar al fondo de su alma con solo mirarlas a los ojos. Por cierto, he aprendido que las cejas resultan mucho más reveladoras. Aquí va un dato curioso que al final no cupo en el libro: es más difícil reconocer a alguien si se afeita las cejas que si se pone una peluca en una fiesta de disfraces. Conste que no lo he comprobado en carne propia. En esto me fío del experto que tanto me ha ayudado durante la escritura de esta novela con sus extraordinarios conocimientos en el campo de las microexpresiones faciales y del lenguaje corporal: Dirk Eilert.

Conocí a Dirk en un programa de televisión que consistía en resolver un caso ficticio de asesinato. Un grupo de personas (en el que me encontraba) debía interrogar a los sospechosos, interpretados por actores de improvisación. Asistieron además unos expertos que nos explicaron en qué debíamos fijarnos, entre ellos Dirk Eilert. Por suerte, él no tiene nada que ver con esos charlatanes que afirman que la gente está mintiendo solo porque mira arriba a la izquierda mientras se ata los zapatos, o majaderías por el estilo. Dirk se ha dedicado durante décadas a la investigación científica de las microexpresiones faciales, dirige la academia líder en este campo junto a su fantástica esposa Ute y, además, asesora, entre otros, a jueces y policías indicándoles en qué deben fijarse al tomar declaración. También aconseja a escritores como yo para evitar que metan la pata en temas especializados.

Esto me brinda la feliz oportunidad, querido Dirk, de darte las gracias no solo por tus comentarios y sugerencias de mejora, sin los que no habría podido escribir *Gestos letales,* sino también porque ahora tendrás que cargar con la responsabilidad de los errores que aparezcan en el libro. Mucho de lo que he aprendido no encontró su lugar en la obra, pero era tan interesante que no queríamos que te lo perdieras y te lo contamos en www.fitzekmimik.de.

No te preocupes, no es un enlace fraudulento. En cuanto hayas comprado un soplador de hojas para el jardín podrás acceder a varios vídeos que proporcionan, en mi opinión, una información interesantísima sobre algunas escenas de esta novela.

Ni te imaginas lo estresante que resulta ponerse delante de un experto en lenguaje corporal. Durante nuestras reuniones para comer, deseaba atarme las manos bajo la mesa para que rascarme involuntariamente la nariz cuando el camarero preguntaba: «¿Les ha gustado?» no me señalara como un verdadero hipócrita. Dirk me aseguró que no se pasa el día analizando a la gente. Aun así, por si las moscas, decidí trasladar nuestras reuniones a uno de esos restaurantes donde se come a oscuras.

En esta ocasión, mi consejero en cuestiones médicas ha sido mi hermano, aunque no he seguido todas sus indicaciones. La clave reside en la libertad creativa. Ya sé, Clemens, que los camisones de quirófano no tienen bolsillos (¡los de este hospital sí!) y que la aguja de una vía intravenosa no supone una amenaza tan grande para ciertas partes íntimas como parece en este libro.

De manera plenamente consciente, evito proporcionar detalles para realizar actos malvados. Por eso, a la pregunta de si temo que alguien utilice mis libros como guía para cometer crímenes puedo contestar que no con la conciencia muy tranquila. En primer lugar, dudo mucho que un psicópata se vaya a leer cuatrocientas páginas solo para inspirarse; además de que su falta de empatía le impediría sumergirse en mundos ficticios. En segundo lugar, describo esas acciones de tal manera que, en caso de imitarlas, no tendrían ningún «éxito». Esto también se aplica a los métodos de suicidio, que (tal como aparecen en mis libros) causarían como mucho un malestar pasajero.

Las lectoras y los lectores atentos habrán notado que, otra vez, he sido incapaz de resistirme a probar algo nuevo. Desde que vi la serie estadounidense *24* (es decir, desde hace muuucho tiempo), me planteaba presentar distintas tramas en un libro. Por fin, en *Gestos letales* me he atrevido a probar la perspectiva de distintos personajes (*splitpages*), y espero que el resultado no haya terminado siendo más confuso que en otros de mis thrillers.

Y con esto llegamos al núcleo de los agradecimientos. Es toda una novedad que, por primera vez, los nombres de todas las personas que me han apoyado quepan en una sola página. Y no se debe a que los espíritus benéficos me hayan abandonado. Siguen siendo muchísimas las personas que han dado una «cara» a este libro y a mí mismo. Aquí está la prueba:

Estuve posando para que Jörn Stollmann realizara este dibujo (¡mil gracias por tu obra de arte!). La verdad es que intenté imitar la expresión de Hinckley, descrita en la página 136. Pero se me resistía la «mirada penetrante», que es señal de un ataque inminente. Da igual cuánto me esfuerce, al final siempre acabo sonriendo. (No estaría de más analizar este detalle).

En fin, si has aguantado hasta aquí, te doy las gracias de corazón por el tiempo invertido. Este intercambio de pareceres no tiene por qué ser unidireccional. Tienes a tu disposición el correo fitzek@sebastianfitzek.de para enviar comentarios, indicaciones y para solicitar los repuestos del soplador de hojas.

Un último consejo: ahora que has terminado esta novela, ve a tu librería preferida. O a una biblioteca. A cualquier sitio donde trabajen personas que saben de libros. Y llévate un cargamento. Puede servir cualquier título, no tienen que ser obras mías. Lo importante de verdad es leer. Ya que estás allí, saluda de mi parte a tu librera o librero y transmítele mi más sincero agradecimiento por la pasión que pone en su profesión. Por supuesto, este agradecimiento se extiende a los trabajadores de las bibliotecas, de los festivales literarios y de otros actos relacionados con el mundo del libro. Esas personas nos mantienen abiertas las puertas del mundo de la fantasía. ¿Hay algo más bello?

Hasta la próxima,
Sebastian Fitzek
Berlín, 1 de mayo de 2022 (un festivo que cae en domingo,
¿a quién se le ocurre?)

AVANCE

DIRK EILERT

LO QUE TU CARA REVELA

Cómo descifrar
las microexpresiones faciales
y las señales corporales ocultas

El escenario de las emociones: las microexpresiones faciales o cómo un gesto puede ser la clave entre la vida y la muerte

A veces la vida se decide en un solo instante y, muy a menudo, no somos conscientes de la trascendencia de ese momento. Una situación cotidiana puede resultar decisiva incluso en cuestiones de vida o muerte. Así sucedió un soleado día de otoño de 2004, cuando, al llegar Michelle, le formulé una pregunta que todos hemos hecho mil veces y ella me ofreció una respuesta que también todos hemos dado mil veces. La pregunta era: «¿Cómo estás?», y la respuesta fue: «Bien».

Michelle era mi paciente. Le había sucedido lo peor que puede pasarle a una madre: había perdido a su hija de doce años en un trágico accidente de coche. Yo era su psicólogo y debía ayudarla a procesar aquella experiencia tan terrible. En las tres primeras sesiones habíamos trabajado las espantosas imágenes que la asaltaban sin parar. Cuando aquella mañana la saludé no podía imaginar el rumbo que tomaría la sesión.

Nos acomodamos y le pregunto cómo se encuentra. Ella contesta: «¡Muy bien, me siento mucho mejor!». Lo que me llama la atención, aunque por poco se me escapa, es un levísimo temblor en el lado interno de las cejas. Insisto: «¿De verdad estás bien?». «Sí», responde, y sus cejas vuelven a alzarse ligeramente. Ahora estoy seguro de que el temblor no ha sido imaginación mía. Así que utilizo una técnica que denomino «declaración de resonancia» para dejar espacio a que la verdad aparezca: «Michelle, entiendo tus palabras, pero tengo la impresión de que estás muy triste», le digo para transmitirle mi percepción personal. Entonces ella rompe a llorar y me confiesa que en realidad está considerando quitarse la vida.

Ese fue un momento clave en la terapia de Michelle. Permitió una curación profunda y probablemente le salvó la vida. En cuanto a mí, ese instante me cambió para siempre. Vi algo en su rostro que de manera inconsciente supe interpretar, aunque por entonces no alcanzara a entenderlo. Fue uno de mis primeros momentos de análisis de microexpresiones, lo que yo llamo *Mimikresonanz*.

El descubrimiento de las microexpresiones o por qué los gestos son más rápidos que la razón

Pero ¿qué había observado en la expresión de mi paciente? Aquella pregunta no me dejaba en paz. Ese mismo día me quedé investigando hasta bien entrada la noche, buceando por internet y en las bases de datos de estudios especializados. Me sentía como un niño buscando huevos de Pascua. Lo que quería averiguar tenía que estar en algún sitio, pero ¿dónde? ¿Cuáles eran los términos de búsqueda exactos? Ah, caliente, caliente... Maldita sea, otra vez frío. Estaba a punto de rendirme.

A las tres de la mañana di con un estudio del año 1966. En la pantalla aparecieron unas palabras: *Micromomentary Facial Expressions*. Dicho de manera más sencilla: microexpresiones faciales. A mediados de los sesenta, los psicólogos norteamericanos Ernest Haggard y Kenneth Isaacs habían tenido una experiencia similar a la mía. Más por casualidad que por otra cosa, durante un experimento se fijaron en unas expresiones faciales muy sutiles que no duraban ni quinientos milisegundos. Estos gestos resultan casi imperceptibles y los legos son incapaces de verlos; sin embargo, revelan con total fiabilidad los verdaderos sentimientos de las personas.

Así funciona el lenguaje corporal:
¿qué es una microexpresión?

Las microexpresiones son movimientos involuntarios de la cara que solo aparecen durante una fracción de segundo (menos de quinientos milisegundos) y que son provocados por el sistema límbico, es decir, por las emociones. En general, suelen desvelar sentimientos que las personas desean ocultar. Se distinguen de las macroexpresiones (los gestos normales del día a día, como, por ejemplo, una sonrisa educada) en que no pueden controlarse de manera consciente. Como consecuencia, durante los primeros quinientos milisegundos, la cara de póquer no existe.

¿Cómo se producen las microexpresiones? Lo ilustraré con una anécdota personal. En el año 2017, pasé las vacaciones de verano con mi esposa y mis dos hijas en Orlando, Florida. Aquellas dos semanas resultaron muy emotivas para todos nosotros. La National Speakers Association, la asociación de conferenciantes más grande de Estados Unidos, me había nombrado CSP (orador profesional certificado), una distinción importantísima. Además, celebramos en Disney World el décimo cumpleaños de mi hija mayor, nadamos con delfines y pasamos juntos muy buenos momentos. En definitiva: fue una maravilla. Pero llegó la hora de regresar. Antes de irnos de Alemania, yo había aceptado una conferencia en Múnich justo para el día siguiente a nuestra vuelta, de manera que debía tomar un vuelo distinto al de mi familia.

Cuando llegó el momento de despedirnos, de pronto se me saltaron las lágrimas. No podía contenerme. Mis hijas también se echaron a llorar y al poco tiempo se nos unió mi esposa. Así que acabamos todos llorando y abrazados en mitad del aeropuerto. Pero la partida era inevitable, de modo que me alejé solo por los pasillos, derramando lágrimas. Mejor dicho: yo no hacía nada, las lágrimas se derramaban solas. Y el lado interno de mis cejas se levantaba en un gesto igual al de Michelle trece años atrás, en mi consulta. Cuando una vigilante de seguridad muy estricta me echó la bronca por no estar en la fila que me correspondía, me dejó aún más hecho polvo. Claramente era ciega a las microexpresiones. Una indicación amable habría sido más que suficiente. La tristeza, junto a la culpa y la vergüenza, forma parte de las llamadas emociones sumisas, que nos mueven más a la obediencia que a la rebelión.

¿Qué conclusiones podemos sacar de esta experiencia? Nuestros gestos se producen por dos vías. Una es de manera automática, incluso aunque no queramos. Sin embargo, también podemos controlar nuestro rostro de manera consciente, por ejemplo poniendo al mal tiempo buena cara o escondiendo nuestro enfado tras una sonrisa. El primer caso se produce porque los músculos de la cara están conectados con el sistema límbico, que, por decirlo de manera simplificada, constituye la red emocional de nuestro cerebro. En cambio, los movimientos conscientes los produce la corteza motora, controlada por la razón. Si nuestra voluntad desea ocultar una emoción (como la tristeza, en mi caso y en el de Michelle), intenta reprimir el impulso emocional y la corteza motora lucha contra el sistema límbico. Pero no logra imponerse y la verdadera emoción atraviesa la máscara de la sonrisa y encuentra la manera de manifestarse en forma de microexpresión. Un gesto imperceptible para los legos, pero reconocible para los observadores expertos.

Esto no solo se aplica a las emociones desagradables, sino también a las agradables. Quizá lo recordéis de la escuela: el gracioso de la clase cuenta un chiste y todos los niños se ríen, aunque saben que les convendría no hacerlo porque el profesor no lo encuentra nada divertido. De pequeños, no logramos controlar las emociones tan bien como cuando somos adultos. Esto se debe a que la corteza prefrontal (responsable, entre otras cosas, de aplacar las emociones) no se desarrolla del todo hasta pasada la pubertad. La diferencia se ve muy bien en las inocentadas: los pequeños se desenmascaran solos porque les da un ataque de risa o no consiguen reprimir una sonrisilla malvada. En los adultos, la satisfacción de tomarle el pelo a alguien no se muestra de forma tan clara y suele exteriorizarse mediante una sutil sonrisa de los ojos.

El lado interno de las cejas y la mirada de perrito abandonado o cómo conseguir que te adopten antes

¿Qué revela el gesto de enarcar el lado interno de las cejas? Se trata de una manifestación fiable de la tristeza, una emoción primaria y un sentimiento para el que, en el lenguaje cotidiano y según la intensidad con que se presente, utilizamos palabras como angustia, aflicción, desilusión, decepción, decaimiento, resignación, infelicidad o incluso desesperación. Se expresa sobre todo porque en mitad de la frente se forman arrugas horizontales. ¿Y por qué digo que se trata de una manifestación fiable? Coge un momento el móvil, activa la cámara frontal e intenta levantar el lado interior de las cejas. Pero solo el lado interno: las arrugas deben aparecer únicamente en el centro de la frente.

Si no lo has logrado, no te preocupes. Las señales fiables se caracterizan precisamente porque, en general, no es posible reproducirlas de manera consciente; solo entre el diez y el veinte por ciento de las personas lo consigue. Lo interesante es que, cuando estamos tristes, absolutamente todos hacemos ese gesto, sin ningún tipo de entrenamiento. Porque no se produce de manera consciente, sino desde el sistema límbico y, por lo tanto, de manera involuntaria. La segunda cuestión que caracteriza la «fiabilidad» de las señales es que apuntan a la misma emoción en cualquier cultura. Así sucede con enarcar el lado interno de las cejas. Da igual dónde viajes, a París, a Sídney, a Ciudad del Cabo o a Papúa Nueva Guinea: si das con una persona triste verás ese gesto, que suele combinarse con el descenso de las comisuras de los labios y el temblor de la barbilla.

Pero esta señal va más allá de las culturas. De hecho, la compartimos con el mejor amigo del hombre: el perro. Cualquier dueño sabe que resulta casi imposible resistirse a esa mirada que te parte el corazón. Atención, querido amante de los cánidos, porque la cosa se pone fea, ¡muy fea! Resulta que nuestros amiguitos utilizan esa expresión de manera «consciente» para manipularnos. Algunos estudios han demostrado que esa mirada no es una manifestación de tristeza, sino un intento de engatusar a los humanos. Y les sale muy bien: un experimento reveló que los perros que ponían esa expresión cinco veces durante dos minutos tardaban de media cincuenta días en ser adoptados. Pero si lo hacían quince veces en dos minutos, el tiempo se reducía casi a la mitad, es decir, a veintiocho días. Parece que, en nuestros quince mil años de convivencia, los perros se han adaptado de maravilla y han aprendido muchísimo de nosotros. Incluso han desarrollado regiones cerebrales especializadas en el procesamiento de rostros humanos.

¿Te ha gustado este avance del libro?

Puedes seguir leyendo (en alemán) en:
Dirk Eilert: *Was dein Gesicht verrät*
Editorial Droemer Verlag, 2022

Encontrarás más información y vídeos en:
www.fitzekmimik.de